NK INK INK INK INK INK INK I
K INK INK INK INK INK INK INK
NK INK INK INK INK INK INK I
K INK INK INK INK INK INK INK
NK INK INK INK INK INK INK I
K INK INK INK INK INK INK INK
NK INK INK INK INK INK INK I
K INK INK INK INK INK INK INK
NK INK INK INK INK INK INK I
K INK INK INK INK INK INK INK
NK INK INK INK INK INK INK I
K INK INK INK INK INK INK INK
NK INK INK INK INK INK INK I
K INK INK INK INK INK INK INK
NK INK INK INK INK INK INK I
K INK INK INK INK INK INK INK
NK INK INK INK INK INK INK I
K INK INK INK INK INK INK INK
NK INK INK INK INK INK INK I
K INK INK INK INK INK INK INK
NK INK INK INK INK INK INK I
K INK INK INK INK INK INK INK
NK INK INK INK INK INK INK I
K INK INK INK INK INK INK INK
NK INK INK INK INK INK INK I
K INK INK INK INK INK INK INK
NK INK INK INK INK INK INK I

NK INK INK INK INK INK INK I
K INK INK INK INK INK INK INK
NK INK INK INK INK INK INK I
K INK INK INK INK INK INK INK
NK INK INK INK INK INK INK I
K INK INK INK INK INK INK INK
NK INK INK INK INK INK INK I
K INK INK INK INK INK INK INK
NK INK INK INK INK INK INK I
K INK INK INK INK INK INK INK
NK INK INK INK INK INK INK I
K INK INK INK INK INK INK INK
NK INK INK INK INK INK INK I
K INK INK INK INK INK INK INK
NK INK INK INK INK INK INK I
K INK INK INK INK INK INK INK
NK INK INK INK INK INK INK I
K INK INK INK INK INK INK INK
NK INK INK INK INK INK INK I
K INK INK INK INK INK INK INK
NK INK INK INK INK INK INK I
K INK INK INK INK INK INK INK
NK INK INK INK INK INK INK I
K INK INK INK INK INK INK INK
NK INK INK INK INK INK INK I
K INK INK INK INK INK INK INK
NK INK INK INK INK INK INK I

INK 文學叢書 024

藍眼睛

林文義◎著

藍眼睛

Ojo Azul

目次

我們相逢在美麗的島上——導讀《藍眼睛》　郝譽翔　005

藍眼睛　009

【後記】深海之眸　293

林文義創作年表　295

我們相逢在美麗的島上
——導讀《藍眼睛》

郝譽翔

我們將不停止探索
而我們一切探索的終點
會抵達我們出發的所在
第一次認識那地方

——艾略特〈四首四重奏〉

就小說這個文類而言，林文義是一個相當晚熟的作家。

長期以來擅於以散文行世的他，在四十八歲才開始提筆寫小說，或許是因爲生活經驗的積累，以及對台灣這塊土地認知的日漸豐厚，彷彿只有小說多變的敘事方式，才足以承載如此多層的意涵。因此，就在同輩作家普遍陷入中年危機之時，林文義的創作卻益加開闊起來，在小說中發現了一個新世界似的，以文字爲刀斧，歡天喜地挖掘著，自由揮舞出各種角度和姿勢。

他的前兩部小說《北風之南》與《革命家的夜間生活》，前者是童年經驗的回顧，後者則是對政治環境的貼身觀察與批判，個人自傳色彩仍然濃重，寫作筆法也隱約可以看出散文延續的痕跡。然而到了《藍眼睛》，林文義已經成功的過渡轉換了，不僅利用多線交唱合聲的方式，架構起長篇的繁複形式，小說的內容與象徵，亦脫離抒情感懷，進而涵括起台灣的族群、歷史與身世，打開了向外展延無限想像力的時間與空間。更重要的是，《藍眼睛》不只是林文義個人寫作生涯的里程碑，對於台灣當代小說而言，這部作品的出現，等於是在新世紀之初，開闢出令人振奮且充滿期待的兩個面向，這兩個面向一是海洋，一則是旅行。而海洋和旅行，其實正是一體之兩面。

台灣是一個海島，但奇怪的是，我們幾乎在文學中找不到海洋的蹤影，這不知是否與農業社會安土重遷的習性有關，或是如小說家東年所言：「這是因爲多次長期戰亂海禁而被蒙蔽的結果。」然而多年以來，只有東年曾經從海洋的角度去書寫台灣、觀察台灣，以海洋性格的開闊、包容、接納、流動不羈和冒險，去發現台灣族群文化竟是如此地複雜和多樣，而這才是這塊小島眞正傲人的寶藏。故在《再會福爾摩莎》一書中東年以爲：「將台灣歷史向前推進四百年，可以較貼切地看到台灣這海島，除了農業性格外，海洋、商業和悲壯的性格。這樣的台灣近代史的源頭，幾乎和世界近代史的起始同步。」

所以究竟什麼才是「台灣」？整個台灣文學史，無非就是在走一條發現台灣的道路。從日據時期新文學運動、三〇年代台灣話文與白話文之爭、皇民文學，到戰後現代主義文學、鄉土文學、後現代，乃至後殖民，文學始終是與政權的認同相搏鬥，在漫長的努力之後，政治的假面一一剝除，日本乃至中國的迷思也一一消褪，而台灣本島的圖形浮現，彷彿越來越加清晰了。但是，事實並不會如此簡單而樂觀，八〇年代解嚴後的本土化道路，卻是愈見狹隘，逐步陷入意識形態的僵局中，化爲新政權的符咒。那台灣面對二十一世紀的新思考與新出路，到底在哪裡呢？

林文義恰是要透過《藍眼睛》這本小說，給予答案，正如東年所言，他將歷史推回到四百年前，從海洋回顧台灣的命運，注視著那些從遠方乘風破浪而來的人們，如何與島上的原住民以及漢人相遇，他們之間有衝突，有戰鬥，但也有相知與相惜。於是無數個穿越時空的美麗相會，便糅合而成今日的福爾摩莎——我們的島嶼。

《藍眼睛》故事分成三條並行的軸線，敘述三個人物：日本女子汝靜、台灣女子寶美，以及從西班牙海軍叛逃的紀梵希。這三條故事線原本各自發展，隨著情節推衍，彼此呼應，終於逐漸靠攏，結合在一起，但這不是終點，他們又要朝向世界輻散出去。這就宛如是海上漂泊的人們，各自從不同的方位，抵達島上相聚，之後又要繼續前行，航向四面八方。而透過這三個人物的位移出走，小說家帶領我們跨越國家無形的疆界，重組地球的版圖，這才發覺彼此原來竟是聲息相通，甚至曾經血緣交流，來自於同一祖先。

相形之下，現代國界的畫分是多麼地狹隘、自困與殘暴。小說中汝靜的父親爲琉球獨立而死，不禁令人聯想到台灣的命運，同樣是困窘於大國霸道的分割。正如Ernest Renan將現代國家定義成是一種「遺忘」：國族的成員以至於國家的子民，都忘記了自己的出身，因爲文化背景太過複雜。而小說中的兩位女主角：汝靜和寶美的藍眼睛，不也正是在提醒我們，千萬不要簡化了自己身世的由來，而遺忘掉這場歷史上東方與西方的相遇？這場相遇，或許是出自於帝國的侵略，但卻也可能是出自於冒險、探索未知的勇氣，以及不同種族之間的相互對話、學習，相互發現，甚至相愛。

林文義小說多半以女性人物較爲精采，《藍眼睛》也不例外。書中的男性角色多流於平板，代表的是社會權力與秩序；而對女性，尤其是處在社會邊緣的弱勢者，譬如汝靜和寶美，小說家則賦予極大的同情，對她們內心世界幽微之處，多有精采的著墨。雖然《藍眼睛》以女性象徵被殖民者的書寫策略，稍嫌老套，但是我們也看到這些女性出身卑微，但卻都堅毅善良，她們已不再是十七世紀等待西方船艦前來的消極者，相反的，乃是以無比的勇氣，大膽跨越國界，追求心所嚮往的遠方。這些女人是二十一世紀的冒險家，在旅行中不斷位移、游動，與他者對話，並因此得以重新審視故土，甚至審視自我。

隨著旅行者的步伐，離開原點越遠，固有的秩序就越受到顚覆、激盪和挑戰，新的秩序於焉誕生，而在那一刻，也正是女性靈魂破繭而出的契機。朱天心《古都》、《漫遊者》，李昂《漂流之旅》、《自傳的小說》，以及施叔青《兩個芙烈達．卡羅》，都一再藉由逃離的旅程，到達女性內心的幽暗深淵，並以之隱喻台灣這一塊屢被殖民史錯置的島嶼。至於林文義筆下擁有海水般美麗深藍雙眸的汝靜和寶美，更是選擇自由，四方遊走，嘗試所有新的事物。當她們越界出走、飄浮在空中之時，國家的版圖便已在她們的腳下鬆動，疆界融化，而海浪指引出遼闊的方向，女性的容顏從中浮出，如生之花綻現，開展出無盡的可能。

海水一般的深藍是台灣的祕密身世，只等待有人去閱讀它、指認它。就當我們相逢在這座美麗的島上。

藍眼睛

Ojo Azul

假如，記憶是古代深海的沉船
我們，應該學習相互遺忘。

泛黃的海圖，永遠朦朧航行的方向
迷航的三桅船啊，百年尋不到出路
彷彿祈問上帝。究竟天涯在何方？

時間停歇，我們傾聽眾鯨歌唱
美麗的眸啊，深海般之純藍……

1

以爲窗外已經天亮，原來只是茫白的雪光。

昨夜恣意點燃，那種土耳其出產的無煙蠟燭，記得是六個，暖暖熱熱的暈黃氛圍，像節慶的愉悅感覺，……幽然醒來，朦朧之間，僅餘一朵小小的、微弱將盡的光焰，燭火跳躍了兩下，閃熠出一種無語的孤寂。

她，沒有在醒轉後立即起身，保持著側臥的姿態，一如從十二歲至今，她在任何地方的床褥中睡醒，就慣常保持這般側臥的姿態，且以右手支頤。男人們會讚賞這是一個撩人的動作，只有她自己明白，成爲慣性的此種姿態是從何而來。十二歲生日剛過的第三天，母親帶她到上野公園裡看滿園的吉野櫻，三、四月之交，雖是正午，有薄薄的陽光，空氣卻依然是冷冽非常，她小小的唇微微顫抖，呼出幾口白茫茫的熱氣，頸間大紅色的圍巾襯托出這十二歲女孩異常白皙的容顏。

「汝靜……會冷。」她囁嚅地說。

母親沒有低頭看她，兀自向前走去。

「汝靜……好冷喲！」語帶埋怨，又說了一次。

母親停下了腳步，側過頭來，冷冷的眼神帶著訓誡的警告意味，深深瞅了她一下，四目相接，這才發現，母親畫了張濃豔嬌媚的臉，兩頰泛著桃紅的潤澤，一身全黑的套裝頸間繫著一條在陽光下閃閃發著彷似螢光的絲巾；而背景則是垂下纍纍的大串、大串斑爛的粉白色吉野櫻肥碩的花瓣。

此後的歲月，彷彿她一直都在冷冽之中。

「是妳自己吵著要來看櫻花的。」母親終於回話了，語氣之冰冷猶如初春北國仍在的寒意。

十二歲的她，有些委屈地低下頭來，好像是個做錯事的小孩，再也沒有言語，亦步亦趨，順從地跟隨母親，思緒裡想著學校規定的寒假作業：以日記及繪畫呈現上野公園的親子之遊。

那年的櫻花，燦放得那般沉重又令她厭倦。母親時而親近、時而疏離，成為她當時的情緒。

十五年後，她在陌生的異鄉睡夢中醒來，依然在回憶裡會有微微的惱怒。

如果那時她喊冷，母親立刻返身輕輕地抱她，溫柔地拍拂她因寒慄而痠痛的背脊……她一定會因渴望而忍不住流下眼淚：「那時，母親究竟在想些什麼呀？」她微蹙眉頭，反問自己。

那朵僅存的燭焰，終於燃盡，晃了一下，熄滅。

頓時，室內黑暗加濃，好像只是幾秒之間，窗外那茫白的光，鬼魅般地穿過厚重的帘子侵了進來，黑暗轉薄，室內泛著微微的青色，湖水般的幽幽然……，這才察覺到昨夜獨酌的那瓶Rosso di Motalcino還剩三分之一，紅酒杯緣一層隱約的唇印……。想及昨日向晚，這個名喚「西耶納」的義大利山城，從市政廳高聳的鐘樓塔頂飄過的一片粉紅色澤、棉絮狀的低雲，咖啡店那個酷似勞勃狄尼洛的男子遞上她要的濃縮咖啡，指一指那片雲：

「明天，怕要落雪。」

分兩次，她俐落地將那杯濃縮咖啡喝完。

「我認得妳，日本小姐。去年此時妳來過。」

她微微一笑，沒有答腔，知道如果回話，這浪漫的義大利男人可能會沒完沒了。沒錯！去年此時，她跟了個從東京出發的旅行團，十天的行程走了羅馬、佛羅倫斯、維諾那、阿西西、威尼斯……一直來到了這個名喚「西耶納」的古老山城，她真正愛上這個地方。

一樣的咖啡店，她坐定了下來。店中竟然空無一人，黑色的非洲犀木方桌，畫著花鳥圖案，典型的托斯卡尼陶瓷糖罐，細頸圓肚的琉璃花瓶插著一朵野雛菊；頁岩牆面掛著象徵這座城邦的蛇與劍的徽記，一整個木架的紅酒，咖啡店裡空無一人，除了她這個不經意走入的異鄉女子。

「哈囉——」她朗聲地叫著。

沒有回應，聲音在空蕩的咖啡店裡迴盪。

「哈囉——有沒有人在？」再問了一次。

還是無人應聲。她兀自從胸前斜掛的皮包裡取出菸盒，點燃了涼菸，神色自若地吞吐了幾口，她知道可以等待。格子窗外是壯闊的貝殼廣場，清楚地看見同行的團員三五成群地拍照，那在鏡頭前凝注的笑顏同一模式，一如去了米蘭，她們一溜煙擠進Prada或Ferragamo等名店，大袋小袋的鞋子、皮包……她只想好好地享用一杯咖啡。

怎麼？腳下的地板延伸到掛著城邦徽記的那面頁岩牆壁的接連之處，竟伸出一張男人嚴肅的臉顏……勞勃狄尼洛？那臉是不動的，沒有任何表情，好像有人將勞勃狄尼洛的頭部相片，剪下來直立在地板上端。她滯怔了半晌，剛要專心辨識時，這張臉升了上來，壯碩的身子巨大如熊，漿燙雪白的襯衫，深色西褲配著黑色工作圍裙，頭上整齊地繫著同色的蝴蝶領結，雙手各抓著一瓶蒙塵的紅酒：

「女士，我們還沒有開始營業。」語氣斬釘截鐵。原來，這男人是從地下酒窖爬了上來。

她笑了出來，依然抽著涼菸，閒適自在：

「可是，我只想喝一杯咖啡。」

「下午兩點鐘才營業，請妳兩點鐘再來。」

男人傲然拐進吧檯，頭也不抬地抓出毛巾，用力擦拭手中紅酒瓶上的灰塵。

「兩點鐘？那時刻我們就要離開西耶納了，所以，無論如何，請給我一杯咖啡。」

這次，她將涼菸擱置在菸灰缸上，語帶懇求地用心說著：「拜託你……」

男人遲疑了一下，嚴肅的臉顏終於慢慢鬆弛下來，繼而綻開笑意，語氣也變得格外溫柔：

「嗯，就一杯咖啡，濃縮咖啡。」

「眞的，只想喝一杯咖啡？」

她的視線投向吧檯右側那具煮咖啡的機器，上面整齊排列著交疊的白瓷咖啡杯，回以同等的溫柔索求，眼睛神色奕奕。

「妳應該嚐嚐我們托斯卡尼的紅酒，我剛從酒窖拿上來，頂級的Chianti Antinori……漂亮的東方女士，要喝最迷人的酒。」

男子開始變得款款深情，唱歌般地催促。

「謝謝，下一次再來，我一定品嚐。」她說。

「下一次？下一次是什麼時候？大多數的人來了一次西耶納，就逐漸忘卻，很少人會二次重遊，除非，眞的愛上這個山城。」男子用心煮咖啡，好像在與自己對話。

「我，不就又來了嗎？」

一年前，同樣的時間，同樣的咖啡店，同樣的西耶納，相異的只是天候的差別，那年溫暖如春，重來卻是冷冽欲雪。

「好了，這一次，妳終於可以嚐嚐我們的好紅酒了吧？我請客。」男子興沖沖地抓了一瓶紅酒，拿起螺絲起子，專業而敏捷地轉動。「啵——」軟木塞拔了出來，紅寶石閃亮色澤的酒液絲帛般地倒入醒酒皿裡，果香含帶橡木桶焦味：「一九九七年份的Rosso di Motalcino。喝了我們的酒，妳就會知道法國波爾多是何等膚淺。」男子開始誇口，動作也跟著音調的高亢變得孟浪了起來：「來，漂亮的日本小姐，敬妳。」

舉杯互敬，酒果然適口，她露出了迷人的笑意。彼此的距離似乎一下子拉近許多。男子開始試圖探詢她身世，並且極力讚賞她美麗的容顏、高眺的身材，並遊說她應該在義大利找個帥氣的男伴。終於，男子大膽地邀請她去住處，理由是他善於烹飪：「如果沒吃過我親手做的松露牛排，將是妳來西耶納最大的遺憾……Mamamiya！妳應該品嚐我最擅長的墨魚通心麵……」她依然笑而不語。兩杯紅酒之後，臉頰一片酡紅，唇間閃熠著一抹撩人情思的濕濡，他更大膽地說：

「妳乾脆不要住在旅店，搬到我家好了，那裡有更好的酒、更柔軟的床。」

「不！謝謝您的好意。」她果斷地搖頭。

「我想更了解妳，親愛的。」男子懇求她。

「不！絕不！」她回男子一抹堅執的笑意，立即起身打算告辭，知道不能給對方難看的臉色，還是一臉笑容：「夜黑了，我要回旅店去。這酒好喝，我付錢，請讓我帶一瓶回去。謝謝招待。」

「住哪家旅店？Antica Torre？ Santa Caterina？或是……」男子急促地說了兩家旅店的名字，臉上充滿探詢的焦慮。

她等著取酒，面露微笑卻堅決地再次搖一搖頭，她太了解男人心裡在想些什麼。付了四萬里拉從男子手中接過裝在紙袋裡的紅酒，說聲謝，就要推門而別。

「請等一等，讓我說完最後一句話。」男子漲紅著臉，微微喘息著，好像戰敗的公雞：「請讓我說完這句話……」她耐著性子，站在門口，一隻手機警地握著銅質拉把。男子逐漸挪近，身子巨大地壓迫過來，她極端警覺地故意將厚重的木質格子門拉開一道空隙，夜晚冷冽的風一下子切割進來。

「哦，親愛的小姐，我是想說，我在這裡見過許多東方人，尤其是日本人，但妳所吸引我的，是一種彷彿熟悉很久的親切感覺……妳，竟然有一雙漂亮的眼睛，東方少見的藍色，好像海洋一般潔淨、澄明……」男子深情、認眞地傾訴。

她記不得自己是怎麼離開咖啡店的，只知道竟在夜晚的山城裡，無目標胡亂行走，穿過高低起伏、古老的石板路，心卻是噎滿了某種長久以來的沉鬱。走啊走的，天冷加上疲倦，終於在主教堂的大門口台階間坐了下來，竟然淚流滿面。埋首哭泣了一段時間，好似徹悟了什麼，拿出面紙，拭去淚痕，這才發現，淚眼之後，主教堂的廣場夜空，竟是煙火般、無比燦亮的滿天星光——啊，多好呀，石田汝靜，妳終究是身處遠離日本那個令人哀傷、悲痛的國度萬里之遙的美麗異鄉，應該要愉悅啊，妳是西耶納最孤冷的一顆星星！她綻開了笑容，燦美如花地想著。

大理石台階在夜晚冷冽的薄薄霧氣中反射著一閃一閃怪異的微光……她定睛尋找，這才發現，廣場上高聳的天使雕像，亮著橙色光暈的街燈，停駐在教堂一隅的汽車都蒙上一層水晶般的光粒子。

「是下霜呢……好多好多的霜哦！」

她的心從方才突來的疼痛，由於看見霜落而爲之雀躍了起來，高興而昂然地挺立而起，用慢跑的輕盈姿態，小心踩過霜落濕滑的石板路，鼻息之間冷冽迎面而來。一邊奔跑，一邊濕熱的淚，忍不住又迎風滴落了下來……。

2

無邊壯闊的海，亮麗漾著深不可測的藍。

島與島之間，岸與岸遠隔，只有海潮沒有任何的距離，可以恣意抵達、侵蝕、占領，無以數計的魚族，千萬年來，海是沒有國界的領土，這是人類所永難超越。

於是人類伐木造舟，浮遊於海，試圖藉海渡抵陌生的岸，掠奪或者殖民。人們不甘於行走在堅硬的大地，而試圖漂流柔軟卻詭譎的海潮之間，以巨鯨爲藍圖，建構巨大的航船，決心探看未知、遙遠的廣漫海域。一六○○年以後，海爲微渺的人類攤開了一條朦朧卻充滿希望的航路。

有人是以教會之名，遠渡重洋，屠城滅族掠奪黃金、土地；卻也有人是朝代更替，被迫遠離家園。無私、壯闊的廣漫之海，皆可容納這些屬於人類的壯志或無奈。潔淨的海流啊，魚族一代綿延一代，在陽光與深暗交疊，彷如橫切面琉璃的光影互見，巨鯨般的船底龍骨用力割破海潮與大氣之間那層猶如果凍般的柔軟與堅韌，驚嚇起原是平和的悠游魚族，往更深更冷的海中慌亂潛入。

紀梵希船長原本不應該成爲海盜。

印度洋星羅棋布的香料群島永遠沒有冬寒，不像離開嘉地斯故鄉時正是冬季，港死靜如灰濛的鏡。彼時，還是西班牙皇家海軍二副，年少靦腆的紀梵希站在船的右舷，岸邊那些橙色屋瓦、白石灰牆面的宅第、酒肆，冷色調偏藍、巨大壯麗的摩爾人百年之前建構的回教寺院，高聳的塔尖直入低垂的雨雲，巨大的船艦悄然出海。

循著直布羅陀水道，航向非洲海岸。

如果，我有一首歌，

就要海洋與我合唱應和；

因爲，我是一個好水手，

海潮是我不渝的戀人哦！

魚啊魚，是上帝賦予的美好收割。

底層甲板的水手們，以著粗壯、筋脈賁張的雙臂，整齊劃一地用力搖著巨大的木槳，劃破冷凝、沉重的海流，齊聲哼唱著歌謠，濃濁的喘息以及汗水……甲板上三根大桅桿緩緩升起三片大帆，雪白如天主教堂前白鴿的羽翼，船首彷彿迎風飛起的女神雕像，一雙宏偉的豐盈之乳迎向灰濛的茫茫大海。紀梵希偶一回首，故鄉嘉地斯的港岸已遙，只聽見教堂的鐘聲叮噹響徹雲霄，帶著主教的祝禱，這艘巨大的「聖馬丁」號海軍船艦，昂然航行。

紀梵希金髮藍睛，微笑的唇角彷如孩童。離港前夜，他不斷地作夢，夢見一艘沉船，在水深三十噚的幽暗海床，閃爍著鬼火般的粼粼螢光，靜靜散置著來自遙遠中國的青花瓷器以及無以數計的銀幣……。他一身涔涔的冷汗，驚心地翻身醒來，闇黑的房室，幾乎錯覺仍是在童年時沉睡的、位於丘陵上的家裡。一直到神志慢慢穩定下來，耳旁汩汩的水聲，這才確定身處船室，呼嚕呼嚕的酣聲起自鄰床的大副安東尼歐，那肥胖的腹部鼓風爐般地上下起伏。油燈已熄，船室中一片異樣的幽藍，漾著波紋狀的光暈，子夜的月光侵了進來。

紀梵希悄然地推門而出，一眼看見船長的房室依然亮著燈火。門是敞開的，穿著睡袍，目光如蜥蜴般，嚴峻的船長雷格諾里在燈下細心地翻閱海圖，眉宇之間不帶感情的思索之色，聞聲冷漠抬頭：

「紀梵希二副，仍未入睡嗎？」

那雙蜥蜴之眼，冷峻得如箭飛來。

「長官，我……作了個不祥之夢……」紀梵希緊張地嚥了下口水，囁嚅答話。

「航行前的焦慮吧？紀梵希二副。」

船長不以爲然地說，又埋首翻看海圖。

紀梵希沒有答話，卻也不敢挪動身子，定定地站立，一切回復先前的死靜，如死一般的寂靜，汩汩水聲——嘩啦——嘩啦——嘩啦。

忽然憶起童年的時候，從丘陵上的家，那爬滿藤蘿的窗前，眺望月光下的茫茫遠海，彷彿有一個很遠很遠的歌聲若隱若現地幽幽傳來，童年的紀梵希聽得一清二楚，竟至沉迷，一時之間，魂魄從窗口不由自主地飄出，飄呀飄地，回首竟找不到回家的路。好像一隻溫熱的纖手拂著他燒灼的額間，睜開眼，是躺在母親飽滿的懷裡。

「終於醒來了，感謝天主，你昏睡了一天一夜了。」母親親吻著紀梵希的臉頰，澄藍的眼中含淚，不斷地在胸前畫十字。

「我……聽見海上的歌聲。」他微弱地說。

「親愛的孩子，我也聽見了，那是鯨魚在唱歌。」母親微笑地說，笑意好迷人。彷如昨日。無論是否母親只是撫慰之言抑或眞如所說的那來自遠海的奇異歌聲，紀梵希寧可相信那的確是「鯨魚在唱歌」。

二十歲首次成了西班牙海軍官員，初次的航行就遇到慘痛的船難，地點在巴利阿里群島。那是一個無月無星的深邃暗夜，海異常地平靜，竟然連絲毫浪潮之起伏都未察覺，放眼就全然是墨色平面，好似上帝促狹地故意開水手們的玩笑，巨大的船帆連一丁點的微風都感受不著，三桅船就像手工模型被放置在一塊堅硬的黑色大理石板上，動也不動。

「怎麼，一點風也沒有……？」

「看啊，羅盤方位都錯亂了？」

「星光呢?至少可以靠著星圖指路……」

「天啊!上帝垂憐,給我們一個方向。」

水手們七言八語,從最初的冷靜、沉著以待到開始惶惑、慌亂了……。紀梵希第一次的航海經驗,只覺一切都顯得迷惘,一雙澄藍如海、年輕、純淨的眸,定定地眺看舷外無邊的黑,並沒有水手們漸劇的不安、驚怕。不是這塞爾特後裔與生俱來的冷靜、堅穩,而是他本就不諳汪洋大海的詭譎、凶險。

「我們的祖先,三百年前橫越庇里牛斯山那片險峻的雪山縱谷,有著金髮、白膚、藍眸的高貴血緣,不同於這裡的摩爾人,沙漠的子民,粗鄙好鬥。」

被派到西班牙最南方的嘉地斯,商務官員的父親,冷肅地對他說:

「所以,你要學習海事。百年前,哥倫布爵士從此地向西航行,找到了西印度。」

怎會在全船水手由於迷航而恐慌之時,竟然憶起父親的叮囑?自己卻也能夠有著異常的冷靜,好像冥冥之間,等待著某種未知的大事就要在黑暗的海上發生。

眞的有大事就要發生了嗎?

譬如小時候,在童書中,母親指給小紀梵希所看的:一隻巨大的烏賊在驚濤駭浪中以致命的、帶著吸盤的觸手攻擊一艘三桅船,那幅銅版畫裡,驚嚇無措的水手表情和此時竟是這般相彷彿。

不可能成眞,那僅是小時候的童話故事。

紀梵希想到這裡，不禁輕笑，忽然——船身猛然跳躍，感覺到腳下劇烈的震動，整個人重心不穩，無以自持地向前仆倒……。嘎——嘎——嘎——船底的龍骨清楚地發出巨大而可怕的擦撞聲，紀梵希從舷旁一捆粗壯的繩索堆裡爬了起來，又是一陣猛烈的震動，他機警地緊抓住舷旁雕花的欄杆，定下神，聽見：

「暗礁啊！底層甲板破了一個大洞！」

嘎——嘎——嘎——船傾斜了。

冰冷的海水吞噬了沉船以及未能從底層甲板逃脫上來的划船手們，紀梵希和幾名軍官從容地跳上一艘小船，緩緩地划離船難現場，海洋依然平靜、黑暗。紀梵希回首，只見黑漆、深邃的海，留下沉船時殘留的一、兩朵白色的餘浪，還有兩艘小船划了過來。遠遠，幾乎視野茫灰難見的沉船位置，還有幾個水手呼救，那聲音淒厲而無助，一下子就被黑夜逐漸隱沒。

「是不是繞回去救他們？還有人在水中呢。」紀梵希憂慮地向同船的長官問說。

「那些劣等的摩爾人，讓他們死吧。」沒想到，長官的回答竟是冰冷的一臉傲岸。

「可是……」紀梵希焦急地一再回頭看，試圖努力挽回長官無情的決定。

「紀梵希，請收回沒有必要的濫情。他們是摩爾人，不是我們這些純種的西哥德、塞爾特，這種事，我看得太多了。你第一次上船服役，以後，你就會習以爲常。」

長官做了結論之後，大聲喝令存活的水手們燃起火把，並且指向陸地的方位，要大家凝聚精神，動作劃一地搖槳前進。

二十歲的紀梵希沮喪地低下頭來，還是惦念那幾個載浮載沉的摩爾人水手，一種從未有的孤寂湧上心頭，眼一熱，竟落淚了。

「嘿——嘿——嘿——」單調的划船水手喘著氣，用力地吆喝著，海靜靜地在無邊的黑暗裡沉睡，甜美中卻又那麼猙獰。

「紀梵希二副。」雷格諾里船長叫喚。

紀梵希沉陷在昔日沉船的遙遠記憶裡，沒有察覺，想著父母親，想著摩爾人。

「紀梵希二副！」船長用力拍了桌子。

紀梵希猛地回神過來，忙挺立稱是。

「應該好好入睡，看你這般失神。」船長那雙刻薄的蜥蜴眼又射了過來：

「養好精神，到了非洲，可有你忙的了。」

3

「如果能夠存一筆錢，我想到哈瓦那。」

這是她一向的口頭語，十幾年來，從沒有人當眞，只認爲是她偶爾酒後隨意誑言，倒是她相當在乎。別人聽完後，總是有點不以爲然，好像她的口頭語只是天性裡傻大姊般的自我嘲謔。有一次，她眞的動氣了：

「欸——你！以爲我在起狷是不？」

「唰——」的一聲，絲帛彷彿撕裂地，她掀被憤然起身，男人原本趴撲在她白皙、豐美的裸體上，正貪欲地吮吸著她肥圓的右乳，左乳則被男人的手指時而溫柔、時而粗野地撫弄，這般突如其來的中止動作，在熄了燈的室內，男人剎那凍結在當下。只見黑暗中，男人訕訕然，好像試圖要降緩某種爭議般地從床頭櫃上抓了包菸，有些沉鬱地點燃，呼出了一大口白白泛青的煙氣，而後也坐起身子。

「你，到底把我當作什麼？」她激越地怒斥，黑暗，男人像個剪影。

她一見男人只是默默地抽菸，不答一語，便側過身去，從床頭那只黑色的Prada背包裡摸出了慣用的涼菸，卻找不著打火機。

「給我打火機！」她沒好氣地說。

依然沉默的男人順從地立即爲她點燃，順勢偏過頭去，試圖吻她的唇，她輕輕地，不太情願地主動湊上去，啄了下男人帶著濃郁菸味的嘴，兩個人就停下所有的動作，各自抽菸。黑暗的室內，隱約可見白被褥上端，兩個動也不動的剪影，只有兩點時而灼亮、時而微紅的燃燒光點。這是一家台北近郊向晚的汽車旅店，一個小時之前，男人興致勃勃地以一罐朝日啤酒呑下了五十毫克的威而剛。

靜默了片刻，她感覺到自己多少是脾氣太衝動了，有些愧然，卻不想立即表現歉意。被誤解的經驗已非首次，但連一向喜歡的男人都會在床笫歡愛之時，沒由來地這麼一句潑冷水的話，令她眞的再也按捺不了壓抑久久的生氣。

「我說Bomi啊，妳不要老是說想去哈瓦那……pub圈子的人都在偷笑。」這男人才剛從浴室淋浴出來，粗壯的肚圍上繫著旅店檸檬黃色的浴巾，挪近床頭就要開燈。

「不許開燈！」在黑暗，她微慍制止。

男人一下子就撲了上來，滑溜地鑽入被窩，立刻摟緊浴後裸身的她。濕潤、渴需、熾熱的舌蛇般綣纏著她同樣需索的舌，悍健的手用力撫挲她的乳房。

「嗯……我的Bomi，……my love……」

迷亂的黑暗，火焚般的沉墜，她深深吸了一口氣，回應以狂野之吮吻。這個喜歡的男人，小她五歲，樂團裡的鍵盤手，一年前從洛杉磯回來，典型的ＡＢＣ，每天晨泳，上健身房，有著迷人、粗獷的三角肌，剃了個日本山口組般的短髮，留著短髭，每次歡愛總微刺地滑過她豐盈、白皙的肉體，讓她愉悅極了。本想就隨著他去，在陣陣性的痙攣之時，偏偏在喃喃的柔情蜜語之間，他又說了：

「哈瓦那……哈瓦那很遠呢，哪怕從ＬＡ飛過去。加勒比海的陽光很好，去哈瓦那做什麼？Bomi，妳去哈瓦那做什麼？」

她沒有答話，手輕撫著男人濃密的腋毛，並整個鼻子陷入那叢黑鬱扎刺的濃烈體味深處，有一種馨芳的薰衣草氣息，她知道那是男人慣用的一種義大利古龍水。

「Bomi啊，不要去古巴，那個貧窮的共產國家，只有雪茄及卡斯楚……在這裡多好，我們可以不斷地做愛……是不是？」

她用力掙了一下身子，臉顏露出一絲耐人尋味的詭譎微笑，與男人正眼相看：

「艾力克，除了性之外，你還知道什麼？」

「性？很重要啊，音樂也很重要。」

男人急促地回答，手沒有停下來，依然在她乳房上以食指挑逗著堅硬起來的乳頭。

「艾力克，你在ＬＡ長大，流行音樂玩那麼久，應該聽過哈瓦那pub裡有個老歌手，叫做伊布拉印．飛列。」她充滿期盼地說。

「知道有這麼一個歌手，都七十歲的人了，從一個pub流浪到另一個pub，鋼琴、薩克斯風都很了得……不過，好像相當非主流，全世界反而知道古巴出了個山塔那。」

「艾力克，我一直想存筆錢，去看看這個老頭子，聽說他的即興演唱一級棒。」

「Bomi啊，這値得嗎？找片ＣＤ聽聽不就得了？唉，別再說要去哈瓦那了，人家會笑。」

男人笑著搖一搖頭，一副不以爲然的模樣。

她終於被激怒了，霍然起身：

「欸——你！以爲我在起猾是不？」

「起猾」用的是閩南語發音，她很生氣：

「你，到底把我當作什麼？」

而後，兩個人僵在黑暗裡，各自抽菸，久久不發一語。男人顯然怯懦，知道自己觸動了她的痛處，卻也一時不知如何排解。

「艾力克，別人可以笑我，你不可以。」

黑暗中，還是她先開口了，男人沒有回答。

「不可以笑我……」她有些哽咽。

「Sorry……Bomi別哭。」

男人伸過手去，解意地摟過她逐漸抽搐、起伏的肩膀，她起先是隱忍著，最後還是忍不住地輕輕哭出聲來，嘴裡還唸著：

「艾力克，你不可以笑我……」

兩小時之後，她在台北東區，像個遊魂。

挑染著紅褐相間的「濱崎步」式短髮，在向晚的秋風裡顯得蕭索。拐進敦化南路上的SOGO精品店，晃入她喜愛的Prada專櫃，熟悉的店員Amy立刻迎了上來，熱呼呼地叫著：「關姊，關姊……」

她仍在恍惚之中……艾力克還是盡情地與她完成了令她一連高潮多次的歡愛，這小她五歲的男人，說眞的，弄得她十分舒暢，在Amy呼喚她之前，被撐開的膣部仍然持續著一種觸電般的慄動……這個男人！

「關姊啊，妳上個月問的那個斜背書包還沒有進貨欸，問過義大利那邊，要明年春天……報價是一萬八千多台幣。」Amy說。

「什麼意思？那麼慢。」她隨口埋怨了幾句：「前兩天，民視的滷蛋從米蘭回來，就背了一個同型的斜背書包，才一萬塊錢台幣。」

Amy怔了一下，隨即笑出一張貓咪臉，嗲聲嗲氣地撒嬌說：

「唉呀，親愛的關姊姊，妳不可以遺棄我們哦，老客戶欸——」

她擺擺手，不想再和Amy瞎扯淡，往皮鞋的位置走了過去，不想Amy又熱呼呼地跟了過來，嗚咪嗚咪的貓聲音再起：

「關姊啊，我知道妳愛穿Ferragamo，但妳有時候也捧捧場，我們的鞋也很nice……」她沒有回話，低首搜尋著式樣。

「我說，關姊啊，前天我男朋友陪兩個阿根廷客戶去ＣＪＷ聽妳唱晚場，那兩個阿根廷人直讚美妳的拉丁歌曲唱得道地。」

「哦，妳男朋友做什麼的？」她忍不住問。

「筆記型電腦。」Amy喜孜孜回答，接著好像憶起什麼似地，輕輕抓起她的手：

「關姊啊，我下個月生日，我要男朋友帶我去聽妳唱歌……我男朋友說妳把《阿根廷別為我哭泣》唱得盪氣迴腸呢。」

這Amy果眞三寸不爛之舌，說得她心裡多少湧現了一種被讚美時油然而生的些許虛榮，也有著隱約的感動，她對著Amy微笑。

「是啊，是啊，多喜歡看關姊的笑容哦。」

Amy扮了個貓臉，鼻粱上兩三顆麥色的雀斑輕微跳躍著，而後，緊盯著她的臉，發現新大陸般，急促地說：

「有沒有人問過關姊妳？這麼時髦，總是戴著藍色的隱形眼鏡，眼睛好美，藍得像一片大海。有沒有人問過啊？關姊。」

「我沒戴隱形眼鏡呀，天生自然的藍色。」

她昂然對著Amy微笑回答。

「天啊！太迷人了，眞令人羨慕呢。」Amy睜大眼睛如銅鈴，臉上卻多少閃過一絲疑惑。

「大概幾代以前，我的祖母的祖母的祖母被西班牙人睡過吧？隔代遺傳啦，哈哈哈。」

她放聲大笑，Amy也回應以同樣的笑聲：

「那麼，關姊，就帶一雙鞋走吧。」

「No，no，我還是穿我的Ferragamo。」

她搖一搖頭，向Amy道了聲謝，走了。

是啊，隔代遺傳，是啊，戴藍色的隱形眼鏡……Who cares？這些問話，不管善意、惡意，誰在乎呢？我就是關寶美，我是關寶美，又干別人什麼事嘛？

橫過街道，誠品書店前面分隔島上那個巨大的紅色鳥籠，裡面巧思地種了棵樹。每一次去唱晚場之前，她慣於坐在那個紅鳥籠裡，想像自己是一隻不被禁錮的飛鳥，看著闇黑的夜空……呵，關寶美啊，是一隻自由自在的飛鳥，只是，總有一種無以言喻的傷感湧上心頭。

4

「汝靜，妳進來一下。」母親叫她。

原先是母女對坐於走廊簷下，並沒有交談。她低首翻看著一本安部公房的小說，母親正在編織毛線，這樣的對坐事實上已持續了大半個午後，二十多坪大的庭園裡作爲圍籬的扶桑花開得正燦紅，夏蟲齊鳴。安部公房的小說令她昏昏欲睡，整個午後顯得寂岑的氛圍，就被母親的叫喚打破。

將厚重的小說往茶几一擱，抬起頭之時這才察覺母親早已人在屋內，就隔著一扇格子紙門。許是天色逐漸向晚，大空已由午間的晴亮轉爲橙紅，夾帶著暮靄般的紫。她站起身子，往紙門內一瞧，母親的上半身隱沒在一片陰暗裡，下半身從腰帶開始，杏白色長裙卻異常地白亮……。

擱置小說的茶几上，還留著吃了一半的藍莓蛋糕，以及母親爲她去明治神宮祈求的一個成年禮護身符，這天，正是她十八歲生日。仲夏的向晚，依然感到季節的熱。

她走入屋裡，斜陽躲過紙門，在榻榻米上留下了兩道黃金般柔亮的光束，她抬起頭來，看見牆上那幅父親的黑白遺照。

從她出生，一直未曾見過父親。母親僅以這幅黑白相片告之，那陌生的男子是她父親的事實。好像，從她還是嬰兒時期，剛學會翻身，抬起沉重的頭顱，第一次在迷茫初探身外事物的單純理念之時，眼睛的首次印象似乎就是牆間那幅永遠懸掛的黑白相片，母親指著相片輕柔地哄著嬰兒的她，兒歌般說著：

「小小的汝靜呀，看啊，他是爸爸喲，是汝靜的爸爸哪。」

等到牙牙學語時，母親又指著相片教她：

「學媽媽說：爸——爸，爸——爸，說。」

「爸……？」她開口，結結巴巴的。

「爸——爸。來，汝靜乖，學媽媽再說一次，爸——爸……說呀，說爸——爸。」

「爸……？」第一個字勉強地吐出，又哽住。

「爸——爸！」母親的聲音急促而不耐。

「爸爸。」她在心中暗自叫喚了一次。母親已人在另一扇紙門的內室裡，她腳步加快，推開了微敞的紙門，母親已端坐在棉墊之上，輕微地示意她也坐下來。

這是母親的房間，簡樸的陳設是一排貼著白牆的矮櫃，楠木鑲著銅鑄菊花的抽屜拉柄，上頭擺著一幀母親年輕時候，穿著和服的黑白相片，笑盈盈地依偎著一株巨大的琉球松，遠景則是浮於雲上的富士山，是在箱根附近吧？她想。

相片的左側放著一盞西洋燈，有南九州夷人的異國色彩，右側擺著一隻瓷器獅子，就這麼空蕩的簡樸陳設，乾淨、整潔的八張榻榻米大房間。母親睡眠的被褥收在另一邊的木衣櫃裡頭。她環顧下四周，遂與母親面對。

「汝靜，十八歲了。」母親微笑地開口。

「嗯。」她感覺母親正深深地看她，雙頰一紅，有些羞怯地略微頷首。

「十八歲的美麗少女呢，真羨慕啊。」母親瞇起眼來，仍未老去的容顏，略施脂粉，顯得透溢出幾分風韻的魅惑。

母親，究竟想說什麼？她感到朦朧。

只見母親用右手搔一搔挽髻之後光溜的頸項，髻上銀杏圖案的髮簪，晃動閃熠著紙窗外投射入室的暮色，竟錯覺是在古代某個被凍結的時空之間。

「媽媽也曾經有過如妳此刻美麗的年代呢，汝靜。」母親若有深意地喟嘆。

「是的，媽媽。」她順從地回答。

「爸爸，……如果還活在世上，他也會很安慰妳已長大成人了。」母親嘆說。

「爸爸？媽，妳從來就沒有提過爸爸的事……」母親竟然說到父親了？她忍不住地問及，似乎剎那之間，內心湧現一種從小到大，壓抑很久的渴求，卻也在下一刻，驚覺自己竟是如此斗膽，有種頂撞的埋怨。

沒想到母親並無慍意，反而臉帶理解地微笑向她。從母親笑容中她看出一份讚許……是啊，總不能就是牆上那幅望了十八年的黑白相片，沒有任何記憶的空蕩吧？但，沒有父親的這十八年歲月，卻也眼見不同的男人出入自己的家門，母親又如何辯解？

「汝靜，媽媽要告訴妳，爸爸是個了不起的人……」母親觸及了什麼似地感傷了起來，語氣變得低微、哽咽。

「為什麼，從我出生，就不曾見過他？爸爸是怎麼死的？」她頓生追問下去的勇氣，聲音也因此而高亢起來。

母親垂下頭去，默然不語，輕聲啜泣。

「媽媽，應該告訴我，爸爸怎麼回事了？」

「是的，媽媽應該告訴妳，應該的。」母親似乎陷入更深的哀傷回憶裡，頭幾乎低垂到膝間，卻又欲言又止，只有一再哭泣。

「媽媽，請妳告訴我，爸爸是個怎麼樣的人？」她激動地追問，自己也熱淚滿眶了。

靜默久久，久久，……黃昏更深了。

母親低首沉思，慢慢地拿起手帕拭著一臉淚痕，擦拭完畢，卻還是默然無言。她也不忍再追問，靜靜地等待，不管母親說不說父親，彷彿，也變得不重要了。她想起牆上那幅似乎永遠懸掛在那裡的黑白相片，母親指著要她認明的父親？印象中母親一直是內斂、堅毅的，何以此時會如此地脆弱、悲傷？十八歲的她還是不懂。

「唉……」母親好長好長的嘆息。母親終於抬起頭來，淚痕不再，雙眼些微紅腫，反而母親發出驚訝的「啊」聲，原來黃昏已盡，夜色不知何時，已悄然侵入。房間裡仍未點燈，深海般的藍。只見母親緩緩起身，熟稔地摸索，「啪——」矮櫃上那盞西洋燈亮了，是只六十燭光的燈泡。

「汝靜，去泡個茶吧。」母親在燈旁幽幽地側過頭來，乏力地說：「我們喝點茶。」

「汝靜，其實今天是妳的生日，不應該提到妳父親的……」母親啜了口茶，平靜地說。

她回以相彷的平靜，輕輕地捧起茶杯來。

月光從一片翳雲背後銀晃晃地現身，從紙窗看出去，與她眼睛平行的視野，一株繁茂的銀杏，映照著月光，一片片扇狀的葉片反射出金屬般的閃熠，有如冬雪。

「啊，眞是美麗啊，汝靜，看看那株銀杏，開得多好喲……」母親察覺到她的視線，循著也看見窗外的月光樹影，故意轉移話題地連聲稱許著。

「媽媽，妳不想說，我也不會再問了。」

她故作愉悅起來的朗快聲音，臉露微笑指著窗外，用著純眞如夢的語氣說：

「是啊，秋天時候可以撿拾幾片漂亮的落葉，夾在書裡頭。在高校，我們的同學都常這樣做，有的還在葉片上寫古代的俳句。」

本來是想逗母親高興的，不想母親聽她這般樂觀訴說，反而眉間微蹙，似乎愁了起來；她看在眼裡，多少感到有些不祥。

「怎麼了？媽媽。」她小心問著。

「秋天啊？這就是我要找妳商量的事。」

母親凝重地說，似乎已經做好決定。

「秋天？怎麼了？」她一臉狐疑。

母親的臉抽搐了一下，略為遲疑地沉思片刻，終於，還是鼓起勇氣說：

「所以說呀，汝靜，媽媽要和妳商量。」

她平靜地沉默，不再說話，等著母親的答案。內心中湧現的思緒，想的是，會不會要她去相親、嫁人……才十八歲而已呢。

「秋天時，媽媽想送妳去東京。」

「去東京？去東京做什麼？」她囁嚅地反問。

母親端詳著她十八歲之顏，憂愁地接續：

「說眞的，媽媽也不願意……只是這十多年來，妳也知道家裡的經濟狀況，讓妳念到高校畢業，實在沒有能力再送妳上大學……」母親的眼眶又紅了起來，她終於了然於心。

「媽媽的意思是，要我去東京工作？」她問。心裡又想：高校畢業，能夠去東京做什麼？腦中晃過東京市中心那豪華的西餐廳，穿著黑衣白裙的女服務生……。十二歲時，母親從她們所居住的千葉縣帶她第一次去東京，看上野公園的櫻花，向晚時就是在市中心一家布置雅致的西餐廳吃咖哩料理。

「加山叔叔要介紹銀座的工作……妳秋天時就跟他去，加山叔叔人很好，可以放心。」

恍然大悟！想起媽媽口中的加山叔叔，上個星期還鬼鬼祟祟地來家裡，一頭油亮的西裝頭，穿著花襯衫，看見她，還輕佻地吹起口哨說：

「汝靜哦，快十八歲了吧？長得標致的美人胚喲，要不要跟叔叔去東京？」

「媽媽，我不喜歡加山叔叔，不要！」

「不許汝靜這麼說！叔叔是好人。」

母親似乎有點動氣，制止她再說下去。

「就是不喜歡嘛……」她感到委屈。

母親別過頭去，又是深深的長嘆：

「是媽媽沒有用啦，但……家裡的環境妳不是不知道，汝靜，就原諒媽媽吧。」

說著，母親哀傷地哭了。

她感到六神無主，一時也不知如何是好，只是靜靜地坐著。桌上的兩杯茶不知已經涼去多久？兀自淒淒地與這對母女同享沉寂。忽然感到有晚風吹襲進來，她不禁打了下寒顫，身子微微戰慄，心想：

「怎麼炎炎仲夏，晚上竟會冷了？……」

不經意望向窗外，銀杏飄落幾片葉子。

5

「聖馬丁」號，在濛霧的拂曉，靜靜地橫越地中海西面，也就是巴利阿里群島與北非的阿爾及爾港之間的海域。

正是紀梵希值班的時刻，大多數的船員仍在睡眠。海，靜謐如絲帛，拂曉的天光僅在遙遠的海平線露出一角，如金銅被熱火熔解般地灩亮閃灼。這夜暗仍未褪去，以著沉甸、膠著的重量緊密包裹著廣漫的地中海。紀梵希冷靜、機警地執行職務，一雙藍如深海的眸，如搜尋之鷹，環顧四方。

「仍未前往海的東方，據說盡頭的港口是威尼斯，寶石與珠玉堆砌起來的聖馬可教堂以及善於經商的義大利人……」

紀梵希想著，不禁伸長頸項，試圖眺看更遙的遠海……。海圖上如果再從義大利往上航行，就是希臘人與土耳其人曾經征戰數百年的愛琴海諸島，再上去就是連接東方的君士坦丁堡，但東方到底還有多遠？

「東方，還有多遠？」紀梵希問過父親。

父親思索了久久，從書架上取下一冊《西班牙所轄疆域》翻了幾頁，密密麻麻的文字之間，幾幅石刻版畫的海島地圖：

「喏，兒子。在女王陛下及天主的共同治理下，從我們的嘉地斯港往西航行，三個月時間，就是我們的歷史英雄哥倫布爵士所發現的西印度群島……他們形容說再航行幾天，就是一片無以衡計的大陸，那裡有傍海而居、未領受天主恩澤的野蠻人。」

「畢薩羅爵士，不是以一百五十個士兵，毀滅了一個叫『印加』的大帝國，帶回了可以裝滿三個大房間的黃金嗎？不過，我實在不懂，據說那號稱『太陽之子』的印加國王在皈依天主的第二天，何以又被送上絞刑架？畢薩羅爵士這樣是不是一種背信？」

「兒子啊，這終究是兩百年前的歷史傳說而已，征服以天主之名，無背信之說。」

「我總覺得，以屠殺作爲征服的手段令人覺得羞恥，西班牙歷史稱許畢薩羅是英雄，我卻覺得他是屠夫。」紀梵希還是不以爲然，臉露不屑之色。

父親怔了半晌，心想：這剛入海軍的兒子而今能論斷歷史功過，有著堅定、自我的意志，未來是好是壞，多少有憂喜交織的複雜情緒；畢竟這是新領土的獲取，宗教與軍事互用，是不能不流血的一種權宜之行吧？還是提醒兒子：

「這些話，我們父子說說可以，作爲海軍官員，是不能在公開場合議論的。兒子啊，西班牙有它輝煌的榮耀。」

「你問及東方多遠？我不曾去過，無法給予你明確的回答。但翻到這本書第六十七頁，根據航海記事，我們東方的殖民地在亞細亞洲最東邊的兩個島嶼，南方是菲律賓的馬尼拉，北方是福爾摩沙島的淡水……從西班牙船程要一年兩個月。」

「天啊，那般地遙遠。」紀梵希驚呼：「不知道以後有沒有機會到東方去？那裡到底是怎樣的一片土地？」

「這往東方航行的航海記事寫著，在南中國海遭遇到葡萄牙海盜，打了幾次極其慘烈的海戰；而到福爾摩沙島的行程中卻被從巴達維亞起程的荷蘭人艦隊攻擊……航程艱難重重。」

父親緩慢而憂心地翻閱冊頁，眼眸中透溢著對這剛成為海軍的兒子未來生涯的關愛，卻也含帶某種鼓舞。

天終於慢慢地白亮，海明晰漾藍。

紀梵希的思緒從遙遠的父親那裡拉了回來，甲板上開始人聲鼎沸，日夜當值的交班水手，喊叫著命令的軍官，紀梵希看見雷格諾里船長從下層的艙房打著仍未飽眠的呵欠，走向艦橋。

忽然覺得，很想念嘉地斯港的父親。

紀梵希站直了身子，向船長行了舉手禮。

「紀梵希二副，一夜無事吧？」船長問。

「報告長官，平安無任何狀況。」紀梵希答。

交班之後，紀梵希疲倦地回到艙房，卻沒有太深的睡意。坐在桌前埋首書寫航海記事，父親所提及的「遙遠的東方」竟久久迴繞不去，如舷旁那拍打的波濤汩汩，無以消除，彷彿成了紀梵希的心事。

「這一次的航程前往地中海最東的非洲。」

雷格諾里船長僅如此簡單地指明航向，任務又是什麼？紀梵希想到敵對的鄰國，葡萄牙或更遙遠的荷蘭……據說荷蘭人從福爾摩沙島南方的大員基地派艦隊攻打過北島淡水的西班牙城堡。那麼，寧可在地中海海域遭遇一次荷蘭船艦，痛痛快快打次漂亮的海戰吧？紀梵希做了海軍之後，從未遭遇正式的海戰，多少他是興致勃勃地。意志昂揚地身為西班牙「無敵艦隊」的一員，哪怕敵人的砲火與彎刀？

應該是熾熱的燃燒以及利刃切割肉體的血腥味吧？海水煮開般地沸騰，葡萄牙人、荷蘭人拿著刀劍砍過來時，將是如何地凶殘、暴烈？紀梵希閉上了雙眼，手中的羽毛沾水筆不禁戰慄了一下，竟至脫手……。他倒是突然憶及：兩年前，在塞維亞的妓院遇見一個漂亮的葡萄牙妓女，在這之前，紀梵希不諳女事。

想到這裡，年輕的紀梵希不由然兩腮通紅，禁欲已久的男性竟覺得在平靜中微微蠢動了起來；像冬眠的蛇幽然醒轉，在黑暗的洞穴深處，昂然吐信。

「她叫：雪雅。她是這樣告訴我的。」

紀梵希喃喃自語，記憶逐漸明晰。

雪雅，像黑暗與光明交界的一種妖異的美色，葡萄牙與摩爾人相雜的血統，美麗又邪惡，如野地怒放的罌粟花。

那一夜，彷如冰與火的交融，帷幕的中國絲綢、印度檀香以及摩洛哥的無花果酒，她的肉體柔軟而熾熱，臉顏卻冷若冰雪……所以，女人啊，妳叫：雪雅。像雪般地優雅嗎？妳的唇朱紅鮮美，皮膚柔細如絲綢，我在迷迭香的氣息裡全然放鬆，捨去羞赧與教養，而寧願跌落最深最深，無以探測的深淵……。

愛我吧！親愛的雪雅，像一條蜷曲的花斑蛇，像一片溫暖的海潮，淹沒我啊！吞噬我吧！謎般魅惑我的女人。

那一夜，紀梵希交出了他的處男之身。

紀梵希堅信：是雪雅讓他蛻變為一個眞正的男人，而後勇敢地來到海上。

紀梵希沉沉入睡，在雪雅的情欲之夢中微笑，……這是航海記事隱藏而無法列入文字的私己祕密，連天主都不必去告解。

夢中，天主的神龕悄悄沉落入最深邃、幽暗的海底，聖母懷抱著聖子依然微笑，所有教堂中的白燭都熄滅了……只浮現出雪雅那野性、妖嬈的裸體，好似召喚著紀梵希生命可能注定的沉淪。天主的神龕沉下去了，雪雅的裸體沉下去了，紀梵希的靈魂在深海底層迷路，驚駭地呼喊著，卻發不出任何聲音……。

紀梵希又清晰地看見那艘沉船——

水深三十噚的幽暗海床，閃爍著鬼火般的粼粼螢光，靜靜散置著來自遙遠中國的青花瓷器以及無以數計的銀幣……

聖馬丁號在前往非洲大陸的海上。

紀梵希在迷亂、詭異的眠夢中。

6

嬰孩在母親的懷中睡得甜熟。

顯然，這仍十分年輕的母親正經歷方才一陣手忙腳亂。瞧她將喝了一半的奶瓶、散置的紙尿布胡亂地塞在嬰兒車的坐墊裡，想是熟睡前，和哭鬧的嬰孩有過奮鬥，嬰孩的眼角還清晰地留著一抹淚漬。

這母親看來的確年輕，挑染過的褐色長髮繫個馬尾，還是一張青澀、羞怯的少女童顏，就坐在路旁樹下的法式雕花長椅上，有些無助且無奈地撫胸微嘆。母子袋有氣無力地掛在一旁的嬰兒車把手上，微微搖晃……。有些茫然地看著馳過的車輛，拿起手機，說了幾句話：

「知道你在忙嘛，我啊，在仁愛路。」

年輕母親舉目，看見她逐漸挪近。

「幹嘛，對我生氣？帶娃娃出來散散步，在家裡多悶呀！好啦，去忙好了。」

她同時，看見那有些憂慮的年輕母親以及在懷中甜睡的嬰孩。

多麼可愛、美麗的小嬰兒啊。

她在心裡由衷地讚美著，不禁臉露和善的笑意，腳步放慢下來。只聽得年輕母親不耐地提高聲量，和這午後有著暖陽、和風的仁愛路三段綠蔭街景不協調的些微怒意：

「我沒什麼不高興呀！是你在生氣，工作不順利，嘔我幹嘛？你神經病啊？」

啪——年輕母親憤憤地切掉手機，沮喪地低下頭去，一臉沉鬱的模樣。腳下挪近、而後靜止的人影，抬起頭來，疑惑地看見一個打扮時髦的女子正站在身前。

「好漂亮的娃娃呢。」她稱許著。

「謝謝。」年輕母親怯怯回答。

「男生？女生？多大了？」她問。

「女孩子，昨天剛滿八個月。」看見別人如此充滿讚賞的善意，年輕母親不由然露出些許驕傲，頭後的馬尾晃了兩下。

她伸出手，輕撫著嬰孩紅潤圓胖的腮，無數愛憐地，好像自己在和自己對話：

「好幸福哦，有這麼可愛的小baby。」

「謝謝妳。第一個孩子，手忙腳亂呢。」

年輕母親羞怯地將擠在嬰孩頸間的奶嘴拉了下來，嬰孩被觸動，小手螃蟹般地，本能揉了幾下緊合的眼瞼，又睡著了。

「小嬰兒就是要好好照顧、疼愛呀。妳好年輕哦，幾歲？」她溫柔地問。

「二十一歲，去年才商專畢業。」年輕母親答。

「漂亮的小媽媽，生漂亮的小baby。」

她有些揶揄，卻滿是溫暖的眞心：

「好羨慕妳喲，幸福的媽媽。」

「再見。」她揮手道別。

「再見。」年輕的母親笑容如燦放的春花。

她走了幾步，還是不捨地回首，年輕母親溫柔緊摟著嬰孩，甜蜜地香著熟睡的胖腮。

「阿寶美欸，台北敢是好所在？値得汝待十來年？有年歲了，返來嫁尪吧。」

驀然，想起前天，阿姊來的電話。這樣相彷的關切（或者是不耐的叮囑）一再重複，她已然厭倦，應和地「嗯」，微弱地回答，實在懶得解釋什麼了，阿姊又說：

「阿母身體愈來愈糟，七十歲嘍。阿寶美欸，阿母苦勸汝，汝也不聽，唉，是驚汝一個人出外，沒好睏、沒好食……阿母捧起飯碗來，目屎就漣下來……。」

「好了啦，阿姊，別再說了。」她略爲提高音量，阻止阿姊唸經般地老調重彈：

「我在台北唱歌，日子過得不錯，免恁煩惱，安心就是，好啦，別講了。」

「唱歌賺有幾圓？嘸嫁尪生子，年歲大了，要做老姑婆是不？」

阿姊憂心、急促地留下最後的一句話。

這樣的情境，毋寧令她十分不快……

從小到大，家裡的人誰眞正了解我關寶美？年歲大怎麼樣？做老姑婆又干他們何事？五歲以後，每天黃昏就定時去園裡摘豬菜，摘得不夠就一頓打，才五、六歲的小女孩呢？阿母都惡狠狠打得下去？阿爸是心疼她的，卻一年到頭難得看見幾次。

「恁那個沒路用、沒責任的老爸，只會跟著戲班南北四界去，賺的錢不夠伊喝酒、賭博……恁這些死囝仔！目睭給我睜亮些，皮繃緊一點，靠恁老爸，喝粥都沒有！」

阿母那兩片刻薄的唇，吐出來的話比刀還要利，彷彿一生帶著惡毒的、對阿爸的深切恨意。每天拂曉，推著賣果蔬的攤車出門，她裹在花被裡，悄然地落淚。不是不明白粗糲、奔波的母親爲這一家的勞苦，而是阿母那從早到晚不歇的咒罵，從離家少回的父親罵到所有的姊妹：

「生了一堆沒路用的查某鬼仔，外頭家神仔，嫁一嫁，不必呷了米！」

「是啊，女兒是外頭家神仔，又怎麼樣？」

有一次，是念國中三年級吧？她忍不住如此頂撞母親，她阿母起先愣怔，怒氣頓時漲紅了那番茄臉，習慣性地順手抓起廚房門口的竹掃帚，劈打過來，她不閃避，生氣地怒視，身上結實挨了幾下：

「阿母！汝打死我呀，汝打呀，爽爽快快地打吧！打呀！」

母親放聲大哭，竹掃帚垂了下去。

「阿寶美欸，不許汝這樣忤逆恁阿母！」

那天，父親剛好在家，原本一個人坐在屋外的大埕上沉鬱地抽菸，忍不住地喝止。

「是哦，父女同款心肝，免假好心。」

母親哭泣中，仍不忘冰冷地嘲謔父親：

「免假好心啦，我看多了。」

父親沒有回應，仍低首抽菸，只以眼神示意她不要再應話。她非常地生氣，非常地委屈，內心怒意潮湧。每天放了學，幫母親削水果、分裝、送貨，功課還沒靜下心來完成，要去黃昏市場看攤子，背著書包奔出校門，如果慢個幾分鐘，母親就毫不留情面，當著人群，用最惡毒的話斥責。

痛恨這個家！痛恨這苛刻的母親！

有那麼一天，我關寶美不會再回來。

考上了北台灣的專科學校，母親不讓她去念，淡淡地拒絕她北上的要求：

「我說，阿寶美欸，查某囝仔人，讀那麼高做啥？還不是嫁尪生子……厝裡也沒有錢讓妳去讀，認分死心吧。」

「我……自己去賺錢，自己付學費。」

「賺錢？十六、七歲查某囝仔有什麼能力賺錢？去做菜店查某嗎？太少年了。」

就因爲母親的這一句話，她堅持離家。

父親塞了一萬塊錢給她。永遠記得那一個彩霞滿天的向晚，故鄉的火車站，父親默默地抽菸，陪她站在空蕩的月台。父親買了一個便當，兩枚家裡帶出來的橘子，父女無言地等候北上的平快列車。父親好像一生都是淡漠、寥落的神色，似乎永遠沒有大悲大喜。或者是悲喜交集的戲演多了、看多了，一切都已不再重要，她知道，父親只要女兒好。

「阿生師，阿生師。」有人叫著父親，她回頭一看，是車站的站務員，在霞色漸暗泛紫的鐵道那頭，慢慢走來。

父親泛起少見的微笑，右手輕揮了兩下，低聲地向她說：

「阿爸的小學同窗，鐵路局做二十多年了。」那站務員已來到眼前。

「好久不見了，去哪……還帶著衣箱？」

「第三個女兒，去台北註冊，讀五專。」

那站務員端詳她兩眼「啊」地像發現什麼似地指著她說：

「我記得妳，在黃昏市場，水果攤子。」

「伊叫寶美。來，阿寶美欸，叫阿伯。」

「阿伯。」她應了聲，視野投向鐵道遠方，薄薄的煙嵐起自田野，列車仍未來，信號燈幟在月台盡頭，亮著暗紅的光。

「火車慢分，差不多再等半個鐘頭。」

站務員從胸袋掏出菸，敬了一枝給她父親，貼近身來，替父親點燃：

「查某囝仔，出外讀冊，汝會嘸甘未？」

「囝仔大漢，就愛乎出外，讀冊是好代誌，不要親像我，青瞑牛一個，一世人跟戲班走，未出脫啊。」

「同樣啦，像我吃鐵路局的頭路，飼一家人，唉，艱苦哦，沒前途……」

站務員苦笑地自嘲，眼神停駐在她臉上，忽然發現什麼似地怔住，手搭著她父親的肩，拉到一旁，聲音低微下去，好像怕她聽見。問她父親說：

「欸，阿生師，恁查某子生做眞幼秀，……汝講，是不是外頭偷生的？」

「講什麼肖話？要跟誰偷生？啐！」

「金絲貓啊，哈。」站務員笑出聲來：「汝是不是睏過阿督仔查某，那無怎麼查某子有一雙藍色的目睭？老實招認。」

「我咧——哪有那麼厲害？小漢目睭就濁濁的藍色，帶去看過眼科，醫師說沒關係，說是隔代遺傳。」

「咦？這就奇怪了，以前祖先有人這款嗎？」站務員又側過頭來審視她一次。

「有啊，阮阿祖嘛是目睭藍藍。」

「汝看，我猜得沒錯。一定是恁古早的祖先乎荷蘭人透著的，哈，哈……」

「講那什麼話？輕踩講講的。」

月台暮色已濃，鐵道開始輕微晃動，清楚地，列車閃著強勁刺眼的頭燈，轟轟然挪近，她下意識拎起衣箱。

7

東京都，新宿西口，深秋午後。

她從虎之門寓所搭地下鐵到新宿，午前方從深眠中醒轉，仍有昨夜醺然的微醉，覺得應該好好去洗個頭髮。

昨晚，在店裡，那男人怎麼說的？

午後陽光金黃燦爛，銀杏樹青綠得幾乎睜不開眼，奮力追想，那男人怎麼說？

「靜子小姐，我們相識多久了？」

她故作神祕，嬌羞地回眸一笑，不語。

「相識一年囉，記得嗎？」男人認眞地屈指而算，眼露深情地與她隔桌相對。

她還是沒答話，甜蜜地微笑。

「相識一年。靜子小姐應懂得我的眞心。」

這壯碩、正色的中年男人，精亮的銅鈴大眼，不放鬆地用心地癡望著她。怎會不記得這男人？戰後的團塊世代，華族之後裔，東大畢業生，做過《朝日新聞》北京、香港特派員，現在是中生代的國會議員，橋本英次郎。印象深刻，怎麼會不記得。

但，記得又怎麼樣？不記得又怎麼樣？銀座九年，男人如舞蹈之蝶，來來去去，接觸太多了，反而連印象深刻如橋本國會議員，都只覺得雲淡風輕。

「橋本先生，謝謝您，我懂得您的心。」

她優雅地端起寶藍色瓷瓶的皇家禮砲二十一年威士忌，爲男人斟酒，放下。

「男人啊，要的只是心愛女子的了解。否則政治路上的刀光血影如何穿越？」

不愧是華族之後的世家子弟，出言如此豪氣干雲。但在這紅塵十丈的歡酒場，妳又能相信到幾分？

「啊，小澤先生好久沒和橋本先生來了，國事那般繁忙嗎？」她故意轉移話題，以右手輕攏耳鬢，動作迷人極了。

一說到小澤，橋本嗓門就大了起來：

「不要提他，說到小澤，我心中就有氣！好了，從我們自民黨脫離，找了幾個在野的新生議員組了新黨，也不聽黨內的大老苦勸，說幹就幹。什麼嘛？還跟我說，橋本啊，日本泡沫經濟十年了，執政黨做了什麼？不如咱們脫離出來，重塑一個新的日本，給兩億人新的希望。嘿，口氣眞大。」

「喲，小澤先生志氣滿滿呢。」

她由衷稱讚，跟了一杯小酒。

「靜子小姐，我氣的不是小澤脫黨，我們是東大三年宿舍同房的革命老友，一起讀馬克思，讀韋伯，搞學生運動……要走也好好打個商量，說走就走，哼！」

「朋友還是朋友嘛，哪天找他同來。」

她再爲橋本斟了一杯酒，勸慰著。

「年底又是國會大選哦，憑他小澤的新黨，沒有自民黨奧援，怎麼拚鬥？我是怕他敗選，自尊心那麼強的傢伙！」橋本激越地暢言，引得她笑了起來。

「我就喜歡看妳笑，燦美如櫻啊。」橋本深情凝注地盯著她看，忍不住讚賞。

「橋本先生在唸詩嗎？燦美如櫻？」

她慧黠地反問，以手抿唇。

「靜子小姐，還是沒答覆我的請求。」

「您沒有請求什麼呀？橋本先生。」

「我剛才說，我們相識一年了。」

「是啊，還是小澤先生介紹認識的。」

「唉呀，妳又提起小澤那傢伙了。」

橋本笑著，搔一搔頭，伸出一雙厚實的掌，輕握她纖細、白皙的十指：

「靜子小姐，我誠意地請求。相識一年了，我們應該從客人與酒伴的關係變成知己……

嗯，這樣，靜子小姐懂吧？」

「橋本先生，您一直是個好客人，也是好知己，本來就是呀。」她明白橋本的要求爲何，還是故作天眞、不諳的表情。

「啊——我的意思是……」橋本下定決心，手勁加重，語氣緩慢地接續：

「能否，我們可以有同居的戀人關係？」

一時間，彼此頓時陷入短暫的沉默。她沒有答話，靜靜獨自啜了口酒，眼角餘光瞥見橋本臉露某種尷尬卻也有將話傾吐而坦然放心的鬆弛。只見橋本輕輕縮回緊握著她的雙掌，右手從西裝口袋中取出了一個刻意包裝、繫上蝴蝶結的小禮盒，誠摯、正式地推到她的身前，謹聲地說：

「明天，我等待靜子小姐的答覆。」

明天？就是今日，她人在新宿西口。

記得橋本離開銀座的時間是晚上九點。她又接了兩桌客人，銀行經理及建築公司的社長先生，他們剛完成一項圓滿的貸款契約，興致特別高昂，鬧酒鬧到子夜。波爾多紅酒喝掉六瓶，她昏昏沉沉地叫部計程車回到虎之門寓所，下車時習慣性地抬頭遙看，東京鐵塔已熄去了燈光。

這家常來的髮廊有個花朵的名字：薔薇。

午後二時，她安適地躺臥在長椅上，讓七號小姐，細心梳洗她昨夜留下酒味、菸味的及肩長髮，不思不想。

仍然有些沉沉的睡意。

暖熱的水流，耳畔的濕潤以及滿鼻的草葉香味的洗髮精氣息。

「汝靜小姐，水溫會不會太熱？」七號小姐溫柔、體貼地輕聲詢問。

「可以，很舒服。」她漫聲回應。

「妳的髮質好，細柔不分叉。」

「謝謝。都是妳的巧手。」

「汝靜小姐，昨天又喝酒了？」

七號小姐，小心翼翼地問。

「為了討生活嘛，無奈啊。」她回答。

「請等一下，抱歉，我馬上過來。」七號小姐輕聲致意，似乎想到什麼事，離開。

她未回過神，七號小姐又返來了，原來專為她取來了一杯熱茶，她心中暖了起來：

「謝謝，這般好意。」

她輕輕睜開了眼，四十五度仰角，巨大的髮廊玻璃落地窗，新宿新都心幾棟摩天大樓的晴亮藍空，一架日航七四七無聲地飛過去，以一種漂亮的弧線。

「汝靜小姐，妳這只寶格麗手表好漂亮。」

七號小姐發覺到她右手腕上的閃亮：

「很貴重哪，兩、三百萬元呢。」

「謝謝妳，好識貨。」她答謝，閃過隱約的一陣驚心。昨晚橋本送的禮物，午間醒來打開，只覺是一只造型不俗的手表，就隨手戴了出來，竟是昂貴的寶格麗名牌，看來，橋本果然有心。

卻也沉重了起來。今晚如何答覆橋本的要求？在銀座伴酒九年，不是沒有男人提出同樣請求，可以藉著酒意、歡鬧，當作戲言婉拒。習慣於單身女子的獨居生活，雖說是歡場處身，但也不輕言許諾……這下，橋本的確給了她一個難題。

橋本好不好？

不是好或不好的問題。

橋本有妻子？

歡場女子，誰在乎這些？

橋本國會議員，形象良好，家業豐厚，與之同居，財帛、豪寓不缺，有何不可？

汝靜啊，想一想母親的盼望何來？

十八歲離家，忍辱之淚，只爲了母親的苦苦哀求以及對貧困家世的報償，反正銀座也來了九年，早不是那個看著窗外的銀杏都會感動莫名的少女汝靜。

這茫茫人世，是不是也有相彷的一個陌生女子與之同感傷懷？有一種深刻的思念卻無以傾吐？有那樣的一個人嗎？她蒼茫地望著遙遠的天空。

8

摩爾人水手三兩坐在船尾，輪流抽著水菸。

紀梵希注意了他們久久，頭上繫著回教頭巾，巧克力般壯碩的裸身，在午後的陽光照射下映照著一種屬於海般的健康、陽剛。只見他們圍著一具長筒型玻璃管，裹以黃銅的雕花，一支長而蜷曲的管子，抽得唏哩呼嚕，好不愉快。紀梵希所不諳的異國語言，笑談之間，摩爾人唇角吞吐出謎樣的茫白煙氣。

巨大的三片白帆，皇家海軍的旗幟在頂端刺刺作響，海平靜而純藍。這些原在船底划著沉重、巨大的木槳的水手們剛換班上來，裸身還淌著豆大的涔涔汗珠。紀梵希被那奇異的阿拉伯水菸深深吸引，忍不住走近他們，長筒皮鞋響亮的叩叩聲使得水手們猛然抬頭，卻是一臉的驚心，好像自己做錯了什麼事，紛紛站起身來。

「長官。」帶頭的水手塊頭粗壯，幾乎比紀梵希高一個頭，他戒懼、畏怯地敬禮。紀梵希微笑地回個禮，要他們坐下：

「不要客氣，這是你們應得的休息時間。」

「謝謝長官。」大塊頭目光炯炯地答。那眼睛深褐，閃過一絲難以置信的神色。

「呃，我只是好奇，這是什麼？」紀梵希趨前蹲了下來，以右手指輕輕碰觸水菸。

水手們紛紛鬆弛原是緊繃的臉顏，笑著爭先將水菸遞到紀梵希面前，要他試試。

「報告長官，這是來自摩洛哥的水菸，整個阿拉伯回教世界都以此自娛，可以鬆懈緊張並且帶來心靈的愉悅。」大塊頭形容，同時已將管子遞到紀梵希的唇旁：

「長官，我教您怎麼抽，來，用力吸它，用力！再用力啊！」

紀梵希照著大塊頭的教法，用力吸著管子，可能方法不對，嗆得煙氣彌漫，咳嗽不已，惹得水手們哈哈大笑。

如法炮製，紀梵希又努力試了一次，還是嗆得臉紅如醉，咳聲連連，驚得連佇立在船尾柵欄上的信天翁，忙展開巨大的翅膀，往海上飛去，紀梵希自己也笑得人仰馬翻，反而勸慰水手們說：

「沒有關係，沒有關係，我慢慢學。」

「紀梵希二副——！」

什麼時候，一臉怒容的雷格諾里船長已像一座大山般地聳立在眼前，聲色俱厲。

「紀梵希二副，請別忘了你尊貴的身分！」

紀梵希趕忙慌亂地站起，向船長行禮。

（我，做錯了什麼？船長何以怒不可遏？）

「你，跟我來！」雷格諾里船長怒指紀梵希，轉身揮動著拳頭，大聲喝斥：

「你們，統統給我滾到艙底裡去！滾！」

紀梵希看見船長左右的隨扈，殺氣騰騰地反握住腰帶上的利劍，一副驅逐、威逼的凌人氣勢，大塊頭想爭辯什麼，未待開口，格雷諾里船長一個耳光摔了過去：

「想抗命嗎？給我全部滾回去！」

大塊頭嘴角淌出一絲血痕，那深褐的眼睛像火般地燃燒，還是順從地和水手們不甘不願地走下通往底艙的梯子。

「砰——」隨扈用力鎖上艙門。

雷格諾里船長，那雙蜥蜴眼直刺了過來：

「紀梵希二副！你知道自己在做什麼嗎？」

紀梵希站得筆直，沒有答話，謹慎聆訓。

「別忘了自己是尊貴的西班牙海軍二副，那些卑劣、骯髒的低等民族，摩爾人回教徒，只配做划槳的奴隸，你，知道嗎？」

「是的，長官。」紀梵希眼看前方茫茫無邊的海域，靜靜地回答。

「摩爾人占領了西班牙八百年，盤據整個安達魯西亞平原，他們只是一群卑下的蟑螂。哪有我們西哥德、塞爾特後裔的優秀，最後還是我們的天主統一了西班牙。」

「是的，長官。」紀梵希應聲。

「不要再讓我看見你和那些低等民族談笑。記得，你是貴族，摩爾人是奴隸。」

蜥蜴眼陰陰沉沉，冷冰冰地滑過紀梵希的眼睛，轉身，威風凜凜地離去。

船尾回復一片寂靜，紀梵希仍然筆直地佇立，手不經意地碰觸到腰帶旁的配劍，發出「匡啷」的金屬撞擊聲……慢慢地，慢慢地回神過來。藍澄澄的海，陽光令他有些暈眩……感覺到有一種深沉的恨意逐漸升起，又緩緩地沉落。

（摩爾人又怎麼樣？摩爾人也是人呀！）

紀梵希睇起那雙如海般深藍的眼睛，想起故鄉嘉地斯港的回教建築，和善迷人的摩爾人童伴，想起……雪雅。葡萄牙與摩爾人混血的美麗女子，他的處男之身的失去與肉體的初曉。忽然，無限眷念起故鄉的雙親，他們從來不曾自以為尊貴，從來不曾禁止他與摩爾人的孩子交往。

（你？雷格諾里又是什麼？自以爲流著尊貴血統的西哥德人嗎？媽的，一雙像蜥蜴般的邪惡眼睛，比眞正的蜥蜴還要不如。至少，安達魯西亞的蜥蜴還一身美麗、神祕的斑爛之色……你只是一隻豬！）

忽然，一種莫名的感傷浮上心頭。

視野裡的茫茫大海，感覺一種哀愁，回首，看見方才水手們遺留在甲板上的阿拉伯水菸；紀梵希慢慢地走過去，拿了起來，深深地用力吸了一大口，辛辣的菸味又嗆到喉頭，他卻一點都不氣餒，一再嘗試，玻璃管裡的水沸騰了，呼嚕呼嚕地吸得順暢，紀梵希微笑了起來。有些迷醉，頭很沉重，胸口很悶。

巨大的白帆在他愉悅昂首的視野中，好像天主垂憐的雙手，要迎迓紀梵希到何方？他看見那隻信天翁張開巨大的羽翼，隨著氣流，以美麗的弧度，又飛回船尾原來的位置，收束翅膀，嘴裡銜著一尾碩大的魚，（如果銜著的是來自雪雅的書信該有多好？）著陸的大鳥竟是走起路來，一顛一跛，笨重而可笑，不像牠在藍天上翱翔，那般輕盈、那般自由自在。紀梵希忽然渴望一種如是的自由、自在，不受制約，人與人之間的坦誠與和善。

多麼盼求，這艘「聖馬丁」號，在天主的祝福之下，從船的堅硬木質甲板神奇、驚喜地迸裂出燦爛的花朵，嬌豔的玫瑰，桅桿上開出潔白的百合，兩舷被不斷抽長的紫藤所環繞……所有的火砲射在夜空，成爲喜慶的煙火。天使唱著聖詩由天而降，雪色的翅膀泛著銀亮的閃眨，地中海開始飄落白茫茫的雪花……

惦記裡的雪雅，一身火紅的長裙，蓮瓣般地散開，跳著吉普賽人的舞姿，紀梵希迎向前去，深情款款地擁她入懷。

「嘿——嘿——嘿！」

底艙裡的摩爾人水手用力地划槳。

「嘿——嘿——嘿！」

大塊頭蹙眉，思索著甲板上的紀梵希：

「喂，那個西班牙人二副，是個好人呢。」

「的確不太一樣……下次再教他抽水菸。」

「不許交談！全心一意地划呀！」

監視的軍官嚴厲地命令著。

「嘿——嘿——嘿！」

（那個西班牙二副，叫什麼名字？）

「嘿——嘿——嘿！」

（海一般深藍的眼眸，想念般的憂愁之色。）

大塊頭擦拭著額頭淌下的熱汗，想著紀梵希試抽水菸的模樣，不禁笑了起來。

「快呀！用力地划呀！看見非洲大陸了！」

摩爾人水手，豪邁地齊唱：

如果，我有一首歌，
就要海洋與我合唱應和；
因爲，我是一個好水手，
海潮是我不渝的戀人哦！
魚啊魚，是上帝賦予的美好收割。

紀梵希放下了水菸，遙看波濤盡處。

海域絲綢般地粼粼翻騰，兩舷切割過沉重又堅韌的水面，白浪往後攤開，幾尾海豚追著船奔躍、泅泳，成群的飛鳥與甲板平行，啁啾著往同一方向翱翔。紀梵希清楚地看見海之盡處一片無以測計的壯闊大陸，那麼翠綠、那麼雄偉，桅桿高處眺望的水手高喊——

「非洲！非洲！就在前方！」

只見雷格諾里船長快步邁出了船艙，臉露狂喜之色，命令全員集合，船準備下碇。船，緩緩地減慢了速度，非洲就在眼前。

紀梵希直視著壯闊的大陸，深吸一口氣。

9

你們不會相信，你們只會看見一個你們認識的女孩；雖然她穿著晚宴華服，正是十六、七歲的年齡……

紅酒與雪茄交融的氣味。總要有這般些微頹廢與鬆弛的氛圍，紅與藍光球慵懶地滾動，僅有小舞台中央上端固定投下的亮燦，如一道光束緊密將她縈繞其中。感冒未癒，仍覺乾澀的嗓子，依然宏亮、昂然地吟唱，一種傲岸的專注。

（誰知道，凌晨直咳嗽到拂曉？）

頸間丁香色綴著紅色玫瑰刺繡的絲質圍巾在她嬌媚、妖嬈轉身時，彷彿風吹拂而飄浮如銀色海浪。酒紅鑲金，緊身的無袖上衣，燈下白皙如藕的纖柔雙臂，慢慢地張開，做祈求之姿。

（愛死這條圍巾，死黨麗玲去義大利旅行時，據說是在一個叫「西耶納」的古老山城買到的。……西耶納？什麼地方？）

今晚，生意不好，才坐滿六桌客人。瞧瞧那竹竿般、瘦得剩沒幾兩肉身子的朱老闆，靠著牆面，像極一隻乾巴巴的板鴨，臭著一張臉，全世界的人都對不起他的模樣。黑暗中，可見到他不時低聲喝斥著新來的侍者，埋怨他們換菸灰缸的動作太慢。

（笑話，又不是我Bomi把店裡的生意唱衰的，擺什麼臭臉？）

間奏時，她搖擺著柔軟的身子，有意無意地瞟向身後樂團裡正有氣無力撫弄著鍵盤的艾力克，他今晚戴著一頂黑色的耐吉球帽，看見她對著他瞧，孩子般淘氣地吐了下舌頭，十指忽然變得格外有力，重重敲擊，來一段one man show。

（那十指，多麼溫柔又粗野地撫過我的肉體啊……）

這麼一想，臉頰燥熱了起來，禁不住身子微微戰慄，她甜美地對著客人微笑。客人回以稀稀落落的掌聲，再接續唱著：

所以，我選擇自由，四方遊走，嘗試所有新的事物，但沒有什麼令我印象深刻，我不曾期待過……

她深深地吸了一口氣，喉間有痰，暫緩，呑嚥，輕輕換氣，醞釀一種深切哀愁的情緒，感覺到內心深處，自然湧現的一個隱約而來的長嘆，眼眶濕熱了起來。她昂起頭部，以四十五度角的姿態，奮力出聲：

阿根廷啊，別為我哭泣！我真的沒有離開過你，即使在迷亂的日子裡，瘋狂的時光，我依然信守誓約，不曾遠離……

最後的一句歌詞「信守誓約，不曾遠離……」總是唱到這一句，滄桑、哀婉的嗓音，客人們會隨著高昂起來的伴奏，答以熱烈讚賞的掌聲。今晚客人少，的確零零落落。但她還是必須將這五十分鐘盡責地唱完，而後再去安和路底的美式pub唱最後一場。這是十多年來的生涯，已是慣性。從一個鋼琴酒廊唱到另一個pub，為了討生活嘛，曾經有機會去灌唱片的，但是……

尾音緩慢而幽微地收起，這首拿手的招牌歌曲《Don't cry for me, Argentina》唱完，她穩健、優雅地做個感謝的動作，準備退場後，直接抓起音箱後面的那只Prada背包，立即趕場去。看看手表，還有二十分鐘，樂團休息，只見艾力克彎下身子，放了安迪威廉的《Moon River》，並且點起一根菸來，她揮揮手道了聲「Bye」，手上挽著銀色短大衣，什麼時候，朱老闆已擋在她的前面，一臉苦笑地欲言又止。

「老朱，有事嗎？」她直覺這老小子有話要說。

「呃，Bomi啊……」朱老闆有些為難地搔一搔微禿的額頭，話似乎哽在喉頭。

「老朱，有話就講呀，吞吞吐吐幹嘛？」

「呃……唉呀，算了！下次再說。」

「有話就直說，憋著會肚子痛，我還要趕場。」

「唉呀，還是下次好了。」

「告訴你哦，老朱，你這樣反而肚子痛的是我，說呀！也不是只認識你老朱一天，說！」

她輕巧地穿過幾桌客人，熟練地向認識的老客人微笑招呼，一面走向門口，朱老闆尾隨出來。門一推開，騎樓下賣米腸包香腸的攤子，圍了幾個年輕男女，那炭火烤香腸的味道，讓她感到飢餓了起來，才想起除了午後醒來，去超商買了塊三明治，喝了杯咖啡，晚餐仍未進食，她習慣地叫著攤家：

「欸，小陳，給我一套，我要趕場，快！」

「哦，姊呀，馬上給妳。」叫「小陳」的攤家快動作地翻轉炭火上的米腸、香腸，一面安撫等待一側並面露不悅的年輕人：

「歹勢，麻煩你們再等一下，這位大姊先預定的，她趕時間。歹勢，歹勢，馬上就好。」

拿著熱呼呼的食物，她用力咬了一口，走到停在巷口樹下的白色豐田車前，開門，朱老闆趕忙一個箭步，抓著車門，怯怯地開口：

「Bomi啊，後天調個三十萬好嗎？」

「怎麼？都在上海霞飛路開分店的大老闆還要向人借錢啊？」她故意促狹地反問。

「私人用途啦，Bmoi，妳也知道，我老婆錢捏得緊緊……最近店生意不好。拜託啦。」
「好吧，後天給你，什麼時候還？」
「一個禮拜，欸，別跟我老婆提起哦。」
「老朱啊，怕老婆就不要在上海包二奶。」
「唉呀，什麼跟什麼嘛，沒有啦！」
「自己多小心，家裡有的就不要外邊買。」
「Bomi最夠義氣了，謝啦，開車小心。」
敦化南路，夜晚十一時，依然人車熙攘。
她安穩地握著駕駛盤，直走敦化南路，打算在仁愛路圓環左轉繞到安和路。爲自己點起菸，將車窗搖下來，短暫的自我歇息。誠品書店門口分隔島上那紅色的巨大鳥籠中央，一對年少高中生樣的小情侶在嘔氣，小男生似乎急著在解釋什麼，小女生轉過身不理。
她笑了起來，又抽了口菸，心想：多麼迷人的青春啊。車子滑了過去，一部飛雅特車停在前頭，原來是紅燈亮了起來。前面的飛雅特音響放得很大聲，吵得整條夜來的街道都煩躁極了，她看了下時間，還有十分鐘，好吧，耐心等吧。她直視過去，仁愛路圓環中央布置的現代雕塑，很有米羅風格，星星、螺絲起子，大紅大綠的。
一部朋馳二二〇緩緩地停下，與她的車平行。她只看著前方，等待燈號變換，沒注意朋馳車右前座的女子在叫她的名字：

「Bomi啊，Bomi——」留著挑染成紫、金色法拉頭的豐腴女子將頭手伸出呼喊著。
她沒有聽見，飛雅特的音響還是驚天動地。
「Bomi——是我啦！文惠啦！」
她總算聽見了，側過頭去，可不是嗎？她專科學校的死黨文惠，她們總戲稱她是「國母」，是畢業之後，極少數還時常相約的好姊妹。
「喲，文惠，幾天不見，怎麼？我們的國母最近又買了幾只LV皮包呀？」她揶揄，想起這個憨厚的死黨，什麼都不愛，就是拚命收購LV各式皮包，連旅行箱都買。
「告訴妳哦，LV旅行箱進法國海關特別方便，不會開箱檢查。」文惠有一次說。她就給文惠按上「LV女王」的渾號。
「有呀，看這銀色花印，台灣還沒有配額，上個月在威尼斯買的，哦，這我先生。」
文惠將新皮包揚得高高，她丈夫的臉伸了過來：「嗨，我知道妳是關小姐，大歌星。」
一張沉穩而自信的方型臉。她聽文惠提過先生，是某大企業的法規室主任。
「什麼大歌星？小歌手。」她回應。
「關小姐客氣。」文惠丈夫溫文地說。
「喂，Bomi，這麼晚了，還在趕場呀？」文惠指一指前方，聲調急促，原來是換綠燈了：
「好啦，bye——記得給我電話。」
朋馳車一下子就超前而去，飛雅特卻右轉，引得慢車道一堆機車騎士怒罵狂按喇叭。她慢慢地左轉，還有五分鐘。

安和路車少人稀。

「……這麼晚了，還在趕場呀？」

文惠不經意的關切之言，多少還是微微刺痛了她。是啊，不趕場要怎麼掙錢？不像文惠，本來就好家世，嫁個四平八穩的律師先生，人家命好嘛，關寶美，妳算什麼？

「唱歌賺錢……過日子。」她回答自己。

10

她，終究拒絕了橋本的同居要求，並且將那只貴重的寶格麗鑽表退回。

「靜子小姐，妳就留著作紀念吧。」橋本倒是有風度，他明顯地呈露極度的失望，卻也充滿一種自許的信心，朗聲地說：

「如果有那麼一天，靜子小姐覺得橋本是個可以託付之人，橋本，會誠懇等候。」

她深深地鞠躬，心中還是有著感動。卻又提醒自己，不能因此而動搖了最初的堅持。當年來到燈紅酒綠的銀座，就算賣身是爲了貧窮的家境，也不許自己與有家室的男人共赴同居，成了情婦……想到另一個女人夜夜等待丈夫回家的哀愁，她還是難以全然地狠下心來。何嘗，她不在等待一份眞愛？但在這風塵，男人說愛妳，也許僅是貪圖美麗的姿色。男人說想妳，只是尋找某種鄉愁吧？一如酒和肉體……

父親呢？從未謀面，僅存留在家中一方白牆之間。那幅黑白的父親遺照……應該是比此時的橋本更年輕時候拍下來的，濃密的髮兩邊中分，一雙憂鬱的眼睛，透溢出某種沉甸的心事，雙唇緊抿著，隱約有所不甘心，卻有挺直的鼻梁，彷彿異國的容顏，不馴之神色，又像來自遙遠的風情。

從小就熟稔照片裡沉默的父親，一直看到成年。每天早晨換上整潔的校服，出門時，看到照片，習慣地叫喚：

「早安，父親。」

如果這照片上的英俊男子不是父親，會不會暗中將他想像作夢裡眷愛的戀人？

「討厭哦，怎麼可以如此胡思亂想？」

她暗暗地自責，臉頰紅了起來。驀地想起有一次她從東京回家的時候，一推開門，家中似乎無人，空蕩蕩的異常寂靜，只見父親的遺照默默地與她對看，照片的眼神竟異樣地泛起一抹怒意，她放下了行李，輕喚兩聲：

「媽媽！媽媽！」

屋內依然寂靜無聲，母親可能出去了。

她坐在玄關上，脫鞋，視線凝注著前方的木格子推門，一雙男人的黑皮鞋與母親的紅色高跟鞋整齊地排列，心中一緊，狐疑之思猛然萌生。小心翼翼地起身，躡手躡腳地通過客廳，接近母親的房間，房門半開，她探首而入，房中無人……（那，母親人呢？男人的黑皮鞋是誰遺下的？）會不會是在後院，那株巨大蒼翠的銀杏樹旁？也許有母親的客人來訪，又是何人呢？

正打算從側門的簷下小徑繞向後院，耳畔卻清楚地聽見充沛的水聲，夾帶著隱約的、若有似無的喘息，在近處的浴室。她的心霎時沉了下來，緊貼著牆面，挪身到浴室一側。浴室的木門以方框鑲著毛玻璃，緊閉著，卻從門縫之間透冒出陣陣的熱氣，她附耳凝聽，心中一驚！

「啊——啊！」可不是母親的低吟？

「哦——呀——」男人痛苦的，從嘴裡發出的，一連串口齒不清的叫喊。

一陣暈眩，轉過身來，從側窺探，毛玻璃氤氳之間，若隱若現地在蒸騰的水氣朦朧裡，兩個糾繞的人體……母親，終究也是需要男人的。

是加山叔叔嗎？

那一次，她匆忙地將每月固定交給母親的款項，裝在預先準備的信封袋裡，放在母親房間的桌上，立刻穿回鞋子，提起行李，趕下一班的國鐵返回東京。

在車上，她還是忍不住地哭了。

其實，早就心中有底。似乎從上了初中，加山叔叔經常來家裡走動，與母親互動之間，她了然於心。最先多少有所排斥，但加山叔叔對這小女孩一再表達善意，譬如有時會送個小禮物，像少女漫畫、耶米熊軟糖、迪士尼布偶等等……，有時也會開著車帶她和母親出外旅行，那大約是兩天一夜，去過伊豆半島看川端康成的踊子旅店，去佐渡島聽鬼太鼓。有一年南下京都，巧逢盂蘭盆節，加山叔叔買了一堆仙女棒，三個人又跳又笑地在鴨川畔納涼台上揮舞得金光閃閃。

說來，加山叔叔是個好人。但是她還是本能地存疑，有時來到家裡，見了她，那種鬼鬼祟祟的不自在，（因爲她的存在吧？）極力討好她，是否只是做給母親看的一種形式主義？而在旅行時，與母親的不時眉來眼去，她還是看了討厭。

但，母親終究也是需要男人的。

去了東京之後，見過了生張熟李的各式各樣男人，反而讓她多了一份了解。

「汝靜，妳的母親辛苦啊。」加山正色地勸慰她。有一次，他來到銀座的酒店。她生著悶氣，那是剛來上班的第二個月。

「妳一定怪她，但實在講，妳的母親眞的沒有錢……叔叔我，一個小小的會社員，十足的無用之人，也沒有太多能力分擔……」

加山垂下頭去，似有無比的慨然。

「知道了。」她冷冷地回答。

「把汝靜帶來這裡，妳母親也不忍心。但是，現實就是如此殘酷啊。」

加山拿起桌上那杯水割的威士忌，啜了一口，幽幽地低語。不怎麼愉快的沉悶氛圍，沉寂了片刻，加山忽然眼神一亮，像試圖打開僵局般地朗聲說道：

「有信心一點，說不定呀，在銀座可以遇見一個好男人，以後汝靜會幸福的。」

「這種地方，會有好男人？」她反問。

「這也說不定。銀座酒店，來的大多是會社裡的高等職員，社長不少，還有國會議員，人面一廣，好事就跟著來，要有信心。」

加山原本凝重的臉，露出了笑意，像是給她鼓勵，又像是為母親及他自己解圍：

「前些日子，就有一位紅牌的小姐，嫁了日本十大企業的副總裁，當了如夫人，給了她名下一棟目黑區的豪宅，價值一億六千多萬呢，還有專用的司機。」

「還不是做人家的小妾。」她不屑的說。

「唉呀，我說汝靜啊，妳就安心吧。來！陪加山叔叔喝酒。」加山舉杯敬她。

她回敬。心想：看他這樣的委婉勸說，也不要給他難看。的確，家裡缺錢，也不忍看母親終日愁著臉，就認命吧。想到這裡，原是生著悶氣的心也逐漸放鬆了許多，緊繃的臉顏也露出了笑意。

「是啊，妳看，笑起來多美呀，就要這樣。」加山開心地讚許，氣氛也輕鬆了起來。

「加山叔叔，能否問您一件事情？」

「妳問，叔叔知道的一定回答。」

「叔叔認識媽媽多久了？」

「哦，大約七……不，快九年了哦。」加山手指抵著左臉太陽穴，努力思索。

「您，聽過媽媽談起我的父親嗎？」

「談過。但她說得很少……妳媽沒告訴過妳啊？」加山認真地反問。

她搖搖頭，思緒中浮起父親的遺照。

「這樣呀？妳媽媽告訴我，妳的父親不是日本本土的人。」

「不是日本人？」她驚訝了起來。剎那之間似乎印證了從童年到十八歲之前，某些受辱的過往，心情頓時激動了起來。

「石田汝靜是混血兒！」

「石田汝靜喲，是個小雜種！」

「我不是！我不是！我是日本人！」

「妳不是日本人！日本人沒有藍眼睛！」

「我不是雜種，我是日本人！我石田汝靜是個，道——道——地——地——的——日——本——人！」小時候，她一邊哭一邊爭辯。

多麼傷心啊，這樣的日子好久好久。

「汝靜啊，我是說妳父親不是本土人，但他絕對是日本人，只是他的出生地是沖繩島，怎麼不是日本人呢？」加山用心地解釋。

「沖繩島？最南方的琉球？」她追問：

「怎麼，我出生後，他就不在人世了？」

「這……要怎麼說才好？」加山搔搔頭髮，有些欲言又止，思慮著是否要再講下去。

「叔叔，你不能騙我，一定老實說。」

「好吧！妳父親好像牽連到二十多年前的一次政治事件……叛亂什麼的？」

「叛亂？日本政府嗎？」她急切地問。

「據說是，美國要把當時託管的琉球群島交還給日本，妳父親和一群人在東京抗爭，說琉球群島是琉球人民的，說琉球要獨立成一個新的國家。」

「結果呢？後來我的父親怎麼樣了？」

「好像被政府以叛亂罪抓起來了，第二年吧？就生了大病，死在監獄裡了……」

「天呀，媽媽從不告訴我……」

雷擊般地，她幾乎整個人癱在座上。

終於明白，迷霧般的父親有著這樣一段激越、不爲她所知悉的往事，一時間不知如何去面對此一事實，她沒有落淚，反而有一種無以言喻的釋然。

生命的空白，一下子全然連接了起來。

「那時，妳父親還在東大唸研究所，大好的前程就斷送了。妳的母親在他病死獄中後才發現懷孕了，唉，眞悲哀。」

那一個夜晚，她和加山靜靜地喝去一整瓶酒，忽然深切想念著母親。

11

紀梵希的家書（一）：

敬愛的雙親平安：

我們在非洲登陸，一片歷史空白的大地。上帝之恩典似乎仍未賜福於此，連綿、蒼綠的莽林，紅臉凶惡的狒狒成群，向我們前驅的探測小隊吼叫，偶爾近身襲擊，以彎刀、短銃撲殺。

這裡有巨大的野生花朵，紅豔如落日。並遇一頭獅子，遠遠看著我們。僅在書卷中知悉特性、形貌，終於活生生的呈現於眼前，岩石般堅定，與我們自始保持安全之等距，感覺像人類般深沉地眼眸。

航行近月，有腹瀉現象，略感不適。船醫給藥劑服下，並定時禱告，感覺上帝很近，而家鄉很遠。登陸三日仍未見當地土著，不知是福？是禍？上帝應會給予指引。

長官號令：此行任務須帶回兩百個土著，爲構築要塞之必要人力。手下告知：此地有一武裝土著，善於逐村逮人，並與阿拉伯奴隸商人交換金銀。據聞，葡萄牙人常向其購買土著做爲奴隸，長官則要直接帶回兩百土著，男女不拘，除老人及孩童之外。

近海魟魚豐盛，廚子以燒烤爲主食，味極鮮美。此地檬果樹遍處，熱帶可可椰子及波羅蜜果結實纍纍。晚間則全員就地安寢，與摩爾人水手談及嘉地斯鄉情，並教會我抽阿拉伯水菸，極新奇之體驗，但多少讓長官雷格諾里閣下不悅。兒僅記得：雙親從小教誨，在上帝的恩寵榮光中，無種族、膚色之別，皆是天主鍾愛之子民。我有所憂慮，是否會與長官因信念相異而生衝突？一定要請他了解。

女王陛下之令，帶回此地土著，任務所託，不得不爲。卻疑惑，若同是上帝子民，掠取、逮捕，將土著在毫不出於自由意願之下逼離家園，情何以堪？但願回程能予以善待而非橫逆，要塞完成之日能安然遣返此地，才能令兒心安。說眞的，內心愈深的憂鬱，我怕自己會衝撞某種王朝與歷史體制的利益，這反撲的巨大力量，是我生命中難以承受之重。

什麼是人類的眞理？前進的文明掠奪蠻荒的自然嗎？太陽與月亮、星光同樣公平地照拂大地與海，人類卻有階級與種族的壓迫與消滅。智慧如雙親的你們，請給我正確的指引，一如在每夜睡前的禱告：給我力量，給我相信。

兒　紀梵希　於非洲

紀梵希的家書寫好的翌日，派遣登陸的西班牙士兵押來了第一批的俘虜。大約有二十多個土著，黑沉沉發亮的膚色，僅以獸皮覆於下體，個個驚慌、戰慄，哀號如野獸。他們由三艘小船接駁，由距離聖馬丁號約千餘尺的海岸划了過來，紀梵希站在艦橋遙望。親眼看見兩個土著跳海逃生，卻被士兵以長槍格殺，藍澄澄蕩漾的波濤之間，血紅地暈開……兩具屍體漂浮了起來，紀梵希心驚，眉間蹙得好緊。

「這些野蠻人！竟想逃脫？該死！」

雷格諾里船長，咬牙切齒地怒斥。

「登陸三天，才找到二十多個，不夠，明天還要再深入內陸。」他凝重地向身旁的部屬說道。側過頭來，冷冷地指著紀梵希：

「紀梵希二副，明天的隊伍就由你帶領，最好找到他們的村莊，要抓更多的人。」

「是的……長官。」紀梵希回答，心痛著。

（天啊！這為難的天人交戰，終於落到我的身上了……怎麼辦啊？）

土著們被押上了聖馬丁號。紀梵希首次近身清楚地端詳這群，在他生命認知裡從未見過的異族土著；在熾熱的陽光下，他們黑色的壯碩軀體，有著大小不一的血痕，是被士兵追逐、捕捉之時的毆打或跌撞擦傷吧？天可憐見，他們像受驚的野獸，被粗糲的麻繩捆綁雙手，他們不住做乞求的動作，甚至放聲哭號……。

紀梵希的家書（二）：

敬愛的雙親平安：

奉令，率領五十個士兵（一半是摩爾人）深入內陸。我們穿過一片蒼鬱、茂密的樹林，巨大的花斑蛇蜷曲在高高的枝椏向我們吐信，林間盡是闊葉植物，有小型的鹿匆忙奔離，士兵們屏息以待。

記得父親曾告知畢薩羅爵士遠征印加帝國，以一百五十個士兵制服了十萬之眾，並帶回足可裝滿三個房間的黃金……我是否正在重複歷史的事件？五十個士兵要以武力帶回預算數目的土著，我究竟在做什麼？是爲了榮譽西班牙的國威？還是做如同盜賊般的劫掠？我充滿著疑慮與不安。

走出樹林之後，來到一片無邊無涯的大草原，我們終於發現了遠方一個以草結屋的部落，土著們以樹幹削尖做爲防禦樊籬。我們快步接近，他們開始向我們投擲長矛，有兩個士兵受傷，我必須拔出腰間的彎刀，並且擊發手中的短銃，終於，我遭到生命裡第一次的戰爭……我必須如此行事，忽然，我想起父親所說的畢薩羅爵士，那些裸身、臉上畫著白色紋痕的土著向我撲殺而來，我的短銃打倒了一個。

天啊！我是戰士，還是侵略者？

終於，我們強大的武力制服了整個村莊，哭泣尖叫的婦女、男子的屍體以及負傷的俘虜，老人及孩童滿是驚惶。

那些上身裸露的土著女人跪地，又是乞求，渾身戰慄，喉間的哭喊是那般地絕望。聽不懂她們的語言，但一定是巨大的哀傷……。留下老人與孩童，以麻繩逐一捆綁，計八十多個成年男女，全數帶走。

我很矛盾，也很憂愁。我還是盡職地執行了一個西班牙軍人所被託付的責任。我會向無所不在的上帝禱告，我只是做了我應該做的，但我又不斷地自責、悔恨，紀梵希該怎麼辦才好？我深切地祈求，我的上帝能明白地告訴我，我是不是錯了？

親愛的雙親，我覺得好痛苦。

聖母。聖子。聖靈。

兒　紀梵希　於非洲

這封信，是在紀梵希回船後，忽然的高燒不退中，勉力書寫的，手中的鵝毛筆幾次無法緊握而掉落……。高燒裡，紀梵希輾轉床側，耳旁隱約傳來底艙以皮鞭刑求的，土著們慘絕人寰的哀叫聲，以及女子的尖叫。

「他們，對這些可憐人做了什麼？」

紀梵希在病中痛苦得一再反問自己。

船醫給紀梵希喝一種退燒的綠色藥水，高燒好不容易退了一些。船長進來過一次，以他厚重的手掌輕覆在燒燙的額間，那雙陰冷的蜥蜴眼，有意無意地搜尋著艙房裡的四下，竟然被他看見寫好卻忘了收起的第二封家書。雷格諾里走了過去，毫不忌諱地拿起信來，詳讀一遍，一抹冷酷的恨意閃遍臉顏之間，不露聲色地將信放回原處，轉身走了出去。

紀梵希不知道船長讀信的事，昏昏沉沉地入睡，迷亂、壓擠的夢以及呻吟。

聖馬丁號悄然起碇，向西班牙返航。

12

不知怎麼樣，就是睡不著。

她在黑暗的房裡，睜著其實是感到疲倦極了的雙眼，耳畔清清楚楚的是床頭那個小鬧鐘齒輪的咬囓聲：

「叩——叩——叩……」

翻了身，以俯臥的姿勢將頭深深地埋入雙手緊抱的柔軟枕頭之間，沉沉地陷了下去。還是要逼迫自己睡著，愈是如此卻愈是清醒，不禁感到一種被自己打敗的懊惱。又翻身回到側躺的姿勢，視野裡，沒有開燈的房間，許是已長時間適應了黑暗，房裡的擺置反而清晰了起來：梳妝檯上的加菲貓布偶、香水瓶、面霜、乳液、川貝枇杷膏……

她不耐地坐起來，隨手抓到香菸及打火機，一抹光焰暈黃乍亮地映照她顯露些微躁鬱的臉顏。她深深吸了一口，從鼻孔呼出來的煙氣青青濛濛的在黑暗裡飄浮著一種迷幻的氛圍

……心情怎麼老是不寧？

掀開被子，找菸灰缸，雙腳落在床側的地毯上，像貓毛的觸覺。索性打開床頭燈，找了整個房間，還是遍尋不著……。怎麼回事？小心翼翼地以拇指、食指拈著即將斷落的香菸灰燼。盡量要求自己不要有太大的動作，挪身到牆間音響的位置，一點螢螢的綠光閃眨，這才發覺睡前手機忘了關掉。她翻開手機旁的一疊散放的報紙，才找到覆蓋其下的那只白瓷菸灰缸。

艾力克？這小她五歲的男人究竟怎麼了？

難道，就是因為小她五歲的原因嗎？

她明明看到，就在酒店的儲藏室裡……中場休息時間，感到飢餓，不過是到廚房裡向王師傅要幾個水餃吃，好了，就在堆積著啤酒紙箱的儲藏室角落，艾力克擁吻著才來上班不到半個月的小女孩領班（朱老闆說那女孩白天在大學念三年級），吻得那麼深，那麼有侵奪性。

艾力克，你說，你怎麼跟我解釋？

我，關寶美，注定是個被男人一再背叛的爛女人嗎？（我就是故意的，捧著一盤韭菜水餃，站在你們面前，怎麼樣啊？艾力克。）媽的！艾力克一臉慌亂、慘白，急急將小女孩領班推開，像個做錯的小男生，囁嚅地說：

「Bomi……我，可不可以解釋？」

（小女孩的上衣扣子都被解開，露出白色胸罩已拉下一半的微露乳房，他媽的艾力克，你這隻豬還要解釋什麼？）

我只是冷笑不語，繼續嗾著水餃，看著你們這兩個偷情被識破的狗男女。小女孩領班紅著臉，羞怯地說了聲：「關姊……」落荒而逃，艾力克手足無措，怔滯當場。

「男人？男人可以相信，狗，都可以吃屎。」

她恨恨地回想，夾著菸的手有些顫抖。

她所交往過的幾個男人，在背叛之後，總有個共通的理由，像在竹科晶圓廠當副理的小魏，就赤裸裸地挑明說：

「Bomi，不是我一定要離開妳。認識兩年，我背負了多大的壓力，妳不是沒見過我的父母，他們阻止的理由不全然妳是個歌手，而是他們認爲妳血統不夠乾淨……」

「我哪裡不乾淨？」她憤怒地反問。

「他們說，妳好好的一個女孩，爲什麼就是長得一雙異於常人的藍眼睛？」

「這是你背叛我的理由嗎？我的眼睛讓你有罪惡感呀？可以堂而皇之地另結新歡？媽的！小魏，你把我Bomi當什麼？就算我關寶美是雜種，你也犯不著再找個女人來嘔我呀。我的藍眼睛，眞的讓你感到羞恥？你，太欺負人了吧？」

男人，都有他背叛、離去的好藉口，就因爲她有一雙藍眼睛？當年說得那般肯定、堅持的……關寶美啊，妳算得什麼？

藍眼睛，竟成了一種天譴嗎？

艾力克。你，怎麼可以像小魏一樣？只是貪戀我的肉體嗎？或者，我想去古巴看伊布拉印．飛列的僅有心願，被你解讀爲不可實現之夢？How dare you are！你故意在嘲笑我？還是故意在激怒我？

她，此刻，渴望地，想狠狠地喝一杯烈酒。

感覺到有些心悸，菸，抽得太猛，太急切。走到窗前，撥開帘子，四樓下的巷道一輛車子警報器驚叫著，蟬鳴般的間歇響徹子夜，更是擾亂原本不快的心情。窗檯上放著一個彩麗斑斕的俄羅斯娃娃，那種可以一環一環一環打開，大娃娃裝著中娃娃，中娃娃又放著小娃娃……全數擺成一列有六個。好像情緒的渦漩，那樣糾葛……。窗檯下的小桌擺著一瓶Jack Daniel's波本威士忌，每晚臨睡之前，習慣地喝一小杯，現在心情紛亂，她急欲以酒予以轉移、化解。

還是，應該聽家人的話，乾脆回鄉，離開這傷心的台北？但，回鄉又能做什麼？回去看母親依然尖酸、刻薄的臉色：

「阿寶美欸，妳還是回來了哦，我就說嘛，唱歌有什麼好賺吃？汝，可認分些，我找人講親事，乾脆嫁嫁算了。」

其實，反而她想到的是，很久不曾回鄉去看父親。似乎一生沉默少言，只是菸不離手，一臉沉鬱的父親，多少了解她的心情。還跟著戲班南北二路奔波嗎？父親和她在人生的旅路上一直在流亡，不也同樣是爲了逃開母親的嘮叨與對世俗的種種埋怨？十幾年了，其實也逐漸了解母親，貧窮形成了對金錢的過度看重，從懂事開始，母親推著果蔬的攤車沿街叫賣，襁褓中的弟弟妹妹就含著奶嘴沉睡在攤車內部，攤開壓平的水果紙箱上頭，她在後面用力地推車，推啊推的，眼淚就汩汩地掉落。想想，母親一生有她無以言喻的埋怨，回首一看，自有一番滄桑與無助。父親總是避得很遠，明知戲班生活辛苦、不定，卻也是一種逃離母親的消極抵制。

她不也和父親相同？討厭有著母親嘮叨、不滿的那個充滿危機意識的家？來台北念五年制專校，父親所給的一萬塊錢用完之後，她去二十四小時超商打工，賺一個小時七十五塊的酬勞；去西餐廳端盤子，甚至去彈子房當計分小姐……終於因為會唱歌，開始學會到pub自我推薦。她的第一次就在專校四年級冬天，她自始認為是她的初戀，將身體心甘情願地交給一個大她十五歲的爵士鼓手，很甜蜜也很溫柔。

以為，那就是自己可以託付的一生了。

「唉——」長長的一聲嘆息，已經喝下第二杯酒了，是不是要再斟第三杯？她眼眶紅了起來……是啊，是不是要再喝下去？多像瞬息萬變的人生，誰也無法臆測。

「Bomi，我感謝妳……這麼純美的青春給了我這塵埃滿身的男人，唉……」

鼓手卻在她獻身之後，哀傷地哽咽了。

那年冬天，中山北路三段楓樹微紅，卻仍是繁茂、蒼鬱，她才二十歲，五專四年級，紅玫瑰般的戀愛心情，卻仍是嫩澀的思春少女，舞踊般地跳躍在樹蔭如傘的紅磚道上，黃色毛衣，深藍牛仔褲，繫著馬尾的金色絲帶。那酷似日本歌星前川清的鼓手（當時，還不是一再迷戀這男人神乎奇技的鼓藝嘛？）每晚騎著老速克達去學校接她先去吃飯，然後一起到pub或鋼琴酒店演唱，那段初戀如煙火燦爛的美好時光，一直到她發現不小心懷了孕，才戛然而止。

「Bomi，妳，怎可以這樣？」

鼓手竟然氣急敗壞地反而指責她：

「如此不小心。妳還太年輕，我們不能有小孩的，知道不知道？」

「我……那，該怎麼辦？」被鼓手突如其來的喝斥，一時間她也不知所措地慌了手腳。

「Bomi，這是很嚴肅的課題哦。一、妳還在上學，才二十歲的女孩。二、我不想讓小孩牽絆。總之，我們不能有小孩就是。」

歲月怎麼過來的？她在十幾年後的此一子夜醒來，想到初次的懷孕，還是多少會隱隱刺痛……。她是個多愛小孩的人啊，想起前些日子，在仁愛路偶遇那年輕得令人心疼的小媽媽。彷如自己當年的翻版。

她記得是昏昏沉沉地從內江街巷裡一家位於二樓、燈光暗淡的婦產科復原室裡醒來……彷如一夢，被刮除的子宮抽搐、蠕動著尖刺的疼痛。其實眞正的痛楚不是肉體的，而是最深處的心靈啊！

「Bomi，妳自己去吧，這是五千塊錢。」

鼓手冷冷的，若無其事地丟了五張鈔票，緊繃的臉，昔日所有的溫柔全然收束：

「自己的事自己善後，每個人要懂得獨立。」她的確從這件事，眞正地、死心地懂得，並且學習獨立。關寶美終於長大了。她一個人找到婦產科，在冰冷、堅硬、不潔的手術檯上被分開了雙腿，任那長得瘦削、如巫婆的女醫師以金屬器具，伸入她年輕的腹腔，刮除掉附著幾天的小胚胎……她緊咬著牙，淚卻不止地無聲淌流。鼓手沒陪她同來，否則她的心裡會好過些，二十歲，感覺一下子就老去了。

也許，這茫茫塵世，有一個眞正屬於自己適意的地方可以前去……有個能夠剖心傾談的知己，眞實的了解，不會有揣測、謬誤、譴責的等同心境，像歌裡的「艾薇塔」，不知未來前景如何，卻勇敢、堅強地向前奔去……。看啊！那冒著濃黑、有力的煙團猛烈推進的火車，在阿根廷的平原上行走。少女、孤獨的艾薇塔，靜靜地在心裡低吟。

她帶著沉鬱的心。天，慢慢地亮了。

13

「汝靜，我明天晚上七點會回到東京。」

「我那時間無法去成田機場接你……但，健二啊，我半個多月都見不到你，心裡卻急切，要不要來銀座？人家想你啊……」

「妳知道，我不喜歡到妳店裡去，看妳美麗的笑顏，和那些客人應對，我會不高興。」

「我……那麼，健二啊，下了班我直接去你的公寓好嗎？我想見你呢。」

「後天。後天好不好？我太累了，在夏威夷旅店。之前又飛了趟義大利，公司整死人了。」

「義大利啊？在羅馬有沒有休息一下？」

「休息兩天。哦。汝靜，我在西班牙台階對面的名品店爲妳買了一條絲巾。」

「謝謝健二，辛苦你了。」

「後天一起吃赤阪牛肉，十二點在皇居門口。」

「你那邊幾點鐘啊？健二？」

「夏威夷晚上十二點，月亮好大，明亮得睡不著，就給妳撥電話，好吧，後天見了。」

她輕輕掛上電話。回首，吧檯內的媽媽桑遠遠地投遞給她一抹慧黠的深沉笑意，沒說什麼，手不停地以白毛巾熟練地擦拭著幾只高腳杯。她舉目看著牆面那個德國黑森林的咕咕鐘，時間正顯示著晚上八點整。只有兩桌客人，稀稀落落的笑語，卻呈現某種疲態。只見染著一頭紅色鬈髮，來自青森的荻子，以著沙啞、魅惑的嗲聲：

「唉呀！社長先生，別談什麼泡沫經濟啦，美女在前就是要愉快嘛，喝酒吧！」

另外，那皮膚呈現健康古銅色，從大分縣來的理繪，豐腴的胸部，不斷地因爲浪笑而搖顫不已，緊抱著右側的另一個男人：

「島村君，我警告你哦，讓社長不快樂可是你的責任哦！」

「爲什麼？嗯！女人不要亂說話！」叫島村的男人拿起酒來，趁機親了理繪的臉頰：

「靜子剛剛接了誰的電話？有心事的樣子喲？」島村對著她問。

「還不是她那機師男朋友。」媽媽桑開口了。

「大姊，怎麼告訴別人嘛！」她有些埋怨。

「有什麼關係？島村君和大田社長是我們的常客，又不是別人，害什麼羞呢？」媽媽桑俐落地將清潔好的杯子疊成金字塔狀。

「機師呀？日航？還是全日空？」島村又問。

「日航。」她簡單回答，心中是複雜的情緒。

「相聚的時間不多吧？機師很忙喲。」大田社長解意地插嘴進來，手掌揣測地拍拍額頭。

「嗯。」她應答，不再說話。

（……相聚的時間不多。社長先生說得好。）

他們又繼續喝酒，一下子，好像空間又拉開了。似乎回到毫不相干的兩個相異的場景。

她挪身入吧檯，低首幫媽媽桑弄小菜。

「是健二君，沒錯吧？」媽媽桑低聲問。

「嗯。」她輕輕點個頭。

「靜子啊，大姊我能不能這麼說……」

媽媽桑靜靜看著她的眼睛：

「我總是直覺，健二君對妳的誠意不夠。」

「怎麼說呢？大姊。」她心中一凜，反問。

「也許失禮……但，就是我的直覺。大姊在銀座快三十年了，什麼樣的男人沒見過……」

媽媽桑遲疑了一下，還是直率地說了：

「我還是覺得，妳愛他比他愛妳更多。」

「大姊，如此的比較，重要嗎？」

「當然重要。別忘記……也許大姊這句話殘忍了些……別忘記我們是銀座的女人。」

媽媽桑說到「銀座」兩字，特別音調加重，意謂著，就是「風塵」之替代，也就是要她明白自己的身分，她沒有答腔，低首做事。

「男人怎麼樣看我們，妳應該明白。銀座的女人啊，男人會對我們眞心嗎？靜子。」

健二，不是那樣的。健二不是。

她在逐漸浪湧般、波動的內心暗自吶喊，替心愛的健二用力辯解著。

朦朧之間，日航機師大倉健二微笑地向她走來。還是初見時那清瘦、略帶羞怯的孩子般笑意，四年前冬夜的東京銀座。

健二有著一頭濃密、鬈曲的黑髮，就和另外兩個男人推開她工作的這家名叫「扶桑」的酒店之門，她第一眼，就看他有著一雙深邃而憂鬱的眼眸。他們坐定下來，她送上三杯冰水，親切、甜美地問安。

「客人第一次來嗎？」她問道。

健二略顯不安，有種手足無措的清純。倒是另外兩個男人嘻嘻哈哈地相互揶揄，看著她有著輕慢的打量：

「喲，這小姐漂亮，叫什麼芳名？」

「靜子。」她自在地嫣然一笑。

「再叫兩個小姐來吧！要像靜子小姐同樣標準的。就開一瓶十二年份的尊爵吧。」

留著小鬍子，有著濃厚關西腔，壯碩高大的男人大聲喊著，健二笑了起來。

「客人貴姓？」她喚了理繪、久美子過來，而後優雅地為他們分別斟酒，問道。

「大倉。」健二被她一問，竟臉紅了。

「我是鈴木，這胖子叫明石。」小鬍子用力拍著另外一個肥胖、衣著黑紅相間、五短身材的年輕男人，笑語朗快地自我介紹。

「來，第一杯首次相見禮，我乾杯，客人隨意。」

她昂首，加冰塊的尊爵，琥珀色酒液一飲而盡，叫「鈴木」的小鬍子直呼：「爽快。」

只見健二有些失神，定定地看著她。

「大倉？少有的姓氏呢，好像是東北地方。」

她笑著，再舉杯遙敬對座的健二。

「哦，我是仙台人。大倉健二，敬妳，靜子小姐。」健二畢恭畢敬地頷首舉杯。

「叫我靜子就好，不要客氣。」她說。

「我們今天開大學同窗會。」小鬍子興致盎然地向她解釋：

「難得聚在一起呢，尤其健二那麼忙。」

「大倉先生那麼忙，你們就很優閒呀？」

她逗趣地說，一雙藍眸閃爍著光彩：

「鈴木先生，明石先生，哪兒高就？」

鈴木搔一搔頭，反問明石說：

「哦，是啊，明石啊，你在哪裡做事，我幾乎都忘了……快告訴靜子小姐。」

「這是我的名片，請指教。」明石倒是收起原先的嘻笑，從紅色西裝外套拿出一盒名片，抽了一張，敬謹地呈上。她接了過來，米白色名片上印著：日本富士電視台藝術指導。

鈴木的名片則是：明治大學人文系助教授。

健二沒遞上名片，只是微笑地看著她。

「大倉先生，你，沒給我名片喲。」她問。

「啊，對不起，我沒印名片。」健二靦腆地回答，被她一問，臉又紅了起來。

「健二君，不用名片，他做的是特別行業。」

明石笑著輕輕以手肘碰觸健二的臂膀。

「特別行業？莫非是自衛隊情報官員？」

「我在日本航空工作。」健二平靜地說：「是民航客機的駕駛員。」

「好羨慕呀，可以天涯海角去旅行。」她讚嘆。

「如果旅行是因爲工作，就不好玩了。」健二啜了一口酒：「靜子小姐，喜歡旅行嗎？」

「我很膚淺呢，沒有出過國，最遠只去過青森，看著浩瀚的津輕海峽，茫茫無邊，他們說四十里外就是北海道呢，就是不曾去過。」

「北海道……我進入日航，最初就飛札幌的千歲機場，然後，最南是沖繩島那霸。」

「沖繩島在琉球，你飛過琉球？」她急切了起來，有些失態地追問。

「是啊，琉球，怎麼？靜子小姐想去嗎？我可以做嚮導，那是多麼美麗的南國風景。」

「你，眞的會帶我去？眞的？」她幾乎眼淚奪眶而出。這名叫大倉健二的男人，應允有一天，會帶她到遙遠的琉球去，那陌生的島群，父親曾爲它捨命、奔波的理想故鄉……

而現實卻又將她拉回銀座，這家叫「扶桑」、她多年來謀生的酒店。

是由於初見時，健二提及琉球的話題而讓她對這飛行的男人有了愛意？或者因爲父親的故鄉所引致她無限的傾往？

「別忘記自己是銀座的女人。」媽媽桑的話雖說有些殘忍，卻也不無貼心、懇切的人生關懷。在這冷冽的芸芸紅塵，以酒爲生，女人的眞正價值是什麼？用心去愛一個男人？渴求一個眞正懂得自己，而又不會以她的工作予以否定、眞情相待的男人？健二是不是呢？或者他僅是候鳥般地偶爾停駐？天涯海角，應該有更美、更亮麗的花朵，等待健二的追尋，她，不過是個銀座的女人。

「我能夠要求健二什麼實質的許諾？」

她想著，想著，鼻子酸楚了起來：

「是呀，有什麼資格要求他這樣做？」

她身子微顫……眼眶紅了，卻按捺著。

「靜子，靜子。」媽媽桑遞了條熱毛巾過來：

「妳看，誰來了……要懂得克制情緒。」

她從幽幽的神傷裡，慢慢地抬起頭來，熟悉的臉顏，似乎堅定而永不退卻的橋本。穩健的神色及自信滿滿的軀體靠了過來：

「靜子小姐，還是忍不住來看妳啊。」

這意志強勁、鍥而不捨的橋本，是不是和他在國會議員的角色一般，對女人也是勢在必得？她總覺得橋本像力道奔騰的波濤，迎面湧漫而來，健二卻似和風，暖暖地、輕輕地吹拂，有時顯得若有似無。相較下健二毋寧是比較消極的，不若橋本，那如同太陽熾熱，有種壓迫，令人難以掙脫。

與橋本相視而笑，想的卻依然是健二。她忽然有種心虛的愧然，好像是個不貞的女人……。健二，明天從夏威夷回來。

「靜子小姐，我想邀妳去旅行。」橋本說。

14

聖馬丁號，航向西班牙的回程。

那群被以鐵鍊銬著、像動物般的土著，嚶嚶地哭泣終夜，有的開始受不了船身的顛簸，嘔吐、號叫，士兵們開始不耐，先是厲聲喝止，而後掄起鞭子，用力抽打，土著男人緊握雙拳，怒眼圓睜，忍不住地，竟以裸身撞擊肆虐的士兵。

五、六個士兵將這憤怒的土著拳打腳踢，並以此殺雞儆猴，將之以粗繩捆綁，高懸於主桅桿之頂，夜之冷露，日炙雨淋，並喝令所有俘虜登上甲板觀看。不到三天，那反抗的土著已無生息，眼睜睜地被丟入茫茫海域，任魚吞噬。

紀梵希看在眼裡，起先默然以對，冷眼如船上的白人官員，慢慢地，他覺得心中隱約地痛楚，卻又按捺下來：

「終究是一群文明未啓的土著罷了。」

夜晚，紀梵希靜靜地翻看聖經，輕聲禱告，而後登上甲板，海風涼沁地吹了過來，仰頭一看，地中海滿天亮燦的星光無數。心情舒放，感覺毛細孔輕吻著風的溫柔，不禁自在地合上雙眼，隨著船身的輕微擺盪，哼唱起故鄉嘉地斯的歌謠。

「長官。」夜暗中，有人在喚他。

紀梵希回首一看，船尾的甲板上有幾點微如星火般的亮光跳躍，挪近定睛細瞧，是船底划船的摩爾人，有六、七個，聚集著抽水菸，長而捲曲的管子如蛇。

「長官，夜深了仍未入眠嗎？」

問話的人，紀梵希記得，是那體型異常壯碩的大塊頭，他一雙鷹般銳利的眼神在黑暗裡閃爍著，卻透溢出來柔和之善意：「長官，睡不著，就抽管水菸吧。」

「好。」紀梵希毫不猶豫地坐了下來，取過大塊頭手中的水菸，呼嚕呼嚕地吸了起來。一陣通體的鬆弛，有種迷醉的暢快，紀梵希笑了，向大塊頭稱謝。

「說什麼謝謝，長官，不要客氣。」大塊頭「哈哈哈」爽朗地笑出聲來。紀梵希接過摩爾人水手遞過來的酒，喝了一口，沁香而甜柔，問說此爲何酒？沒嚐過的味道。

「北非洲摩洛哥的無花果酒，長官，你試試，喜歡的話，明早送一瓶去你艙房。」

「不要老是長官、長官的，喝酒、抽菸之時，沒有從屬之別，叫我紀梵希就好。」

紀梵希又喝了一大口，開始微醺，指著大塊頭傻笑，忍不住問起：

「對了，每次抽你們的水菸，卻不知道你的名字，快告訴我。」

「瓦西迪，長官。」大塊頭回答。

「來呀，瓦西迪，敬摩爾的朋友一杯！」

紀梵希高聲叫著，摩爾人紛紛舉杯。

「長官──」叫「瓦西迪」的大塊頭說。

「不准叫長官，叫：紀梵希。記著，紀梵希。」

紀梵希以指抵唇，笑著制止了瓦西迪。

「紀梵希。」瓦西迪從善如流地喚著。

「嗯，很好，別忘了，我是安達魯西亞最南方的嘉地斯人，從小就有很多摩爾的童伴。」

「紀梵希閣下……你和他們不一樣。」瓦西迪若有深意地小心訴說。

「你說他們是那些白人嗎？」紀梵希放下酒杯，雖帶醺然，卻認眞、正色地說：

「我也是白人啊，他們所謂的『純種的西班牙』，不外乎是塞爾特、西哥德……瓦西迪啊，我不覺得人與人之間有什麼差別，都是上帝鍾愛的子民嘛。」

「紀梵希閣下，我們不信白人的上帝、天主，摩爾人的眞神是穆罕默德……」

「不同文化產生不同信仰，我同意。」紀梵希肯定地表明看法，卻若有所思的神色。

「像船長，那麼地冷酷，有階級認定。」

「瓦西迪，說話小心，不得批評船長。」紀梵希嚴正地提醒他：

「終究船長是聖馬丁號最高的指揮官。」

瓦西迪沉默了下來，卻又想急切地說些什麼似的，急躁地倒滿了酒，昂首飲盡。

「只是這樣告訴你們，這船上講的是一種體制，從屬關係還是無以免俗。船長是嚴厲了些，但他必須執行國家的指令，誰也無法抗命的是不是？譬如此次我們去非洲帶回土著，爲的是要構築要塞、堡壘，也是爲了國家防衛需要。要塞完成後，還是要送這些非洲土著回原地。」紀梵希慷慨激昂地向瓦西迪及他的夥伴說明。

「紀梵希閣下，你眞的相信要塞完成後，會遣送回原來的地方？他們在矇騙你，這些土著會被送去拍賣場當奴隸賣掉，像駱駝、像雞、像牛……」

「瓦西迪，你說的是眞的？」紀梵希聽了一身冷汗，整個人酒意全消，凝重追問。

「瓦西迪，你向我保證這不是眞的。」

瓦西迪以手捫胸，一臉正色地回答：

「我以阿拉眞神之名發誓，瓦西迪此時所說絕無謊言。紀梵希閣下，這種抓土著的航程，我已經歷五次，絕對是千眞萬確……那些非洲人，怕永遠無法返鄉。」

「天啊，怎麼可以這樣？上帝在看啊。」

紀梵希面露愁苦，一時間竟不知所措，嘴裡輕唸著：

「上帝垂憐，上帝垂憐……」

「瓦西迪，我們不就在做罪惡之事？」

紀梵希衰弱、無助地喃喃自語。此一時刻，仰首所見，夜空無數的星光閃爍，彷佛是上帝垂憐之淚。紀梵希內心撕扯著一種椎骨之痛，他忽然閃過一絲毀天滅地的天問，一種極端的恨意：

「上帝，祢存在。我自始相信祢永恆存在……但怎麼？祢會容許這種不義發生？」

「爲什麼啊？我們這麼虔信地侍奉祢？爲什麼？爲什麼？如果這些都是眞的……」

紀梵希雙手緊覆著低垂的頭顱，不住地在心中一再一再反問著遙不可及的上帝。

「罪惡之事，此時正在進行呢。」

瓦西迪咬牙切齒，緩慢地說：

「爲證明我瓦西迪所言非虛，紀梵希閣下，請你去船長艙房一窺究竟吧。」說完，似乎原先的熱絡及歡愉一掃而光，瓦西迪及其他的摩爾人凝肅地起身，沉重地離開船尾甲板，留下紀梵希一人。

「船長正在進行什麼罪惡之事？」

紀梵希反問自己，夜暗裡，悄靜無聲。

他慢慢地起身，推開了往長官艙房的門……。往常，這艙門與房間的等距僅有短短的十公尺，此時卻遙如天涯。

紀梵希，天涯如果成眞，下一步將是如何？

暈黃、微亮的船燈，玻璃燈罩裡那朵燭焰忽大忽小，好似這充滿狐疑、猛烈、高漲的心跳……噗——噗——噗……將有什麼不可預期之事即將發現？時，間，凝，結……好像靈魂逐漸抽離了肉身，幽幽然飄過紀梵希的艙房。他躡著腳尖，慢慢地接近最裡頭，船長的房室。

接近，接近，到了。

緊閉的房門，隱約的哀號尖叫。

紀梵希耳朵悄悄地貼近桃花心木厚實的房門，終於清清楚楚地聽見女子嚶嚶的哭號聲，那是無助、驚怕，痛楚異常的尖叫。另外夾雜著男性濃密的渾厚喘息聲，西班牙式的最骯髒、齷齪的咒罵及耳光連連，還有沉重的碰撞……

房中竟有女子？遲疑片刻，頓時恍然大悟：那強虜而來的百名土著，不也摻雜著十數名年輕婦女……難道？腦門轟然撞擊，卻身不由己地伸出拳頭……（不能這樣莽撞地敲船長的房門啊！這一敲門……）

紀梵希暈眩、錯亂地用力擂動拳頭，砰——砰——砰！房裡突然噤聲，可聽見慌亂、匆促的穿衣輕音。

「砰——」房門由內拉開，一臉怒意沸騰的雷格諾里船長身披絲絨鑲著金邊的睡袍，那雙蜥蜴眼幾乎要噴出火來。

「紀梵希二副！你幹什麼？」他怒斥。

「報告長官，聽到異常的叫喊，從長官的房間傳來……」紀梵希變得結巴了。

眼神一掃而過，雖然雷格諾里船長如熊般的巨大軀體（猶一身涔涔熱汗）橫擋在房門口，卻清楚地看見：一個纖細的、如黑珍珠般光滑的年輕女體，四肢以繩索綁在床的四邊支柱，那小女孩（大約十五、十六歲吧？）一雙乞憐、已然放棄抵抗的無神之眸轉了過來，正與紀梵希四目相接，又放聲哭叫了起來。

紀梵希，終於全然明白了。

「長官……」紀梵希凝重地面對。

雷格諾里漲紅著臉，急促轉身盯著掛在椅上的短銃及彎刀，咬牙切齒地緊緊怒視著紀梵希，恨不得立刻殺了這個壞事的傢伙，只是上氣接不了下氣，他喝斥著：

「紀梵希，你，老是找我的麻煩……」

「啪——」一聲響亮的耳光打在紀梵希臉上，打得他七葷八素，搖晃得幾乎倒下。

「混蛋！你給我滾得遠遠的，滾！」

雷格諾里歇斯底里地用力關上房門，房裡傳來蓋天撲地的瘋狂咒罵聲。

靜下來，靜下來……必須要冷靜下來。

紀梵希手撫臉頰，一抹血絲從嘴角淌下。

15

「可以考慮一下。這段日子，可以感覺到妳十分疲倦，換個地方，工作同時度假。Bomi啊，我可是替妳著想哦。」

朱老闆燃起雪茄，若有深意地徵詢。

這倒是個不壞的建議。她沉思著：一個距離台灣五百公里的異國，只要去一個月，有三十萬收入，包吃包住……。這認識了近十年的老朱，外貌看似優柔（常被誤認爲gay），卻有著雄厚的事業心，只以爲在台北開了三家pub，前年趕著熱潮去了中國上海霞飛路經營新的店，什麼時候又和日本人合夥在琉球那霸開了夜總會？

這可以深思熟慮一番了。如果去了琉球一個月，那麼勢必影響到在台北每晚三家pub的固定收入（三家pub加起來每個月收入大約有十四萬），可以請人代班，但pub的老闆可能有意見。而老朱說中了她的心，準確地揣測出這段日子，她內在的疲倦（不是工作，而是被傷害的感情期待），也許去琉球散散心，雖說是邊陲的島國，說來也是日本的一部分，那，就去吧。

艾力克令她傷心。其實這個ABC只是壓死駱駝的一根稻草。主要的是接續著小魏，幾年相處，那麼溫文爾雅的好男人還是背著她有了另外的新歡……能夠再相信誰呢？現實一點來說，艾力克僅是一個「帥氣的男色」，這是死黨麗玲比喻的，更確切形容，就是性伴侶罷了。既是性伴侶，就不要在乎有情有愛，但還是覺得自己多少受傷了……自己終究是用心在對待，膚淺的ABC艾力克不會懂得她的心。

「Bomi啊，妳就答應吧，我知道妳在疑慮什麼？放心啦，在台北妳的固定時間，妳一個月不在，我會請小倩、喬依絲幫妳代班，OK？給我老朱面子，新的夜總會耶，不能失敗。打出『台灣爵士拉丁女王』給日本人看看，就當做國民外交，爲台灣爭光好了。去！別猶豫，就這樣敲定。」

朱老闆俐落地拍了下桌，不容她遲疑。

眞的要去琉球？那是個怎麼樣的地方？

拿起手機，她必須問問好友的看法。

「麗玲啊，有沒有空？有事相商。」

對方顯然沒開機，她對著手機留言。再撥給文惠，這傢伙是夜貓子，每晚賞玩她那二十幾個LV大小皮包，勤加擦拭、保養，怎麼那麼貼心的律師丈夫，放任她買了這麼多？有夠敗家。她笑了起來：

「喂，國母啊，在哪裡呀？」

「唉呀呀，我們的pub女王，唱完了是不是？我在外面吃麻辣鍋啦，要不要來？」

「律師先生呢？」她問。

「他在家裡忙著明早出庭的資料，我和麗玲一起吃。Bomi啊，妳也來吧，我們在東興路、八德路口的『李記』，來吧！」

「媽的，叫麗玲聽，她的手機不通。」

手機裡傳來笑聲，劈啪地傳遞。

「喂！死Bomi，滾過來吧。」麗玲的聲音。

「麗玲啊！妳的手機是跌到麻辣鍋裡是不是？打不通，讓我像笨蛋一樣留言。」

「快過來，敦化南路到這兒很近，限妳五分鐘到，bye——」手機又傳遞過去的聲響。

「Bomi，就等妳哦。」文惠做了結語。

夜色如水。她沿著八德路直走，心裡洋溢著溫暖的微微感動……。像麗玲，像文惠，在這冷冽的人世，拋開爲男人的眞心守候、盼望，反而這幾個姊妹不經意流露的生命關愛，呈現一種相互的支撐力量，感覺到眼眶濕熱了起來。

體育館巨大、高聳的T字燈柱，開得那般明亮，已經快子夜零時，球賽剛完吧？也許正在整理場地。視野左側是那家古老的電視台，某個不快的記憶隱約地回溯……曾經爲他懷過孩子的鼓手，多年以前帶她來到這家電視台，引介給某個綜藝節目的製作人。她總是唱最後一個，因爲她不若那些星光熠熠的主流名歌星，她總是被安排在最後一個墊底，歌唱到三分之二，片尾字幕就掩蓋去她半個鏡頭，她沒有埋怨，她還是用心地唱歌。

「關小姐，節目完後，能不能留下？」

那矮小、肥胖，一臉猥瑣的製作人有一天這樣說。那時，她才二十二歲，正當年輕，有著巨大、美麗如青鳥之夢。製作人抽著菸，翹起二郎腿，在電視台一旁的咖啡店，一雙賊眼直盯著她的胸部瞧：

「關小姐，妳的歌聲很有質感，鏡頭裡也好看，我應該好好地培養妳。」

「謝謝。」她囁嚅地，一臉天眞。

「這條路不好走。歌手如林，強敵環伺，要站上來，可要多費一番功夫哦。」

「製作人多提拔，我會努力的。」她認眞地說。

「哈哈，除了努力，公共關係也要會做。」賊眼又瞟了過來，她直覺地感受到一種不潔的壓迫感，卻也一時不知如何應對。

「妳以爲×××是怎麼紅的？拜託哦，一口土台客音，還咬文嚼字唱國語歌……欸？人家就是紅了，妳說呢？」

「我不知道。」她不解地搖搖頭。

擱在桌沿的雙手，手背上什麼時候多了重量，這才警覺，製作人竟抓住她的右手掌並且撫挲著，她下意識抽了回來。製作人臉色一凜，原是前傾的肥胖身子，坐直，明顯地不悅。

竟持續了一段尷尬、難熬的時間。

「關小姐，我只能告訴妳一句話：成名是必須付出代價的。」製作人撂下狠話。

從此，她就似乎與電視台絕緣。

「成名是必須付出代價的。」

或許，這心有企圖的製作人，是電視台少數的敗類之一，但卻也眞切提醒她在歌唱行業所必須具備的防衛本能。在pub與pub之間悄然地漂流，十多年來至少建構出屬於自己的質性，適意地應對自如。

她坐了下來，店裡芳香卻帶著油燥的氣息，似乎明顯地呈現一種疲倦。文惠爲她布菜：

「我們辛苦的Bomi，先塡飽肚子再喝酒。」

才想起自己早上吃了塊三明治，喝了杯咖啡，午餐、晚餐全忘了。感覺到飢餓，涮了一大塊肥牛，狼吞虎嚥地嚼咀，而後是滑溜鮮柔的鴨血，香脆的蒜苗，再喝下一整碗紅豔豔的湯汁，滿足地拭唇：

「哈——眞好吃。這才眞正是吃飯。」

「飯？白飯要不要？」文惠招一招侍者。

「不了，有麻辣鍋就太幸福了。」她揮一揮手，順手拿起啤酒倒滿一杯，泡沫濡動著。

「好像是衣索比亞難民營出來的。」

麗玲嘲笑她，遞過來一張面紙：

「好啦，有事相商。什麼國家大事？請講。」

「老朱和日本人在琉球開了家店，要我去唱一個月，妳們說，我，去不去？」她問。

「去呀！爲什麼不去？琉球也是日本耶。」麗玲尖叫著，這個一向最「哈日」的好友。

「是啊！Bomi，妳就去嘛。但是要託妳，如果那裡有ＬＶ新品，替我帶個回來，我給妳型錄，今年流行銀色浮雕，妳一定要去。」

文惠附和著，一臉光彩燦爛。

眞的要去？她心裡顫動了一下。從來很少離開台灣，在一個陌生的島國定時定地工作過。十年前，不是沒有去過國外演唱，新加坡、吉隆坡、馬尼拉……就是巡迴性質，最多待過一星期，走馬看花，吉光片羽。

她靜靜喝酒，偶舉目，前方的牆上一張巨大的朝日啤酒廣告，笑靨迷人的泳裝模特兒，走在長長的、金黃的海灘。

琉球？應該也是這般吧？

16

「我，想去琉球旅行。」

她啜著咖啡，靜靜地說。

健二拿起餐巾，擦一擦油膩的唇，他剛把那客神戶牛排吃完。而她似乎胃口不是很好，還是所點的北極冰魚分量太多，她吃了一尾，另外一尾還包藏在銀錫箔紙裡。鐵製的餐盤，仍冒著熱氣，她不想再動食物。

「想去琉球？爲什麼呢？」健二問。

「休息幾天嘛，不想去太遠的地方。前幾個月又去了義大利的西耶納……，那山城好美，就是健二你不在身旁。」

「忙啊，汝靜，我多想陪妳去走走。自己每一個月固定航班從東京直飛羅馬，飛了三十幾次，連西耶納都不曾去過，眞是。」

健二自嘲地微低首，孩子氣的臉顏，呈現一種略帶拘謹卻又稚嫩的笑意。

「答應我，健二。有一天，你一定要陪我再去一次西耶納，我好愛那個地方。」

她陷入了回憶，西耶納飄雪的冬天，那雪彷如櫻瓣般，無聲地，紛紛落下：

「托斯卡尼丘陵，植滿了葡萄、橄欖，黃昏映照著教堂百年建築，走在石板的巷弄裡，每一個地方都是一次新的發現呢。」

「汝靜可以做詩人哦，形容得眞美麗。」

健二由衷地稱許，眼神卻轉移到餐桌旁那大扇的玻璃窗。對街的百貨公司牆上巨大的日本航空廣告，一架在後引擎上印著「J-Bird」字樣的MD-11的客機：

「這是好飛機啊，最近退下來了，換波音七七七。我開過這架J-Bird飛過好幾次歐洲航線……怎麼，會想去琉球？」

「父親呀，琉球是父親的故鄉。」她說。

「我不知道汝靜是琉球人，眞驚訝啊！」

「父親在那兒出生，我卻從來不曾去過，健二，這不是很奇怪嗎？」她有些感傷地說。

「是啊，是應該要去。」健二同意著。

「那，健二，你要不要陪我去？」

她眼神一亮，充滿期待地輕問。

「不行啊，航班太緊，抽不出時間。」

健二苦惱地說，無奈地搖搖頭。

「妳知道，泡沫經濟以後不景氣的年代，我們航班減了，還裁了員工，我必須要奮力工作。公司把我們一人當三人用，好不容易升了正機師……我要好好地把握。」

「好啦，健二，我明白你的辛苦……只要有空和我見面，我就很滿意了。畢竟，我只是……」有些酸楚地停頓，再也說不下去了。

其實，她想要說的是「……我只是一個『銀座』的女人。」卻怕自傷又傷人。如果愛這個男人，就不要給他增添麻煩是不？

健二沒有說話。侍者過來將盤子收走，換上咖啡及果凍。這短暫的、外人介入的時刻，剛好可避開交談裡的無奈、凝重。

她靜靜地喝完那杯咖啡，然後坐上健二的那部本田CRV，離開了熱鬧的赤阪。健二帶她走入那家熟悉的Love Hotel，她也愉悅地，像情人般地親暱挽著健二的手臂。短暫的歡愛，她也僅能有這微小的盼望。

「健二，保重哦。」她笑容滿溢地在健二送她回住處的門口，下車揮手道別：

「那，我就自己去琉球旅行囉！」

健二在車窗裡，瀟灑地作了個飛行員舉手禮的告別動作，車子遠了，在轉角的巷口留下輕踩剎車的稀微聲響。

她站在門口，沒有馬上進去。內心掙扎著一種罪惡感的自責。她知道自己是對健二說了謊。要去琉球沒錯，時間是一星期以後。如果在她探詢健二的意願時，健二一直接就回答：

「好哦，汝靜，我們一起去。」

那怎麼辦？反而她會不知所措。她只是探詢，對一個心愛的男人，尋求一種罪惡感之外的寬恕嗎？是否自己太虛假了？面對心愛的男人，雖無婚姻卻也多少印證一種女人的不貞，自己開始痛恨自己。

琉球不遠，卻眞的想去。父親，從未見過面的，僅留存在一張黑白照片裡，年輕的父親容顏……。該是母親一生最巨大的痛楚的父親故鄉，她一定要去。

「那，我就自己去琉球旅行囉！」

向臨別前的健二說得何等輕鬆，事實卻又似乎極力在掩飾自己的心虛罷了。

她不是自己去，是有個男人要帶她去。只能原諒自己的是：她可以因此賺取一筆豐盈的酬勞。五天四夜，橋本開價兩百萬日幣。他們有個國會議員考察團要前往那霸，美國政府邀請，占有沖繩島五分之一面積的美軍嘉手納基地之參觀行程，主要是希望配合南韓、台灣與日本合組飛彈防禦系統的軍火推銷。

橋本是老客人。她不是沒有接過橋本的性要求，華族之後的世家子弟，出手闊綽，歡愛過三次，這中年的國會議員從此對她疼愛有加，深深迷戀。

那天，也就是她接完健二從夏威夷撥來的越洋電話，陷入深鬱的愁思之時，橋本來了，充滿著熱切的期待與自信，向她請求：

「靜子小姐，我想邀妳去旅行。」

如果不是去琉球的話，她倒期待橋本帶她去西耶納……。好像在生命中，那個遙遠的義大利山城已和她牢不可分地盤根錯節，幾近情人般的戀慕呢。

她忍不住，撥了電話給母親，提及去琉球之事，母親倒是不置可否，淡淡地問到：

「有人伴著汝靜去吧。」

「生意嘛，陪一個老客人去。」她平靜回答。

「加山告訴我，他向妳說了爸爸的事。」

「媽媽，妳還要透過加山叔叔轉達，才讓我知道爸爸是怎麼樣的一個人。」

「唉……」母親在電話那端，幽然長嘆：

「汝靜啊，媽媽說了會痛苦呀。」

「至少，媽媽要告訴我，爸爸在琉球的住所吧？從有記憶，就僅有牆上那幀照片。」

「知道汝靜的爺爺家又有何意義呢？爸爸家根本就不承認我的存在。」母親略為哽咽。

「這麼說來，汝靜的確是個私生女，而且是個遺腹子……對我多不公平啊，媽媽。」

「唉……媽媽向妳道歉。這幾年以來，汝靜也為家裡犧牲太多了。好吧，我手裡一直有妳爸爸家的地址，就在那霸的首里市，我現在就可以告訴妳，去了琉球就順道去看看吧。」母親的聲音茫然而微弱。

「嗯，我很盼望。」她堅定的說。

「啊，汝靜……那客人好嗎？」

「老客人了，是國會議員。」

「有沒有將來的可能？」母親囁嚅地問。

「什麼將來的可能？」她故作不解地反問。

「像……婚約啊。」母親急切的語音有些顫抖：「他對妳好不好？愛不愛？眞心的。」

「媽媽，沒什麼好不好、愛不愛、眞心不眞心的問題，而且人家貴爲國會議員，有妻有兒，不要想太多，只是生意。他出好價錢，我就陪他去，就如此簡單呀。」她自嘲地回答。

電話那端，沉默了片刻，母親困難地說：「不要自暴自棄……媽媽只是關心妳。」

「媽媽，別忘了，是妳要加山叔叔帶我來東京上班賺錢的。」她有些生氣。

「汝靜，還是責怪媽媽的。」母親感喟著。

「我，不過是個在銀座討生活的女人。靠陪酒、賣身，媽媽，妳還要我怎麼樣？」

「好了，汝靜，算媽媽對不起妳，妳就不要再說了。」母親終於哭了。

她的確生氣。但聽見母親的哽咽，還是心軟了下來，安慰了兩句，訕訕然掛了電話。悶著氣，在住處的落地窗前坐了下來。不常撥電話回去給母親，印象中只要和母親交談，到最後都忍不住地爭執起來。多少有揮之不去的埋怨與恨意吧？把她推到了歡場，卻又不經意地流露一個母親的不忍與關心，這樣矛來盾去的複雜情緒，她承受不起。

窗外正是黃昏暮色，臨近社區公園，她清楚地看見銀杏、黑松、櫻樹間雜之間，年輕的母親推著嬰兒車散步，或和稚齡的孩子奔跑、遊嬉……。小時候，母親哪會如此親和？嚴厲的叮嚀、甚至於命令妳放了學立刻返家，幫忙擦地板、洗碗盤，甚至由於她異於其他孩子的一雙藍眼睛，被同學譏笑是「雜種」的羞辱，回到家時也不敢哭訴，因爲她害怕得不到撫慰。

這嚴厲的母親，到底要她成爲怎麼樣的一個人？對外總是掩掩遮遮，似乎有這麼個女兒是這家庭的污名，爲了什麼呀？

告訴自己，一定要按捺、安頓自己波動、憤懣的情緒才是。她走到流理檯，替自己沖了杯花草茶，回到窗前的小桌，再坐定下來，這才發現，旅行社送來的行程、簡介就在桌上。

沖繩．旅遊勝地：八重山群島

從九州到台灣，位於北緯二十四度線上的八重山群島包括：沖繩本島、西表島、宮古島、石垣島，最西方的與那國島……。

八重山群島屬於亞熱帶海洋性氣候，一年平均溫度爲二十四度C，即使是在冬天約十八度C，最南端的國土疆域是波照間島。與那國島最靠近台灣的宜蘭，僅一二五公里。

她凝注地翻看著這冊薄薄的旅行資料，輕啜著花草茶，不禁愉悅了起來。

是的，父親。我終於要去尋訪你的故鄉。

17

耶穌的血，從戴著荊冠的額頭淌了下來。

那憂鬱的臉哦，彷彿承載人類千古之愁苦，黯然、慘澹地幽幽俯視，欲語無言。

終究僅是紊亂之間的某種錯覺。無以止息的，幾近撕裂般的急驟心悸，紀梵希試圖以酒液排除，並不斷以重複的禱告，盼求帶回他對人類純淨的信心。

幽暗的艙房裡，裸露的上身熱汗竟如水注，從髮間、額頭、頸肩，不停地沁出汗水，瀑布般地直淌下胸腹，涔涔的黏膩令他十分不舒服。他看見舷窗外藍澄澄、卻膠著如果凍般，沉重的海逐漸轉爲異樣的橙紅，透溢著乾旱般土地裂開、枯死的凝固之土黃……天色與海象呈現一種異常之詭譎，這怎麼一回事？

聖馬丁號似乎靜止，停頓不動。

海色橙、黃相間，藍意不見。彷彿整艘船駛入了熱焰翻騰的地獄。

「多像故鄉安達魯西亞大地，整片擁擠得喘不過氣的向日葵田園啊！」

紀梵希吃力地嚥了一口唾液，艱難地逐漸回過神來，冷靜屏息地自語：

「這往後的日子，會更加難以揣測，回嘉地斯的航程，怕會發生連自己都料想不到的災厄，會嗎？」他感覺冷冽。

靜靜地擦拭身子，穿上制服，上了甲板。這才發覺，好像剛結束某件極其嚴重的、不可告人的行動，所有的人都寒著臉，噤聲不語，紀梵希卻讀出了某些人明白呈露的罪惡感與難捺的悲憤。

「發生了什麼事？」紀梵希問。

甲板上迴望，不見雷格諾里船長及大副，身為二副的紀梵希直覺有大事。

水手們臉色異樣，因驚怕而死白著，無語地遙指舷下的海潮位置。只見一群數量不少的大型海鳥，嘎然尖叫，盤旋迴繞，忽遠忽近，似乎在等待某種獵食。紀梵希近身細看，幾乎不可置信地哀號了起來……遠近十多具黑色的人體，在波潮間載浮載沉。更可怕的，時隱時現的鯊魚群，像尖銳的巨大彎刀，咬嚙著、撕裂著人體，海水暈染著鮮紅的血腥。

摩爾人瓦西迪悄然地挪身貼近：

「船長說，這些土著得了熱病，怕傳染了全船，下令割喉拋海……他說，鯊魚會清除，一個一個用匕首切開喉管，土著們全身顫抖地跪下來乞求，船長眼睛眨都不眨，下令誅殺，唉……」

視野裡，人體被殘忍、凶猛的鯊魚全然撕開，血暈染的面積更為擴大；海鳥成群俯衝下去搶食浮在潮間的碎肉……耳畔聽見的，反而是底艙不住傳來的土著哭叫的絕望聲音，夾帶著皮鞭的抽打起落。

「是啊，我們都是這罪惡的共犯。」紀梵希慨然地開口。

「注意你的舌頭！紀梵希二副。」

嚴酷的，不帶任何情緒的聲音由背後傳來。

鬼影般的雷格諾里船長什麼時候出現，紀梵希竟然毫無察覺，急急轉身面對，不知所措。船長幾乎與他緊緊貼近，彼此相隔不到兩尺。那雙時時要將紀梵希看得剔透的，冷冽而惡毒的蜥蜴眼直射紀梵希的藍眼睛。

「我再說一次，請注意你的舌頭。」

雷格諾里的右手食指，直逼紀梵希的鼻尖，不屑地，帶著嘲諷的姿態，點了幾下：

「對我，你很有意見吧？嗯？紀梵希二副。」

「我——我……」紀梵希一時為之語塞。他應該要低下頭去，做出一副說錯話的無辜表情，或者就回答：「對不起，長官。以後，我會謹言慎行。」他竟然茫惑地怔滯於當下。雷格諾里本來就對這人心生偏見，（竟與低賤的摩爾人分食水菸？笑語交談？成什麼話？我們可是尊貴的白人啊！）見紀梵希之怔滯，直覺就認定他是反抗與不馴，頓時怒火橫生，厲聲地斥責：

「回到嘉地斯港，我要送你上軍事法庭！」

「報告長官，我，沒有犯錯！」

紀梵希直接地頂撞，連自己都嚇了一跳。

「啪──啪！」兩記耳光，結實地打在紀梵希的臉頰。猛憶起那個夜晚，在敲開船長房門那一刻，撞見船長強暴土著女孩的卑劣行徑，同樣的被摑耳光的恥辱，紀梵希再也無法隱忍，情緒立刻爆裂而出：

「報告船長！請尊重，我是西班牙帝國艦隊的海軍官員！我沒犯錯，你不能侮辱我！」

「紀梵希！你這個懦夫，你不配當帝國海軍！就送你軍法，又怎麼樣？侮辱又怎麼樣？」

暴怒的雷格諾里揮拳猛擊：

「我操你母親！你這個異議者！」

操我母親？雷格諾里，這個無血無淚的肆虐者，竟口出污穢、冒犯之言……紀梵希憤恨與激怒如浪潮般，無以遏止地湧漫上緊壓的胸口，又連遭船長的拳頭擊打，下意識竟拔出腰間的配劍，「唰──」直指雷格諾里的喉間，怒喝：

「長官！我鄭重要求你收回方才那句話。」

「喲，紀梵希，你眞的拔劍了？好！非常好，這正是構成你送軍法的實證。武力要脅長官，哈哈哈！你吃不完兜著走了。」

「你必須道歉。你侮辱我的母親。」

紀梵希的手顫抖著，劍卻一直沒有垂下。

「紀梵希二副！你幹什麼？放下你的劍！」

安東尼歐大副一臉焦急，慌亂地制止。

「不！他必須要道歉！」紀梵希嘶吼著。

「紀梵希二副，你這是犯上，我命令你立刻停止你的危險行爲！」大副怒聲地勸。

「哈哈！你眞的敢動手嗎？紀梵希，你這十足的懦夫，你的前途完了，你再也沒有任何資格擔任海軍，準備在黑牢裡過一生吧！」雷格諾里臉露幸災樂禍的嘲諷之色，那雙蜥蜴眼翻白，卻多少透溢著微微懼怕，因爲紀梵希的劍尖還抵住他的喉間。

一時間，甲板上所有的人都噤聲不語，彷彿凝結在一種難以排解的膠著狀態之中。紀梵希沒想到事態會變成這種無以收拾的絕境，怎麼辦？到底要如何？

「放下你的劍，紀梵希二副。」是大副的命令。紀梵希些微猶豫，稍稍分神之際，雷格諾里身形一退，沒想到竟絆到舷邊的繩索堆，船身又突然晃搖，將他的身子又猛烈推了回來，紀梵希的劍還直直地舉在原來的位置，只見——

雷格諾里肥壯的喉頸衝向紀梵希尖銳的劍，像輕易地戳穿一枚番茄般，雷格諾里不敢置信地圓睜著那雙原本細長的蜥蜴眼，血柱噗地猛冒，一下子就斷氣了，軀體重物般地跌落甲板，發出巨大的沉甸回響，「砰——」。

所有的人都不敢相信眼前的事實。

紀梵希上衣被雷格諾里的血染紅，整個人像被抽出靈魂般地飄浮……內心一片錯亂、懊悔、自責。眼前晃動，金亮、銀閃跳躍，幾近暈厥，身子不住地搖動，想著死亡、上帝……。他哭叫了：

「上帝啊！我到底做了什麼事？」

暈眩之間，只見摩爾人成群聚集過來，似乎聽見驚慌失措的大副尖著嗓子喊著：

「把紀梵希二副逮捕起來！快！」

卻在一片烏黑、欲嘔、心異常地撕痛而幾近癱瘓倒下之前，最後眼角的餘光是摩爾人瓦西迪制住了大副，摩爾人水手們將其他的西班牙官兵予以捆綁……。

海，依然平靜。船靜謐航行。

紀梵希的靈魂，是不是已被上帝遺棄？

漂浮如深海中，發著明滅泛藍的神祕光焰的水母群，無聲無息地來來去去……。好像安達魯西亞那片燦爛無涯的向日葵田野。啊，紀梵希感覺他已失去了所有重量，彷似一根被風吹起的白鴿羽毛，飄啊飄的，飛到嘉地斯故鄉的聖母大教堂廣場中央，有著巨大雕塑的噴水池畔，幾隻白鴿正在啄食玉米，睜著無邪、純真，黑豆般的眸，好奇地看著紀梵希羽毛。

「歡迎回家了，紀梵希。你回家了。」

是母親的聲音嗎？那種溫柔、婉約，那種慈愛如神的光彩，是母親嗎？

「來啊，紀梵希，靠近我，貼近我……深深地吮吻我的火燙之唇，揉搓我溫潤、飽滿如湖水的肉體，來呀，你來啊。」

雪雅！是妖媚如蛇，豔麗、青春的摩爾女子雪雅啊，果然是妳！

昏睡、發著高燒的紀梵希輾轉床側。

紀梵希從昏睡中醒來，已是第三天的事。佇立在船舷，異常平靜地看著大副帶著雷格諾里船長的屍體，以及其他的六、七十名西班牙官兵，划著四艘小船離去。

「紀梵希二副，你已失去做爲一個西班牙人的榮譽。謀殺長官，叛變奪船，無論你到天涯海角，西班牙無敵艦隊絕不會放過你的……，請你珍重。」大副臨走前如此說。

紀梵希默然無語，目送同僚離去，一直到那四艘小船消失在海平線的遠方，他靜靜地回過身來，摩爾人瓦西迪沉聲地問道：

「報告船長……現在開始要尊稱閣下是紀梵希船長了。請指示，我們新的航向。」

紀梵希思忖了片刻，遙望茫茫大海，彷彿死過一次般，氣如游絲，極其疲憊地說：

「出地中海，繞過南非洲，往印度洋……也許我們到中國，或，更遠的天涯。」

「夥伴們，我們到亞洲去！」瓦西迪呼喊。

18

這島，彷彿是澎湖都會化的變貌。

在那霸市最繁華的「國際通」逛街，幾乎以爲置身在燈火輝煌的台北東區。但總有那麼一種夜來寂寥的落寞感覺，卻又像在澎湖的馬公街上，一到晚上就人車稀疏。

「我，只是來這裡工作的，不是嗎？」

她俯看桌前的宵夜菜色：海帶滷三層肉、黃瓜雞湯、油炸魚漿片、豆腐蒸石斑、山苦瓜炒肉片。十足的台灣風味，店家卻驕傲地誇說，這是最典型的琉球料理。

抵達那霸當夜，她撥了通電話回家：

「阿爸，我是寶美仔，我來Okinawa。」

父親在電話那端，隱然透溢一種興奮：

「Okinawa哦，好所在，去迌迌麼？」

「那麼好命？阿爸，我來這邊唱歌。」

「眞好啦，趁年輕多賺一些錢。是說，有這樣的機會，走走看看也不壞，日本話會講嗎？不要在生分所在做青瞑牛哦。」

「阿爸，這裡竟然有台灣人，聽到故鄉的話，感覺實在歡喜呢。」她愉悅地抬高聲音。

「哦，很多是宜蘭那邊的人。戰後去的……」父親的聲音突然低了好多，停頓半晌，小心翼翼地輕聲接續：

「二二八事件前後，很多宜蘭人跑去Okinawa……甘願給日本人管，不想做中國人……」

「阿母呢？阿母身體還好嗎？」她岔開話題。

「伊哦？同款猶大家樂啊。伊勇得像條牛，卡有年歲，現在比較不會罵大罵小。」

「好啦。阿爸，我會很平安地工作，您放心。」

「寶美仔，汝要保重哦。」父親關切地說。

好一段時日，不曾回鄉，就只有電話連繫，哪怕來到了琉球。她站在公共電話前，有些內疚與感傷，不是不想念家人，而是怕回家。母親、阿姊一再重複地催促婚事，她怕煩。反而從小疼愛的父親不會提及，這讓她多少有被了解的溫慰。如今來到了陌生之地，可以唱歌討生活，生命縱然孤寂卻也帶來自尊與信心，這就足夠了。

琉球時間：子夜零時四十五分。

十五分鐘前唱完最後一首歌。今晚是周末，夜總會的生意特別好，有九成座客人。安室副總經理特別交代，今晚有一群國會議員光臨，在她所拿手的爵士、拉丁歌曲之外，一定要唱幾首日本歌。這提議難不倒她，光是第一首前川清的《長崎今夜下著雨》就讓那群酒過三巡之後的國會議員樂得呼叫，掌聲渾厚，再來是她所愛的《津輕海峽冬之景色》，更是讓客人們急急拉著身旁的伴侶，在七彩燈光裡，翩然起舞，最後，她以美空雲雀的《川流的人生》贏得了最熱烈的滿堂彩。

「我，就是唱歌的關寶美。我怕什麼？」

走下舞台時，迎著一雙雙讚賞的眼神，她有些傲岸地昂首，略帶睥睨之姿，燈光彩麗的眩惑之間，彷彿，有一雙眼，深深看她。

一雙屬於女子，溫柔而迷惑的眼神。

下意識地回眸對望，只見觥籌交錯，明暗光閃，反而在極目注視時，卻尋不到那份熟稔，彷彿依稀的感覺，……是誰？是誰呢？

一到門口，朱老闆笑吟吟地擋在身前：

「Bomi，實在精采絕倫！台灣爵士拉丁女王，果然名不虛傳，沒有丟咱們台灣人的臉。」

「老朱啊，少泛政治了。什麼時候到的？」

她笑嗔地輕握粉拳，朝著朱老闆胸口捶去。

「傍晚剛從中國上海飛過來。」朱老闆拉過身後一個細長年輕的豔裝女子介紹：

「她是朱世英，我在上海的特別助理。」

那上海女子有些怯生、羞赧地喚聲：「關姊好。」說完，心虛或害臊地低下頭去。

「欸！老朱啊，你靠過來一下。」她笑了起來，做了個手勢，輕聲地附耳問道：「老實講，這朱小姐是不是你在上海的二奶？」

「同姓同宗嘛。都姓朱，當小妹妹對待。嘿嘿！」聽到朱老闆「嘿嘿」這兩聲乾笑，食指抵唇，一副心照不宣的神祕模樣，八成是承認了。

「小妹妹？在床上就是如夫人囉。」她揶揄並提出警告：「小心你老婆叫徵信社跨海抓姦。」

「好啦，親愛的Bomi，今夜請妳吃正統的八重山琉球料理，妳大姊就饒了我吧。」走出夜總會，晚風冷冷吹來，她打個寒顫。

「來琉球第五天了，白天熱鬧，晚上淒涼，這兒像澎湖的馬公，只是更都會化了些。」她將外套領口拉高，厚重的鵝毛外套裡僅是一套薄如蟬翼的低胸黑底銀點的晚禮服，足登三吋銀色細高跟鞋，跟著朱老闆前行。街燈橙黃，從「國際通」這端亮到遠方的海堤，挺美的，像秋深紅熟的柿子。

他們在一家餐廳靠窗臨街的四人座位坐定下來，店裡只有兩桌客人，極冷清的。侍者遞來菜單，還一邊忍不住打著欲睡的呵欠。她點起一根涼菸，問那叫朱世英的上海女子要不要也來一根，女子笑著婉拒。朱老闆用心點了幾樣菜色，並要了一瓶「宮之鶴」清酒。

「老朱啊，來琉球五天，怎麼都看不到一個美國人？」她呼出了一口煙，目光搜尋著：「這裡可不是美軍遠東最大的基地嗎？」

「琉球我熟。美國人哪敢隨便在那霸行走，琉球人恨死他們了。」朱老闆答說，一邊從西裝內袋裡掏出一根古巴雪茄：

「他們都在嘉手納空軍基地。這地方大到妳不敢相信，面積占沖繩本島五分之一，裡頭呀有自己的夜總會、購物中心、學校、電影院……，甚至每個駐軍連同家屬可免費搭定期的航空客機來回美國本土，連我們夜總會都做不到他們的生意。」

「爲什麼琉球人那麼恨老美？」她問。

「二次大戰嘛！美國人登陸殺了不少本地人。另外這幾年，發生過美軍強暴本地的女學生……還有基地每天的戰鬥機訓練、巨大的B-52轟炸機，噪音吵死人，琉球人不生氣才有鬼呢？」

「今晚店裡來了一群日本國會議員，還自備女伴，還沒喝酒時彬彬有禮，喝了酒一個比一個鬧得凶，色迷迷地看人。」

「Bomi啊，妳沒聽老輩人說：日本人有禮無體……唉呀呀！談這些幹嘛？來，來，用菜，用菜，尤其是清酒，迷人得很呢。」

朱老闆話未說完，上海女子已乖巧地將酒斟滿，遞一杯到她面前，並先行舉杯：

「關姊，初見面，朱世英敬妳。」

她回了一杯，清爽如泉的香氣。

「Bomi，我敬妳。夠朋友，幫我老朱的大忙。」朱老闆恭敬地舉杯，仰首飲盡。

「互相啦，也謝謝你讓我有機會到琉球來。」她又豪邁地陪了一杯酒。

回到住宿的旅店，她微醺，卻異樣地怎麼也無法入睡。耳畔是陣陣的海潮聲嘩然來去。忍不住又淋了一次熱水浴。以為可以藉著淋浴後的鬆弛而安然入睡，意識卻更加地清醒……。她有些惱怒，披上旅店準備好的厚浴袍，推開房間露台的落地窗玻璃門，熱燙的身子在她步出露台時，沁寒的夜氣一下子襲了過來，她在露台的小咖啡桌坐了下來，點一根涼菸，這才發覺，她在月光銀亮的照射裡。旅店臨海，圓月當空，星群閃爍，海域一片粼粼的，如夢般亮著一種迷離。她感到某種恬適，舒放地翹腳，看那夜之海色。

那夜海看著看著，好像波光之間，流迴著與她凝視時等距的某種無以形之的魅惑，視野固定在月光投射的海域時，忽然隱隱地懼怕了起來……，像同時有一雙異樣的眼睛與之相對，她忍不住全身冷得戰慄了起來，那是一雙與她酷似的，藍眼睛。

19

「妳是我的——汝靜！妳是我的……」

她緊合雙眼，任橋本在她赤裸的肉體上馳騁。並不討厭這個男人，否則不會應允伴他來到這南方的國土；可是似乎又無法去動感情接納，只因爲橋本給了好價錢？如果說僅是一種交易行爲，那倒是單純不過。對這男人，只能說不討厭，離愛卻又太遠。如此的矛盾卻也令她沮喪不已：

「我，是個低賤的女人吧？」

想到這裡，頭不自覺地轉向，背著一身涔涔熱汗、情欲高漲的這個壯碩男人。橋本手撫她白皙、豐盈的乳房，激情、感動得一臉分不清是淚是汗？這男人不斷地在她身體裡抽動，愛，還是純然發洩的情欲？手伸過來，微微用力地拉扯她因仰臥而散開成扇形的長髮，忘情地喊著：

「說妳愛我！汝靜——說，愛我！」

她沒有出聲，還是沉默以對。

她此時所想的，斷斷續續……是心愛的健二。她一直樂意將肉體呈現給心愛的健二，而卻聚少離多。天知道她與橋本在這南方之島一張巨大的床上肉體歡愛，而健二正在前往世界哪個城市的夜間飛行之中。健二知悉，爲了現實的需索，她必須以肉體換取藉之生存的金錢嗎？她悲傷了起來：

「我是多麼虛僞、卑賤的女人啊。」

橋本猛然抽搐著，射精了。像洩了氣的球，整個壯碩的軀體癱在她的身旁。夜，好深好暗，橋本喘息的聲音顯得那般巨大。

「健二，在想些什麼呢？」

她沉思著，微暗的床頭燈，暈暈黃黃地映照著她裸裎的肉體，彷如象牙雕像。

「下一次，要求健二帶我再去義大利，去西耶納。健二會帶我去嗎？」

在心裡反問自己，有種油然而生的落寞、淒涼。會帶她去西耶納嗎？好像是一種奢侈的任性請求，甚至於一廂情願了。泫淚欲泣的悲愁感觸……要期待到何年何月呢？

「別忘了，我們是銀座的女人。」

媽媽桑的聲音驀然在耳畔響起。

她有些不甘。爲什麼「銀座的女人」就不能享有追求自我幸福的權利？憑什麼？如果健二不能允諾，何以自己不能自行決定再去西耶納？似乎只有在那盛產橄欖與葡萄的托斯卡尼，才能撫慰我傷楚的心。

強壯的手伸了過來，從背後緊摟著她：

「啊——汝靜，妳，舒服嗎？」

「嗯。」她沒有轉過身子，漫聲回答。

橋本滿足地笑了起來，拍拍她纖柔的肩：

「妳啊，永遠就是這般沉靜。汝——靜——這名字取得像妳的人。汝靜不就是，妳，如此地沉靜，不是嗎？」

「母親取的名字。」她還是沒有回首看橋本，淡淡的回話，好像風吹下的一片銀杏葉。

「什麼時候，可以去拜見令堂？」橋本問。

「去見母親做什麼？提親嗎？」她反問。

橋本彷彿被問到了痛處，沒再接話。

是啊，一個有家室的男人去見母親何用？她兀自笑在心裡，覺得自己似乎有種報復的些許快感。但她要報復什麼？不是無辜的橋本，反而是愛恨交織的母親。

「汝靜，妳進來一下。」

她遲疑片刻，還是順從地進母親房裡，意外地看見母親一臉少見的慈藹笑容。母親示意她坐定，神祕兮兮地做了個注意的手姿，像揭開舞台的布幔般地開了衣櫥，取下了一套手工織染、銀杏圖案的月白色和服，在燈光下赫然攤展。母親笑吟吟說：

「汝靜，喜不喜歡？前些日子去了京都，特別到西陣買了件和服……要給汝靜將來做嫁衣之用。喜不喜歡呢？」

喜不喜歡？這不是莫大的諷刺嗎？將來的嫁衣？哈哈，親愛的母親，妳開什麼玩笑？妳以爲我是「博多人形」嗎？土捏的人形，任妳隨意加上各色衣裳，我可不是……出生以來，任妳操控，哪怕是泥娃娃也會怒不可抑，對不起啊，母親。

她明顯地一臉不屑，母親果然慌了：

「如果……汝靜不喜歡我再去換另一個花色。妳說，是不是不喜歡？」

「銀座的女人，沒資格說喜不喜歡。」

她竟然如此理直氣壯地回答。她沒有生氣，卻明顯地呈現一種自暴自棄的感傷。

「唉，汝靜，妳，還是怨我的……」

母親頹然地低頭，極其疲倦、乏力地將那件銀杏圖案的和服，慢慢地摺疊起來，再也沒有抬起頭來，似乎哭了。

她不語地側過頭去，遙看窗外那株枝葉茂盛的銀杏樹，沒有風，銀杏樹動也不動，好像是畫在窗櫺上的一張風景。

那樹，似乎從出生就存在那個固定的方位，扇狀的銀杏葉，春去，秋來，時序變幻……不由人掌控，該落葉之時，一夜之間，掉了一地，那般地令人無以預料，冬盡春至，又立刻綠意繁茂，任誰也阻止不了。

也許，朦朧中彷彿有個男子靜靜地佇立在樹下，那樣深情款款地看她……是健二嗎？健二眞的深情款款？還是停駐在黑白照片裡，父親年輕時永恆的容顏？這男子絕非是眼前的國會議員橋本。

反而是一張陌生卻又似乎熟稔好久的女子臉孔，鬼魅般地忽隱忽現。她，到底是誰呢？她深切地尋思久久，尋思久久……橋本的手糾纏了過來，迷戀卻呈露情欲滿足後，黏答答、略帶埋怨地說：

「汝靜啊，我示愛的時候，妳卻老是噤聲不語。唉，我如何才能贏取妳的心啊？」

「下一次，陪我去西耶納吧。」她漫聲回答。

「西耶納？銀座的哪一家店？」橋本問。

「唉，你不會懂得的啦。」她有些不耐，心中猛然一凜，這回答，分明不是對橋本說的，是向不知遠在何方的健二請求的嘛！隨即有些自責了，怎麼如此輕易地表露心事？

「汝靜想去哪裡，橋本一定奉陪。」

「西耶納，很遠很遠哦，在義大利。」

「天涯海角，橋本陪汝靜去，一定。」

好個橋本，這般斬釘截鐵地拍胸保證。

她依然側身，保持著一種撩人的姿態，在暈黃明暗的室光裡，美麗如異國的景致。橋本忽然發現什麼似地，讚賞地輕呼：

「就這樣！汝靜啊，就這樣保持妳此時的姿態，多像一幅我在畫冊裡看過的畫。」橋本誇張地翻身坐起，雙掌相互易位，右掌食指抵住左掌拇指，如攝影家以掌取景的專業手姿，觀景窗般框住了焦點：

「是啊，西班牙畫家哥雅的名作：《裸體的瑪哈》。我在東大念書的時候，在圖書館裡翻到的【世界美術全集】，那時幾乎想從政治系轉學藝術，應該去念武藏野大學才是。向父親探詢，結果被斥責回來。……哈哈！我那華族後裔的父親怎麼說嗎？汝靜，妳聽聽。」

「喲，橋本先生，竟然曾有藝術家之夢？」她倒也好奇，以手托腮，感興趣地反問。

「父親怒聲咆哮說，如果我不繼承他國會議員的位置，就要將我逐出家門。還說，想當藝術家，瘋了不成。」

「唉呀，橋本先生還是身不由己的。」

「汝靜啊，這是我們橋本家的宿命吧？以後的小孩也必須循著這條路。」

「國會議員位高權重，沒什麼不好嘛。」她沒想到橋本竟有多少生命之感慨。

「是哦，一切都遵照家族給你的路，包括婚姻。……於是呢，白天論政，晚上去銀座應酬，黨政協商嘛。妳應該聽過，銀座就是『晚間的永田町』這句名言。」

「晚間的永田町？什麼意思？」她問。

「永田町就是國會，日本的政治中心。」

「哈哈哈！」聽了，她恍然大悟地笑了：「看來，我們這些銀座的女人，對國會議員及日本政治，還是有很大貢獻的喲。」

「汝靜，不許這樣形容自己。」橋本語氣忽然嚴肅了起來，正色地指陳：「我對妳的眞心實意，是男人對待愛侶，絕非客人之間的應酬、形式啊。」

橋本急切地似乎想印證什麼：

「小澤前天問我，眞的迷戀靜子小姐嗎？我毫不猶豫地回答他，的確如此。」

她靜止了下來，一時間竟不知如何以對。

「汝靜，妳一定要了解我對妳的愛。」

她沒有答話，思索著橋本的每一句話語。橋本愛她，她可以知悉、感受幾分；橋本提出同居要求，她卻猶豫不決。如果這人沒有婚姻，或許她眞會考慮的。……有一天成爲國會議員夫人？唉呀，汝靜竟多少還是會有這世俗的虛榮心呢。

健二呢？那時而縹緲如飛鳥的心愛男人，心中又是怎麼想呢？在滿是螢光、電子設備的客機駕駛艙裡，此時此刻，這隻飛鳥又在哪一條夜航的旅程上呢？飛越冰天雪地的北極去歐洲？還是浩瀚無邊的太平洋前往美國？總是無法緊緊地、持續地擁有健二……，想著，想著，內心又是針刺般地微痛。

「明晚，那霸市長的盛宴……」橋本說。

「我，不想去。」她自然地回答：「我想去昨晚的夜總會聽歌。那個台灣女歌手，拉丁曲唱得眞有味道呢。」

「也好。」橋本似乎鬆了一口氣。

20

聖馬丁號在阿拉伯海，遭遇到第一艘荷蘭商船。在這之前，沿著大西洋邊緣的非洲海岸南下，繼而往東方航行的日夜，全船自始迴盪著一種沮喪、無措的黯然情緒，彷如中古世紀，爲了黑死病而焚燒屍體、住屋、心愛器物的莫可奈何。瓦西迪提醒紀梵希船長聚集所有船員，做一次明確、堅決的宣示，畢竟，從無意的叛變奪船，命運逆轉，必須永久離鄉，是所有人始料未及。願意全心追隨紀梵希船長的摩爾人，像瓦西迪終究是少數，大多數船員，仍在忐忑的錯亂驚惶裡。

還是留下的幾個西哥德裔白人，在事發當時反而顯得沉著、穩定，而摩爾人呈現冷漠、不可臆測。瓦西迪形容說：

「雷格諾里一直是個殘暴、不通人情的指揮官，得不到屬下的眞心愛戴。」

他笑得十分耐人尋味，令紀梵希感到莫測高深：

「船長，我在聖馬丁號待了幾年，指揮底層划槳的摩爾人，我和所有船員一般，都痛恨雷格諾里，這傢伙該死！你一刀殺了這殘暴之人，可大快人心，說什麼，我也要帶著船上的摩爾人追隨你，紀梵希船長。」

「但是，我們必須付出很大代價。唉……」

紀梵希嘆了口氣，眼神一片沉鬱的藍：

「從來，我就不是個逐名爭利的人，某些時候，我誠如雷格諾里所言的，是個懦弱之輩……我怎麼會誤殺了他？」

「船長。做了，就沒有後悔的理由。」

瓦西迪制止了紀梵希的猶疑：

「別以爲大副帶著雷格諾里的屍體回去，對船長您是憤恨的。錯了！大副是個溫厚的謙謙君子，他會清楚地向西班牙海軍法庭解釋此事，我熟悉他的個性。」

「瓦西迪，法律不是講人情的。縱然雷格諾里是惡徒，畢竟是我的長官，我誤殺了他，法律不會放過我的，良心也是。」

「莫非，紀梵希船長眞的後悔了？難道雷格諾里的暴行，包括他姦淫土著女孩、將有病的土著擲海餵鯊，都可以原諒嗎？所以啊，你大可不必爲所謂良心問題而自責。」

瓦西迪的這番話，令紀梵希原是愁鬱、茫然無措的心，有著一種突來、些微的鼓舞力量隱約湧起。

「船長，我們摩爾人是回教徒，只知道別人壓迫，我們就反抗！我不明白你們所信仰的宗教，是天主吧？又是耶和華，又是聖母瑪麗亞，又是耶穌……，我們回教徒單純多了，像這片大海，深邃卻能涵養、包容。」

「唉，瓦西迪，告訴我，我們眞的回不去了，回不去西班牙……是不是？」

「回去受絞刑？紀梵希船長，你沒有錯，何必要承受？我們就去亞洲嘛，那片未知的大陸，也許有一個美麗的島嶼可以容納我們，就永遠住下來，娶妻、生子，有何不好？」

「很好。瓦西迪，立刻召集所有船員！」

意外的是，包括六個白人船員在內，全船八十二個人皆熱切、堅決地表達要和紀梵希船長遠赴東方的強烈意願；而被俘的非洲土著竟有二十個強壯的年輕男子自願加入聖馬丁號東航之行列，其他的土著決定讓他們自由。

在非洲的某處海岸，聖馬丁號卸下了這群重獲自由的土著，只見他們流淚歡呼，以手勢頻頻答謝，聖馬丁號立刻起碇離去。

「再延遲了航程，怕西班牙軍艦會追上我們。」紀梵希仰首看著巨大的船帆，在流暢而暖和的風中鼓得那般飽滿而美麗，如女子柔軟的胸線，他對瓦西迪說：

「自由眞好呀，本來就沒理由隨意去逮捕一個無罪之人，將人當野獸般地奴隸。」

「那些土著，可要跋涉過大半個非洲大陸，才能回到他們的家園。怕就怕，不是只有我們奉令抓非洲人，荷蘭、葡萄牙、英國……他們才凶狠呢，這些土著，我們放他們自由，會不會上岸後，險遭不測？」瓦西迪憂心地說：

「人的命運誰能預知？就像我們聖馬丁號，一次偶然竟成了命運的必然。」

阿拉伯海，水平線遠方出現一個黑點。

逐漸放大，隱約可辨識出是一艘巨大的三桅船，悄靜地挪近，有如鬼影。眼尖的摩爾人，忽然警覺，以略帶畏懼的呼喊，遙指著來船桅桿上飄揚的三色旗：

「是荷蘭皇家海軍！」

紀梵希船長冷靜地以長筒望遠鏡觀測，這才發現方經歷過一次巨變的船員顯然過於緊張，錯將商船誤判爲武裝軍艦。他緊盯著距離大約在六千公尺之外，卻已經察覺聖馬丁號急速追逐而上，而急欲閃避的荷蘭商船。紀梵希回頭深深地以眼神徵詢瓦西迪的意見，瓦西迪眨了下眼：

「報告船長，此去東方的航程非常遙遠，聖馬丁號的糧食、飲水只有二十天的用量。」

他寒了臉，深褐的眸子閃耀著一種異樣的反光，殺氣蒸騰了上來。他果斷地用力拍打著腰間的彎刀，字句鏗鏘地說：

「事到如今，我們是沒有回頭路了。這荷蘭商船從東方來，庫藏一定豐饒，貨物必然珍貴……聖馬丁號就搶奪它吧！」

紀梵希悚然一驚，微蹙眉頭：

「但……我們掛的是西班牙海軍旗幟，搶了他們，我們豈不成爲海盜？」

「船長，想清楚啊，我們已是失去國家的流亡之徒，還顧慮什麼？海盜就海盜，爲了生存，我們已沒有任何選擇了。」

「荷蘭船要逃了，看啊！他們偏離航道！」

摩爾人大聲呼喊，全船一片喧譁。

壯闊的海域，浪潮猛烈地怒吼而起，聖馬丁號緊追著拚命閃避的荷蘭商船，紀梵希下定決心，拔出了配劍，這把沾染著雷格諾里之血的劍，在陽光下映照得冷冽而銀亮。他下令砲擊荷蘭商船的尾舷，制止他們逃逸——「砰！」撲鼻而來的火藥味，距離對方船隻尾舷約十公尺之遙的海域開出一朵巨大的水花。

「是啊，我紀梵希如今已是流亡之徒。是嗎？沒錯。我已失去了國籍，像這茫茫大海翱翔的信天翁，找不到著陸之地，就成爲海上的掠奪者吧。……上帝啊，祢眞的遺棄了我，還是我背叛了上帝？」

兩個時辰之後，紀梵希佇立在高高的艦橋上，靜靜地反思方才那場慌亂而殘酷的大肆劫掠，俯看著摩爾人從緊偎的荷蘭商船上，歡天喜地地扛來幾箱亮晃晃的金幣，一大堆中國青花瓷器，甲板上躺臥著三具由於反抗而被誅殺的荷蘭人屍體，有四個女子哭泣得全身戰慄。

「放了婦女！我們要的是船上的糧食、貨物，不得侵犯婦女，瓦西迪，傳令下去。」

紀梵希交代瓦西迪之時，摩爾人已將荷蘭船長押到跟前。他顯然受傷了，左臂白衣上一片血紅，約莫四十來歲，憤怒卻又驚怕地漲紅著臉，指著紀梵希，質問：

「西班牙海軍，做的竟是海盜的惡行。」

「閣下，我們不是海軍，我們是海盜。」

「你們分明掛著西班牙旗……」

「再也不是了！謝謝你們豐美的禮物。我讓你們安然返航，回去告訴你們荷蘭政府，你們遇見了海盜紀梵希，前西班牙海軍二副，就這麼回事，閣下請走。」

紀梵希頭也不回，冷靜地步下艦橋，所有的聖馬丁號船員都用力鼓掌、歡呼：

「紀梵希！紀梵希！紀梵希！」

桅桿上那幅飄揚的西班牙旗被撕扯了下來，換上一面黑色的旗幟，瓦西迪笑了起來，昂然地向紀梵希舉起讚賞的拳頭：

「是的，報告船長，我們是眞正的海盜了。」

一抹異樣的眸色，與紀梵希迎面相對。那是一雙紀梵希從小到大，不曾見過的，屬於遙遠東方的黑眼睛、黃膚色，扁平的女子容顏。比起其他三個金髮白膚的荷蘭女子，有極大的差異。這東方女子定定地望著紀梵希，其冷靜、平穩有別於其他女子的驚懼，不像阿拉伯人，到底是何方人士？倒引起紀梵希極大的好奇，他要瓦西迪詢問荷蘭船長。

「她不是我們的眷屬，喜歡的話，就送給紀梵希船長吧。」荷蘭船長淡然、不屑地回答瓦西迪的問話。

「那麼，她是誰？」瓦西迪追問。

「不過是個中國妓女吧，自願上船陪水手們睡覺，記得是南中國海岸一個叫『澳門』的地方。」

「自願的？你們沒有逼迫她？啊？」

「只要付錢，任何人都可以享用嘛。」

「中國女子？自願上船當娼妓？爲了賺錢？」

紀梵希內心滑過一絲悲涼的痛楚。

「在東方，任何港口，都有女人願意賣身，生活貧苦，肉體交換金錢，古老的行業啊。」

瓦西迪附耳向紀梵希低語道。

第一次遇見東方的中國女子，竟是娼妓？黑髮、黑眼睛、黃皮膚……澳門？有一天，聖馬丁號會到那個港口吧？多麼遙遠的東方，威尼斯人筆下的神祕中國，到底呈現如何的風貌？紀梵希苦笑地向瓦西迪說：

「我的父親曾經要我學習兩百年前的哥倫布爵士，他發現了西印度群島，而我們卻往東方航行，如你所言，一次偶然竟成了命運的必然，難道是上帝的旨意？」

聖馬丁號船首的木雕女神迎風破浪前進，被掠奪盡淨的荷蘭商船極速遠離。那中國妓女沒有留下……，卻深深烙印在紀梵希的內心深處。海，無比壯闊地伸延。

21

橙色屋瓦上，靜靜佇立著陶燒獅子。

這片介於日本與台灣之間的島群，傳統建築物的屋頂，無不飾以顏容威猛的獅子，尺寸大小不一，主要是神祐般地抵禦夏、秋兩季亞熱帶海洋的強烈颱風。

琉球獅子，風的抵抗者。這古來先是被中國指定爲進貢藩屬，後又被日本據爲南方領土，歷史與人民的悲情百年連綿不絕，是台灣之最北，卻是日本之南方。若問起琉球人，眞正的歸屬，答案似乎永遠是朦朧的問號「？」……

台灣最西的邊緣國土金門島，亦四處林立石雕獅子，做人立狀，據於村莊之前，名爲「風獅爺」，村民參拜百年，也是禦風之用。說來，相隔千里之遙，相異文化的島嶼之間卻有如此相仿習俗。

是誰？最初以獅子形塑神祇？究竟哪一支民族於千百年前，登陸了琉球群島，在這貧脊、難以種植的珊瑚礁之地建構家園？歷史學家稀微找尋，在泛黃的紙頁、書冊之間，試圖發現正確的源起，也許是幾則古老的神話，或者遙遠西方大航海時代的些微記載。

總之，這渺茫島群依然少爲人知。

百年之後，關寶美佇立在這裡，靜靜地倚靠在夜總會老闆、從台灣將她找來琉球唱歌的老朱的三菱跑車一旁。這是一個海風柔和，浪濤平緩，落霞燦爛的美麗向晚，她微笑地取下了墨鏡，一雙澄藍如海的眼眸，閃著奕奕神采。

如果，這般的適切形容，這就是心靈最爲純淨的天涯海角吧？遠離幾百里之外的台灣，暫別那令人傷心的台北，單單純純地來這陌生之島以歌謀生，反而直覺自我竟是如此地潔靜、安逸。不然，關寶美啊，妳要的是什麼？

「是啊，我眞正索求的是什麼？」她自問：

「我的過去，我的未來……現在呢？也許，只要眼前的這片茫茫大海，這就足夠。」

前方的海岸公園，向晚陽光暈黃地映照，金光閃熠的貝殼砂灘，導覽告示牌上清楚地形容是「星砂之岸」。據說手持星砂可以許願，這該是日本人這個以悲劇爲美學的A型民族以訛傳訛所構築出來的異想吧？她一向不是小兒女般的濫情之人，反而注視的，是不遠的灘岸之間，一個年輕的婦女，帶著兩個小男孩，興高采烈地翻攪貝殼砂，輕脆悅人的笑語不斷讚賞：

「好可愛喲！像微縮海星！」

「媽咪！過來瞧瞧，研二的星砂裡爬著一隻水晶樣的小螃蟹！」

「綺麗喲！研二的哥哥，那你告訴媽咪，你尋到的寶物是什麼呀？」那母親笑答。

只見兩個小男孩，各持一手地牽著笑靨如花的年輕母親，舞踊般向潮間帶奔去。

她眼底一陣無由而來的濕熱，立即埋怨起自己來了：

「Bomi啊！妳幹什麼？這麼容易感傷？」

只要看見幼小、可愛的孩子，自己就爲之情傷……就因爲曾經可以擁有的孩子，由於環境使然，不得不予以排除？但就算不顧一切將那不被預期的小孩，勇敢地生下來了，怎麼向孩子說他的父親？

一個嗜酒、頹廢的樂團鼓手？

一個早有家室，卻仍四處沾惹的男人？

那麼，對她深情的小魏呢？還在竹科晶圓廠做他那衣冠楚楚的副理嗎？分手的理由並非誰背叛了誰，就僅因爲她有一雙異於常人的藍眼睛？男人啊，要離開都能找到藉口，祝福你啊，小心翼翼的小魏。有一天，找到門當戶對，適於雙親所求，理想中的妻子。我關寶美絕對不是！

又憶及艾力克。談不上傷不傷心，純粹僅是彼此性的渴需，僅此而已，僅此而已。賺錢吧，只有錢是唯一的安定。還能相信什麼？女人的青春，眞愛與夢？去他的！

這樣的一番自我淘洗，反而覺得輕鬆多了。看那逐漸由橙紅轉爲深紫的大海，貝殼砂灘色塊般切割，映照著暗下來的天光，抽象畫般地凸顯成潔淨之白；海反而退縮爲黑，一下子就攤展無邊無涯，什麼時候，明月皎亮了。

她回眸顧盼，月光藍藍，一如抒情水色。

今晚夜總會客人不多。她依然將自己整理得亮麗、燦美，全黑的水洗絲晚禮服，裙襬柔順如水地洩下像魚尾。老朱要求她，末一首歌選鄧麗君的《甜蜜蜜》：

甜蜜蜜，你笑得甜蜜蜜。
好像花兒開在春風裡，
開在春風裡……。

在那裡，在那裡見過你，
你的笑容這樣熟悉，
我一時想不起……。

她巧笑倩兮，美目盈盈，頸間紅色的長絲巾在她迴旋身影時，飄起輕柔如夢的波浪……。眼神投遞到座席的末端，靠近吧檯的位置，那裡燈光亮些，只見老朱和他那上海情婦，不知爭論什麼，兩隻嘴極其誇張地急促翕動，老朱拚命擺動雙手，上海情婦卻將手掌貼著老朱的唇，制止他說下去。她將眼神挪移了回來，就在舞台前的中央座席，一個漂亮、白皙的女子定定地凝視著她。

那眼神，如此地熟悉、貼近……似乎在哪裡見過，卻又陌生，她心中一凜。

啊，……在夢裡。

夢裡夢裡見過你，

甜蜜笑得多甜蜜，

是你，是你，夢見的就是你……。

定定地，深深地凝視。這與她相距不到十尺之遙的美麗女子，怎麼令她頓覺一種無以形容的心驚卻又親切？這女子究竟是誰？何處前來？她邊跳邊唱，輕盈地趨身向前，向舞台下的女子微笑揮手示意，只見那女子竟也睜大了一雙秀緻的美眸，略帶驚訝地羞赧而笑，舉高雙掌合持的高腳紅酒杯向她答謝。閃亮如跳動的光蛇般的舞台燈，刷地過去，她感覺到那陌生女子的眼，藍如海色。

「這首歌，獻給永恆的巨星，日本朋友懷念的台灣歌手──Teresa Teng。」

歌畢，她以日語向舞台下致意。

右手輕提裙襬，魚一樣流麗地滑下舞台，一臉愁容的老朱挪身過來，語帶苦澀：

「Bomi啊，妳替我勸勸那女人吧，唉！」

「你那個上海二奶呀？怎麼啦？不是兩人甜蜜蜜的，吵起來了？」她略含嘲諷。

「自己嚷著，在上海閒得快悶出病來，要我帶她來琉球散散心。好了，剛剛吵著回去。」

「女人嘛，哄哄就好，帶她去國際通買個名牌皮包，或買只手表不就得了？去呀！」

「唉呀！Bomi，搞得我眞煩啊。」

「早就告訴你了，睡一睡就好，沒聽說喝牛奶必須養一頭乳牛的。誰叫你老朱，荷爾蒙作祟，精蟲肥大症來著？戀姦情熱，自己去收拾吧，bye——」

她沒好氣地頭也不回閃進洗手間，留下一臉氣極敗壞、不知所措的朱老闆。

她在抽水馬桶上坐了下來，這時候才覺得眞正安適，舒服、自在地點一根涼菸，呼出了一大口微藍的茫茫煙霧。

思緒如同吞吐的煙霧，不知所以然，沒有回憶，沒有心情，就單單純純的一個身體與指上的涼菸以及坐著的抽水馬桶……未來呢？當下只要全心全意地享受抽完這根涼菸的生命樂趣，就是這樣。

有人推開洗手間的門，輕輕地。

過些日子，回台灣。琉球，只是驛站。好久沒回鄉了，可該回家去看看父母。記得帶獅子酎給父親。母親呢？買瓶香水嗎？一輩子操勞著水果生意，似乎從小就不曾見母親打扮過，那麼香水就給姊姊吧。姊夫帶給他兩條七星香菸好了。……錢，比較實際，就給母親一筆錢。

她站起身來，將絲質內褲拉上，小心翼翼地拈著裙角，推門而出。

巨大明亮無瑕的洗手檯妝鏡，清晰地倒影著她濃妝的身形。打開手袋取出卸妝濕紙巾、乳液。每晚唱完後的例行公事。先在手心倒上乳液，慢慢拭去淡淡的腮紅、眼影，然後從額間逐次往下……她以水輕拍雙頰，眼神慢慢抬起，一雙藍眼睛明澈地看著鏡中的自己。

鏡中自己對看的藍眼睛。

另一雙藍眼睛交疊入她的鏡中。

她恍惚地錯覺是自己看花了眼……定睛一看，是另一雙與自己幾乎酷似的眼眸，那麼的清晰、明亮，澄藍如海。驚心地這才回神過來，身旁佇立著同樣訝異的女子——正是那坐在舞台下中央的女子。

怎麼如此相仿？猶如翻版。

時間凍結，兩雙同樣澄藍的眼睛，終於離開鏡子，四目相對。彼此看了半晌，些微尷尬、不安，那陌生女子笑了：

「我叫石田汝靜。」

「妳好。我是關寶美。」她也笑了。

22

「原來，我應該叫大城汝靜。」

她靜靜地佇立在一棵燦放的扶桑樹旁，有些情怯地看著眼前這棟門口掛著「大城」二字的琉球傳統紅瓦建築物。這是從未謀面，父親的家居，在首里城邊緣，一個小丘陵上。午後的暖風吹著四布的松樹，靜謐的空氣中，偶爾聽見毬果輕落的脆響。

大門是杉木方格鑲紙，簷上掛著一串竹風鈴，慵慵懶懶地輕曳，卻沒發出相互碰撞的聲音。寧謐的午後，雲像棉絮般在藍天一角簇擁成羊群的模樣，她正猶豫，是否應該去按門鈴時，門拉開了。

一個白髮、清瘦的老婦人站在門後，手持竹帚，抬頭，以著狐疑、略帶驚訝的眼神端詳著她：「這位小姐，妳是……？」

「我叫石田汝靜，這是大城先生的家吧？」

「石田？」老婦人衰微、瞇成一線的蒼老眼眸似乎一下子精亮了起來：

「妳叫石田？妳應該就是石田小姐的女兒？」

「沒錯，婆婆，我從千葉縣來的。」

白髮老婦雙手緊握著竹帚，明顯地慌亂，傴曲的身子危顫地搖晃，淚，淌了下來：

「沒錯啊……那麼，妳應該是我家英男在日本與石田小姐所生下的女兒，叫什麼？」

「婆婆，我叫汝靜。跟著母親姓石田。」

「天啊，妳眞的是英男的女兒！叫祖母……汝靜啊，我是妳的祖母呀。」

「祖母。」她恭敬地鞠躬致意。這就是了，果然找尋到父親的家園，眼前竟是祖母。

屋外簷下的長廊，兩人對坐在藤椅，中間隔了張圓形茶桌，面對一片雅致、清幽的小庭園，扶桑花叢圍籬，紅色花朵那般燦爛如火，中央的小池塘開著一片荷葉。祖母翻看著一本厚重的相冊，指著每一幀相片，向她細加解說。她依循著泛黃的相片，從這個陌生的父親「大城英男」出生，一直伸延到過世之時的二十四歲，正是從小到大，所看見的，掛在家中牆上的那幀黑白相片，父親穿著東京大學研究生制服，凝重的憂鬱神色……。一下子，她了解這個與她無緣，卻讓母親哀痛半生的父親短暫的一生。

「眞欣慰啊，汝靜，終於在祖母餘生之年，可以看見不曾謀面的孫女，這是祖母最深切的幸福啊……。」祖母拭著歡喜之淚。

「父親呢？」她含淚，卻心裡平靜地問：

「我想去參拜父親的埋骨之地。」

「汝靜啊，祖母會帶妳去的，就在這附近的神社，應該要去。」祖母溫藹地笑說：「啊，我的孫女美麗而溫柔，告訴祖母，妳出嫁了沒有？應該有很多男人喜歡。瞧妳，一雙藍眼睛……像海一般地潔淨呀！」祖母深深地端詳她，卻也似乎一點都不感到特別驚訝。

她卻覺得，有種微微的波動、不安。

「多像妳的祖父，也有著一雙迷人的藍眼睛啊。從小，我就認得他了……我在海灣採收昆布、海苔，他十三歲以後，就是沖繩島最出色的漁人。有人笑妳祖父是紅毛人下的種，哪像典型的琉球人，他卻自信、開朗，不以爲意呢，哈哈。」祖母似乎沉陷入一片迷離、遙遠的追憶情境，不理會一旁她逐漸湧動的思緒，兀自接著說：

「祖父在世之時，向我形容過他的祖父亦是眸色深藍……有人說是幾代以海爲生，眼睛的色澤就與海一般地湛藍，有個老醫生則向我說，這是隔代遺傳呢。看到汝靜妳，我更確信這種說法。」

她無奈而有些淒涼地笑了。

隔代遺傳？祖父的祖父……或者誠如祖母所言，是世代以海爲生，乃至眸色如海？那麼，昨夜所識，那個台灣歌手呢？何以與她眸色相若？叫「關寶美」的台灣女子。

昨夜，她和關寶美愉悅地共飲一瓶義大利Chianti紅酒，抽掉了一整包涼菸，啊，許久許久，不曾有如此相知相惜的感覺了。這女子爽朗而自信，日語溝通毫無困難，尤其那雙藍眼睛，與自己如此之酷似。

「從小，就被童伴笑謔是雜種呢。」

「我也一樣，被說是母親陪美國占領軍生下來的，同學罵我是混血兒。」

「哈哈！汝靜啊，誰在乎呢？妳說！」

「會哦，男人在乎。索求女人的青春肉體，卻以妳有一雙藍眼睛做分手的藉口。」

「汝靜，叫那些臭日本男人去死！」

「Bomi，妳們台灣的男人怎麼看妳？」

「都一樣的，臭台灣男人也去死！」

「Bomi，妳眞有趣，哈哈哈——」

「汝靜，要對自己好，知道嗎？像我們初見面，可以暢談、喝酒、抽菸，多快樂啊，管那些男人去死，哈哈哈——」

「來，Bomi，我再敬妳一杯酒。這瓶Chianti來自義大利托斯卡尼，我好迷戀這種紅酒。」

「當然！紅酒不會傷心，男人會。」

「欸——Bomi。台灣，是怎樣的一個地方？」

「嗯——很像日本，又像美國……怎麼形容呢？對了！就是我們的國會常常打架。」

「哈哈，我在NHK的新聞看過，打得眞凶，Bomi，告訴我，那到底是眞是假？」

「似眞又似假，像演戲嘛，打架，電視新聞會轉播，可以出名呀。」

「哈哈，我們日本國會偶爾也會拳腳相向，但不像你們台灣那麼凶猛。」

「汝靜啊，別再談那些政客的鳥事，說眞的，這瓶紅酒，還眞很好喝哦。」

「我喜歡義大利，尤其是一個名叫西耶納的古老山城，我去過兩次。……Bomi，妳一定要去看看哦，西耶納眞美。」

「倒是哪天，妳來台灣，我當導遊。ＯＫ？」

「好高興認識妳，Bomi，謝謝妳。」

「月底，我就回台灣去……妳找個休假的時間來吧，可以住我家，我一個人。只要來回機票，在台灣食宿都看我的。」

「我，大後天回東京……。明天想搭小飛機去琉球最西邊的與那國島，聽說啊，那島的最南端，天氣晴朗的話，可以眺望Bomi妳的台灣島東北岸呢。」

「那，汝靜的國會議員男友呢？去不去？」

「才不管他呢。對了！Bomi要不要一起去？」

「嗯，好的提議哦，但，我要趕最後一班飛機回那霸，晚上九點鐘要演唱。」

「太好了！」她動容地笑著擊掌。

「是嘛！爲什麼不去？也許眞的能夠在與那國島看見台灣的宜蘭，嗯，去吧。」

也許是二十多年來，不曾有如此放懷、舒暢的感覺，還是那瓶Chianti紅酒的醺然醉意，回到旅店，進入電梯竟然無比瀟灑地脫下高跟鞋，各持一隻，嘴裡哼著歌，舞踊般輕搖著身軀。出了電梯，沿鋪著灰銀色地毯的走道，搖搖晃晃走向房間，才在房門站定，手伸到皮包裡找鑰匙之時，房門嘎然拉開，一臉如釋重負的橋本。這男人從顯現的憂愁、急切轉爲驚喜：

「汝靜！回來了，眞急死我了，以爲妳迷路了……怎麼？喝醉了，啊？」

「橋本呀，那個Bomi好有趣喲。」

「Bomi？Bomi是誰？妳和他喝酒了？」

「不是男人。橋本，你可以放一百個心，就是夜總會那個台灣女歌手。」

原本疑慮的橋本聞此，一下子臉笑開了，隨即將她扶坐在窗畔的沙發上，忙著替她倒水，並體貼地擰了條濕毛巾給她：

「汝靜啊，女人可以跟女人共飲，這是很愉快的經驗，難得看妳如此暢快。」

「橋本。Bomi也有一雙藍眼睛哦。」

「藍眼睛？一定和汝靜同樣地美麗。」

「你的話，是眞？是假？橋本。」她笑問。

「當然是眞的。汝靜明白我的心。」

眼前的這個男人，宣稱愛她的橋本，此刻那般肯定的回答，讓她竟有著微微的疼惜與隱然閃過的一絲愛戀。她深深地凝視著橋本，看了很久，男人有張堅毅、自信的臉顏，眼神毫不閃躲地與之相望（不像健二，那心愛的男人總是若即若離，有時親近，有時疏遠……），可以感受橋本對她有情。

「來。橋本，過來抱我。」她主動地要求。

體內一股異樣、逐漸灼熱而起的能量，令她有著渴需的情欲索求，她下意識地雙手伸到頸後，緩緩打開衣領後的拉鍊，瞬間，呈露僅留內衣褲的半裸，撩人之色，她紅唇乾燥，舔著舌尖，輕呼：

「橋本，我要你。」

朦朧之間，她在歡愛之後，沉沉地睡去，陷落在無比深暗之中，感覺遲緩卻又似乎特別敏銳，像一尾搖曳著紅白雙色管狀軀體的海蛇，在柔軟、溫暖的流動裡向未知的礁層底部用力泅泳。

她的身體在歡愛之後，仍是維持著高潮狀態，乳頭依然硬挺結實，陰部則是抽搐、張合，彷如蚌殼吞吐著帶著黏液的泡沫。她在眠中沉吟著，彷彿在交歡持續的上升與沉落。

「石田汝靜，妳在哪裡？」

似醒若夢的意識迷離之中，有人叫喚。

「是父親嗎？是你嗎？父親。」她漫聲回應，肉體在極度的亢奮狀態。

像海蛇般地蜷曲、糾纏，在深海。

她清晰地看到一個陌生的異國男子，有著飄揚的、陽光般金髮，與她，與Bomi同樣酷似的一雙藍色的眼睛。

「啊——」她呻吟，滿足地飄浮起來。

23

「聽啊，瓦西迪。聽，鯨魚在唱歌。」

紀梵希手持酒瓶，向著正愉悅抽著水菸的瓦西迪略帶醺然地呼著。彼時，印度洋風平浪靜，月光遍照粼粼海波，夜暗星繁。只見右舷百公尺之處，一雙巨大的座頭鯨一前一後，相伴泅泳，輕盈卻壯麗地翹起剪狀的尾鰭，間歇的蜂鳴聲。

「這就是眞正的自由呀，紀梵希船長。」

瓦西迪走了過來，兩人視野不約而同地向前眺望，那鯨魚好似知悉船上人類的注視，「嘩——啦——」躍起巨大的頭額，噴出銀亮的水柱，一下子又深潛入海。

「也許，這是我人生命運轉變的機會吧？瓦西迪。只是見到了亞洲，我們何去何從？」

「離開西班牙，海是我們足以縱橫的天地。我也常常反問自己，怎麼一個從沙漠而來的人，竟會上了船，從單純的水手成了海盜？可蘭經只教會我堅信，所以我們摩爾人從不懷疑。」

「瓦西迪，在這茫無邊際的大海，會不會思念沙漠裡的父母、兄弟？妻子呢？你娶妻了嗎？」

「水手只需要女人，不需要妻子。眞有了妻子，思念會像海一般地深。女人，每個海岸的港口都能用錢買到。」瓦西迪沉靜地回答，反問：

「你呢？紀梵希船長，你有心愛的女人嗎？」

紀梵希怔了一下，苦笑地灌了一大口酒：

「不曾有所謂的心愛，但的確有個女人自始令我念念不忘，……雪雅。她的名字叫雪雅。一個葡萄牙與摩爾人的混血種，美得教我不敢正視，也是我首次的性愛啓蒙。」

「貴族之女嗎？竟有一半我們摩爾血緣。」

「妓院的女人，如此而已。」紀梵希笑容。

「哈哈哈——」瓦西迪朗聲大笑：

「也許，到了中國邊岸，眞的能夠遇見再次讓紀梵希船長動心的女人也說不定哦。」

鯨魚不見了。紀梵希卻深深想起母親。遠在嘉地斯的母親啊，如今何等傷心？家族的名聲折損，父親怎麼想這「叛國」的兒子呢？是憤怒？是悲哀？儒雅、和善的雙親將怎麼來應對整個沸騰起來的西班牙？紀梵希思及，不禁黯然神傷了。

那面海的家居窗前，是永遠永遠回不去了。小時候，天晚時分，屋子暗了下來，定時地，母親總曳著長裙，指揮家裡的摩爾人僕役——將所有的燈盞點亮，暈暈黃黃，溫暖的燭光，子夜時，抱著小小的紀梵希，溫慰地說：

「不要怕呀，那從遙遠海上傳來的稀微聲音，不是淒厲的海風，那是鯨魚唱歌。」

母親……只怕此生再也難以相見。

而嘉地斯那巨大的天主教堂，白與黃、紅與藍交錯的廣場前無以數計的鴿群、童年的玩伴，妓院裡美麗、妖嬈的雪雅。有時，眞的盼望這一切的一切只是一場午後熾熱的夢，只要醒過來，就都沒事了。

也許，誠如瓦西迪所言，到了亞洲最東邊的中國，會遇見一個秀緻、靈巧的女子，船可以永遠泊岸，與她定居在陸地，生下一窩孩子，眼睛藍如深海……。或者，宿命會讓人永遠漂流海上，直到老死？紀梵希看見遠方閃爍的燈火，好遠好遠，若有似無。

「那是何處呀？瓦西迪。」紀梵希問。

「印度的果阿。明天中午我們會泊岸。」

「到印度了……離中國還很遠嗎？」

「到了印度，中國就更近了。」瓦西迪答。

「接近中國，我們會遇到什麼？」

「進了果阿，很多未知之事會更明白。」

「果阿有西班牙軍艦嗎？瓦西迪。」

「據說，葡萄牙船不少，也有中國、日本的商船……那是個豐饒的交易之港。」

「可以在果阿賣掉中國瓷器換金銀，購買飲水及糧食，瓦西迪，你就全權處理吧。」

「是的。紀梵希船長。」

是的。要永遠割去對西班牙的所有記憶。是不是也要與上帝從此決裂？同樣隸屬於西班牙統轄的摩爾人，心卻是停留在南方的阿拉伯世界，不會有紀梵希那種與生俱來因爲負載著白人血統及其信仰、生活習俗，所導致的掙扎與錯亂。反而他們是無羈且自在，如果還牽念於愈離愈遠、明知無法再見的嘉地斯故鄉、父母，乃至於久久不忘的雪雅，都毫無意義。

紀梵希已然逐漸死滅了原先作爲西班牙人的意志，他是個從此失去國籍的漂泊之人，只有茫茫大海是他行走的江湖。彷彿一夜之間，紀梵希老去了十歲。飄逸、閃亮的金髮，變得粗糲、有鹽的腥味與重量。藍色之眸更深沉了，一如波濤的壯闊。原是溫文儒雅，經常浮現微笑、上彎的唇形不再，如今紀梵希彷如一隻佇立於孤岩之頂的海獵鷹，冷色而冰寒。

瓦西迪帶著紀梵希行走在果阿港岸。

六月盛夏的午後大氣中，迷漫著魚腥與咖哩、體臭的交雜味道。紀梵希首次見到巨大的印度象爲膚色黝黑的奴隸熟練駕御；拖曳著粗大的木頭，骨瘦如材，幾近全裸，髮鬚垂至腹間的修行者睜著異常精亮的眼神，定定看著這兩個異鄉人。頭額印著紅火焰圖案的弄蛇人，兀自吹著短笛，竹編的扁簍中，舞蹈般晃動的眼鏡蛇。

「看啊，葡萄牙船……」瓦西迪輕呼。

紀梵希不免一陣驚心。眼見右側岸邊一艘泊靠的三桅船，與聖馬丁號十分酷似，舷邊站立著十多個腰繫彎刀的葡萄牙人，正神情炯然地盯視著他……錯覺中以爲那是爲他所誤殺的雷格諾里船長所帶領的大副安東尼歐等一行，下意識地緊抓了下腰間的配劍，待定神下來，才啞然失笑於種族相近，所引致的誤認。

「紀梵希船長，不用緊張。這裡是葡萄牙、荷蘭船隊的歐、亞中點，西班牙船幾乎少來印度，我們大可以坦然而行，不必畏懼。」

「葡萄牙也是西班牙人的潛在強敵啊。卻不是在伊比利半島的陸地上，反而是在萬里之外爭逐、占領，建立殖民地。」

「也不能忽略荷蘭人，他們早在爪哇建立巴達維亞城，並北上到福爾摩沙島。」

「西班牙卻在這南北海域之間，在馬尼拉有了亞洲第一個殖民地。聽說葡萄牙人所命名的福爾摩沙北島的河口，有西班牙所構築的城堡，也許有一天，我們可以抵達。」

「再不是西班牙人……紀梵希船長，終究，你還是念念不忘啊。」瓦西迪不禁喟嘆。

「總要有塊陸地，可以讓我們安身。」

「沿著亞洲大陸的邊緣航行，相信會有那麼一塊屬於我們自己的土地，你放心。」

「就讓我好好了解這個叫印度的地方吧，畢竟，這是我們踏上亞洲大陸的第一次。」

聖馬丁號全船的水手，在印度妓院裡盡得歡顏。絲質被褥、褐色柔滑如綢緞的女體，妖嬈如蛇之魅惑，燒著檀香的幽暗房室，幾個月海上的禁欲與疲累皆在酒與女子的撫慰下獲得了美好的回報。

「啊——東方女人……這就是亞洲的情調嗎？東方女人……」紀梵希恣意地放縱壓抑久久的性之本能，在一個年僅十七的印度妓女身上，盡情地享受軟玉溫香。這時，原本羞怯的紀梵希才眞正感覺到自己成爲十足成熟、慓悍的勇猛男人！

紀梵希與瓦西迪走入了一間寺廟。

「印度人和西班牙人在信仰上同樣存在兩種不同的宗教，古代的婆羅門講求人分五級，從貴族到奴隸，世代相傳，而你們的聖子誕生前的七百年，一個印度王子悉達多創立了佛教，卻強調人生而平等，死後無我……這樣千百年來，宗教信仰的相異卻演變成戰爭不歇。紀梵希船長，像不像西班牙的天主教與我們摩爾人的伊斯蘭之戰？」

「瓦西迪啊，所有人類的殺戮，竟然出自於宗教、信仰的不同，這多麼愚昧。」

「所以說，反而我們浮身於海上，說不定就此避過此一紛爭，也沒什麼不好。」

「瓦西迪，何以你會明白這麼多典故與歷史？摩爾人昔時的王朝竟如此豐厚？」

「哈哈哈——別忘了，摩爾人曾統治過西班牙長達八百年哦。六百多年前，摩爾人的十萬大軍曾兵臨巴黎城外兩百公里的平原，請不要認定摩爾人只是北非洲的沙漠民族，我們有的是璀燦的過去。」

「瓦西迪，多告訴我一些，你可以做我的老師。」紀梵希充滿著敬佩之心。

「到中國的航程還正遙遠，我會傾囊相授……關於中國。」瓦西迪深深地看他。

紀梵希仰看，一尊高約三丈的佛陀立像，由白色岩石雕琢，純淨得若有所思。

聖馬丁號揚帆，慢慢離開待了一星期的果阿，朝波濤愈加洶湧的外海航去。前方駛來三艘構築著東方宮殿的巨大船帆，飄著紅、黃雙色的三角旗，上面一個「明」字，紀梵希仔細遙看，不知遠方來船從何處航至，瓦西迪朗聲說：

「看啊，這正是中國商船。據說屬於某個叫『一官』的人。」

「天呀，中國船如此巨大，居然有能力航行至印度……中國人究竟是何種民族？」

「中國船早在百年之前就組船隊，不只到印度，還直上阿拉伯海，是一個王朝任命的大臣，叫『鄭和』，據說是中國皇帝最信任的人，但他卻自小被割除了生殖器。」

紀梵希心中一凜，無言地看著漸近的來船。

24

琉球群島最西方的與那國島。

她隨身攜帶的墨鏡，終究派不上用場。有一種懷抱著深切期待卻因而落空的惆悵之感。佇立於那塊鐫刻著「日本國最西端之地」的白色岩石紀念碑前，視野向海，卻灰濛陰霾，潮間隱約略帶濕冷的雨沫。她多少有些輕微的失望與惱怒：

「呵，汝靜。不應該是這樣的呀！」

回首，石田汝靜氣喘吁吁地從身後那陡峭的坡道跟了上來，一臉茫然、不解的神色：

「Bomi，怎麼回事？沮喪的表情？啊？」

她雙手撫挲著紀念碑，內心彷如崖下那洶湧、拍擊著兀岩的浪花，嘴裡喃喃自語：

「不是這樣的……」

一隻手掌溫柔地觸及她激動起伏的肩膀：

「Bomi，來了就好了。別因爲天氣影響到原本愉悅的心情，好嗎？」

她沉靜半刻，回首嫣然一笑，臉頰微泛紅，多少爲了方才的失態而感到羞赧。

「日本國最西端之地。」汝靜照著紀念碑上的刻文唸了一次。

「日本國最西端之地，天氣卻讓我們看不見一百二十五公里之遙的台灣。」她埋怨著。

「有什麼關係？只要來到就有意義了。」反而是汝靜笑瞇瞇地勸慰著她，那雙藍眼睛直視著她眼中相彷的顏色。

兩個女子很長的一段時間，靜靜地遙望欲雨的茫茫遠海，沒有對話……。近處一片狹長的金黃色沙灘，有一頭牛緩慢地走過，一群海鳥鼓動著伶俐如刀的羽翼，「嘎——」輕盈地飛過她們眼前。

海，無邊無涯的蒼蒼然，深藍近墨。

她還是不死心地充滿著期盼，希望下一刻鐘，雨雲會逐漸由濃轉淡，慢慢地散開，海上的煙嵐會像舞台上拉開的布幔，往兩邊收攏……陽光燦爛而出，深切期盼的故鄉島影能夠呈露於前。思緒中浮現出一張男人之顏，是屬於父親的——年輕時代，父親說過因爲貧困，他去了宜蘭學子弟戲，以後一生就潦倒在日漸蕭條的戲班裡，年輕時扮老生，年紀大以後，就只能打雜。她多麼知道有著一顆柔軟之心、溫厚的父親，是活在生命的失志與對家一份無以言宣的歉疚裡，就只能默默地抽菸，忍受著母親的指責、謾罵，而從不求家人的眞正理解。

她的眼眶濕熱欲淚。回憶啊總是猶如針刺，不堪回首卻又無以抑止地接二連三湧漫而至……雖然對母親有所不滿，甚至賭氣獨自離家生活，常常會不經意地想到，少小之齡，父親跟著戲班全島奔波，罕見身影，她和堅強、勞苦的母親一前一後，賣力推著水果攤車，年幼的弟妹睡在攤車底層，瘦小的身軀隨著行進的顛簸、窒礙抖動著，她在後面擠出吃奶之力地推，偶抬首，乍見母親彎下向前的拚命之姿，悲傷、黯然的淚還是會奪眶而出。

記憶之逝，依然是如此貧困的生命淒冷。哪怕有再多埋怨，還是必須極力吞忍啊！

什麼時候？帶父母來琉球旅行一次？讓一生勞苦的雙親如同此時，站在這與那國島的「日本國最西端之地」，眺看晴朗天氣下，相隔一百二十五公里的故鄉台灣？也許，在雙親衰微、老去的眼底，可以發現一絲閃亮而起的些許驚喜呢。

比起操勞、困厄一生的父母，她對於自我的定位，清晰明澈得猶如與生俱來這雙異於他人的藍眼睛……而身畔這個日本女子呢？石田汝靜的內心世界應該有著她無以揣測的另一種空間，相同的是屬於女人的本質以及酷似的眼眸顏色，也許這蒼茫人生，彼此能夠相知相惜。

「汝靜的血統一半是琉球人哦。」她將意識拉回這與那國島最西的海涯之地。見這美麗的日本女子瞇著秀緻之眸，沉靜無語。

「見到了父親的出生之地，終於一償所願。」

汝靜眼裡含著一層薄亮的水光，低聲回答：「母親一直隱埋著這個祕密，從小只看見高高的牆面，父親生前的黑白相片，眞不公平。」

「上一輩的人，似乎都有難以言喻的悲傷往事吧？所以我們要更善待自己。」她同感地說。海色逐漸明亮了起來，視野更遠了。

「汝靜愛妳那國會議員的男友嗎？」

「稱不上是愛，但橋本對我好。現實一點講，這男人顯赫的名銜對我毫無意義，卻是我經濟的另一來源，就是這樣。」

「男人啊，有時所具備的掠奪性是不認輸，無論是權勢或金錢，還有女人……哈哈，舉世皆然，少有例外。」她自嘲著：

「我已不再相信男人了……汝靜，妳呢？」

汝靜被這一問，多少怔愣，卻也一時之間答不上話來。凝注思緒，想到的竟是心愛的健二……這聚少離多、總在飛行的男人。

「汝靜，妳有眞正心愛的男人嗎？」她追問。

要怎麼回答才好？說是健二嗎？她確是心愛卻又無法肯定地表露出來，只是迷離的笑意，讓Bomi感到莫測高深。不是回不回答的問題，而是若即若離的健二讓她有時也感到難以捉摸，愛或不愛？

「Bomi，我只是個銀座的女人。」有些哽咽的感傷，風吹拂起她微蹙眉頭一旁的髮鬢，慘然一笑：

「在風塵中的女子，愛有時是種奢侈呢。」

「就算人在風塵，也有追求眞愛的權利；汝靜，顯然妳有所悲愁，我看得出來。」

「Bomi，女人的一生眞是僅爲男人而存活嗎？我常常思索這樣的問題呢。」

「我不認爲。男人表面堅強，事實內心脆弱如紙，多變並且易於背叛……所以我說呀，我不再相信男人。也許這看法偏激了些，但我覺得善待自己才是首要。如果不懂得愛自己，怎能期待別人疼惜？」

她略帶激動地說完這些話後，多少感到某種心虛……我，關寶美是在勸慰另一個人還是埋怨自己呀？這日本女子或許有她的生命質素，對愛的認知又怎能強制於人以偏蓋全呢？她略帶疚意：

「Sorry——汝靜，我的看法僅是一廂情願而已……妳還是要相信自己。」

「至少，從不曾有人和我能夠談得這麼深入，這要感謝妳的，Bomi。」汝靜笑了起來，忽然發現什麼似的「啊——」的大叫一聲，指著遠海要她看。

循著汝靜的指向，她清楚地看見一艘巨大的郵輪滑過逐漸散去的煙嵐，沿著島的海岸線，靜靜往上航行。她認得那艘郵輪，時常在報紙旅遊版上讀到的廣告，從基隆港到琉球群島的定期客船，有個日本名字：「飛龍丸」。

「哈——從我們台灣開來的船喲！」

她同時受到了某種觸動，方才沉甸的心情頓時猶如雲開見月般地歡快起來：

「應該會先到石垣、宮古兩島吧？然後到那霸港，哇——多快樂的海上航行。」

「Bomi呀，說來，台灣、日本並不遠呢，琉球好像是個中繼站。」汝靜高興得像個尋到心愛玩具的小女孩，手舞足蹈地。

「不管。汝靜一定要在近日來一趟台灣。」

「我一定去，到了台灣，就勞煩妳了。」

霧氣彷彿一下子又掩捲過來，原先清晰的郵輪又看不眞切了。海島的氣候詭譎多變，陰鬱、濃厚的灰濛雨雲猙獰地翻騰，遠方有銀亮乍現的閃電，海象十分惡劣。

「天氣分明是和我們作對。」她無奈地輕嘆，攏一攏風吹下的額前髮絡：

「從那霸搭了一個多小時的飛機來此，卻什麼也看不到……沮喪啊，汝靜。」

「有心就好了。Bomi，有心就好了。」反而是汝靜平心靜氣地安慰著她再次滋長的懊惱：

「也許到了台灣，妳可以帶我去宜蘭，從那裡遠眺，搞不好可以回望與那國島呢。」

「好像，沒有人這樣看過嘛。」

「就用想像啊，如果心裡滿懷著希望，也許期待的形影就會如願地出現。」

「那大概就是所謂的海市蜃樓吧？」

「我忽然有個想法……」

「說來聽聽吧。」

「很想……很想在此時此地聽Bomi唱歌。天呀！就在日本國土最邊緣的地方呢。」

「Why not?」

「Bomi，眞的可以爲我唱歌？眞的？」

汝靜狂喜地驚呼，不敢置信的表情。

她面臨迷濛的海域，正是台灣的方向，雙手輕按在紀念碑的兩旁，自自然然地引吭：

你們不會相信，你們只會看見一個你們認識的女孩；雖然她穿著晚宴華服，正是十六、七歲的年齡……

歌聲飄揚在壯闊無涯的海與島接壤之處，風強勁地吹，她停頓了片刻，汝靜在她背後十尺之處，看不見她臉上的神色，只覺一種感傷的淡淡哀愁，汝靜心領神會。

所以，我選擇自由，四方遊走，嘗試所有新的事物，但沒有什麼令我印象深刻，我不曾期待過……

低婉的短音頓挫，隨即又昂然拉高，卻彷如無比地幽微、蒼涼。汝靜哭了起來。

25

船燈像星子般迤邐，遊船的兩舷時起時落的讚美之笑語……夜晚的東京灣，從台場到淺草的航路，富士電視大樓映照著多變的彩色燈光，隔著船裡小巧雅致的咖啡桌，母親和她相對，偶爾雙目接觸，母親卻有著某種疚然的怯意，眼神閃避著；加山獨自在船尾抽菸，有意留下空間讓母女交談。

「汝靜終於去了父親的故鄉了。……怎麼？祖母還身體安泰吧？」母親囁嚅地開口。

「嗯。祖母還拿出相冊，看見父親從小到大的照片。媽媽，沒去過那裡嗎？」

母親凝重地搖一搖頭，透露著無奈。

「二十多年了，媽媽竟然不曾去探訪？」

她語帶嘲諷，卻又格外小心翼翼：

「父親家裡會怎麼想呢？祖母多少會認爲媽媽是無情之人吧？是不是呢？媽媽。」

「妳的父親被抓進巢鴨監獄之時，我才十八歲，高女剛畢業，還是小女孩。……那時，幾乎亂了方寸，兩個月以後才發現懷了妳。外公外婆不能容忍，怪罪我何以會和一個叛亂分子相愛？唉，想想我的處境。」

「至少，事隔多年，媽媽也應該去看看嘛。」

她低下頭，輕輕啜了口咖啡。眼神依然盯看著一臉愁色，似乎極力想要爲自己開脫什麼，而顯得有些慌亂的母親。

「是媽媽無心，對不對？」她冷冷地問。

「唉，這該怎麼說嘛……」母親無措著。

「爸爸是叛亂犯，讓媽媽感到羞恥？」

「不是，不是的！汝靜不能這樣說。」

「那，媽媽妳告訴我，我該怎麼說？」

母親終於忍抑不住，輕泣著。加山回過頭來，手中的菸顫動了一下，夜暗中火光一閃，只見他將餘菸用力拋往水光粼粼的河心，索性轉過身子，雙手扶著柵欄，若有深意地看著這對有所爭執的母女，卻不發一言，沉靜的神情含帶著理解與體恤。

加山，這個母親的男人，又在母親生命裡具有何種分量呢？一個似乎在現實中挫折、折損，彷彿邊緣人角色，曾經帶著她墜入風塵，告訴她這是「宿命」的人，她從不用心看他……也許，在母親無奈而失措的生命深處，加山突然闖了進來，撫慰不知所以然的母親，一如健二，令她猶如在冰冷的海水中，突然抓到了一個助浮的救生圈。

是對愛的渴求，抑或僅是尋找某種依靠？這樣說來，其實母親和她，都是在一條連自己都無法控制的軌道上，想緊緊地、小心翼翼地試圖抓住什麼，卻又感覺空蕩。人生，何以如此繁複？糾葛不去又難以逃離？就在從琉球返回東京的第二天，母親忽然來了，並且問及父親家鄉探訪之事，這又能印證什麼？向她尋求一種原諒還是了解？或者僅是表達母親的內在心虛？

父親，還是遙遠、陌生……。不會由於去了琉球，見到了祖母而有了眞實的歸屬感。父親依然是那幀高掛在牆間的黑白相片。她明白了父親生前，也僅是青少年、童稚之時的單純印象，經由祖母口述。好像去父親的家鄉遂了心願，而後呢？她還是原來的石田汝靜，來自千葉縣，而永遠不是有著一半琉球血統的大城汝靜。她仍是那個夜夜在銀座陪酒的歡場女子，在酒與菸之間以笑意、溫柔、身體討生活，卻飄浮著一顆永遠孤寂的心，渴求一份眞愛卻似乎不可得。橋本有情卻不能深入她的心，她愛健二，健二所呈現的方式又是若即若離。

她看見前方的加山。十八歲以前總認爲這討厭的、油裡油氣的男人何能與她共享母親的愛，一直帶著意氣般的敵意，看不起這個在社會邊緣的男人。現在想來，這麼多年了，加山自始陪伴在母親身旁，也許旁人評價是「無用」，卻那麼忠誠不移。多少，母親也適意於此種帶有男人呵護所獲得的安全感般的小小幸福吧？那又何必堅執己見地替母親不平、擔憂？是出自於嫉妒嗎？如果母親因而有幸福的感覺，那不也是一件好事？終究，人生說來太苦了。

她微笑了起來，伸出手去反握母親之手，母親抽泣地舉目，有些意外的驚訝，卻見女兒一臉溫柔的理解笑意，盡在不言中。

「加山叔叔，要好好對待媽媽哦。」

她有禮地鄭重頷首。加山顯然爲她這句有著感激意涵的話語，而有著突來的無措，也不知該回答什麼才好，就傻怔地笑了。……東京灣好靜，就是燈火輝煌。

她回到了住處，信箱裡躺著兩封信件。

她在燈前坐了下來，信封琉球旅店的印刷體字樣，以爲是旅店的問候感謝函，用剪刀裁開之後，才發現裡頭厚厚的六幀照片，Bomi笑盈盈的影像及她倆的合影，她心頭一陣暖熱湧漫上來。照片夾著一張旅店的信紙，Bomi簡單的幾行字，是用中文寫的，卻能輕易看懂：

Dear汝靜：

與那國島同遊十分愉快。

等待妳來台灣，相見再說。

Bomi

她緊捏著信紙及照片，感覺歡欣。此刻，照片中那兩個相依於海天一隅的女子，那種久而未見的笑容是童稚般無邪、純眞，看不見生命的陰鬱與負荷，全然抒放開心胸的。兩雙彷然如一的藍眼睛，比那蒼藍之海還要藍……她審視手中的照片，看的好像是別人，眞的，多麼像孿生姊妹，因爲照片，思念就深了起來。

另一張是健二捎來的風景明信片，不就是西耶納的貝殼廣場嗎？從高樓俯看廣場的廣角鏡頭：擠得水洩不通，熱鬧非凡的「帕里奧賽馬節」。健二附筆寫著：

我終於來到汝靜喜愛的西耶納山城，喝了Chianti一九九四年份的紅酒，吃了山豬肉腸及墨魚麵，很靜、很美的城。感受到汝靜對托斯卡尼的迷戀。

她輕輕地將風景明信片放置在檯燈底座，然後在椅上坐了下來，隔了段距離，戀戀不捨地遙望，好像心愛的健二，正坐在她的對面，深情款款地看著她。

「唉——」她長長地嘆了一口氣。

有喝酒的強烈欲望，在日本卻不容易買到托斯卡尼的Chianti紅酒。她去過澀谷一家專賣義大利食品的店，偶爾會進口幾箱，她總像遇見情人般，歡快地帶個兩、三瓶回家。也不忘買上一條山豬肉腸切成薄片，配Chianti紅酒。那俗稱Salami的肉腸切開，酒紅瘦肉、雪花脂肪之間雜以胡椒粒，吃在口中芳馥生津。一下子，西耶納的感覺回來了……。多少次，向健二提及攜手去西耶納旅行的要求，到最後，還是她一個人去了。而這一次，健二自己前往，不忘記捎來風景明信片，反而讓她覺得淡淡地悵然。橋本願意帶她去義大利，卻覺得西耶納彷彿是她個人的私密之境，她不想讓橋本侵入。深切期待的男人拒絕了幾次，自己還是去了，這樣事與願違，眞的令她十分感傷。

「也許，應該約Bomi去一趟西耶納。」

她思忖：「Bomi一定懂得我的心情，像同去與那國島一樣。」

她想像：有一天，和Bomi相約，在西耶納的科摩大教堂那雕著聖經故事的巨大青銅門前相見，時間是向晚五點鐘。那時薄薄的暮色乍現，大教堂的尖塔呈四十五度角傾斜的陰影清楚地劃開古老的青石板鋪成的廣場，一分爲二。她從左側，Bomi從右方分別走來。

「我是石田汝靜，請多指教。」

「嗨！我叫關寶美。妳好。」

她想到這裡，不禁吃吃地笑了起來。心想眞的應該去台灣找Bomi的。台灣？一個在地圖上早已熟稔卻不曾去過的島國。那天，她和Bomi離開那塊鐫刻著「日本國最西端之地」的紀念碑時，她們依然不見海的遠方、據說朦朧可見的台灣島影，失望之情不由滋生。

「汝靜，好像我們白來了。」

Bomi忍不住埋怨了一句，反而是她溫柔、耐心地安慰了不平的Bomi：

「下次，我到台灣看妳，不就好了。」

走下坡道時，Bomi還是不情願地頻頻回首：「眞不甘心啊！汝靜。」

其實啊，人生不甘心的事已經太多太多了，可不是嗎？對母親而言，父親早逝，母親十八歲懷了她，還是個未曉人事的青春少女呢。那麼母親甘不甘心？她拉開落地窗前的布幔，陽台外的公園，晚風吹著那一棵巨大的琉球松，發出「嘩——」的響聲，彷如是遠方那壯闊的海潮。

父親？死去二十多年的父親會記得這個自始不曾見過的女兒嗎？一個從小被左鄰右舍、同學看不起，譏笑是「雜種」的石田汝靜……竟然從嬰兒到成年，僅能看著那幀父親遺照，叫著：

「爸爸！爸爸……」

比陌生人更陌生的父親啊！

窗外的夜沉深若海，如果父親的魂魄來到窗前，可能父女都為之無言以對吧。

26

海，千噚之下，連一絲微亮的天光都難以侵入，死寂幽靜如萬古之墳。

沉船的支離骨骸之間，病菌般蔓生著森然的珊瑚叢林，悄然接近，散泛著猶如幽靈冷寒螢光的深水魚族，張開巨大的喙，呈露銳利的尖牙，掠奪食物，水流朦暗背後，一隻巨大閃著燐火光焰的墨魚，猙獰地舞動觸鬚，猛然抓住掠食的魚族。

沉船裡亡故百年的水手早被啃嚙淨盡，只餘枯骨的身子譁笑了起來，鬼魂吟著：

如果，我有一首歌，
就要海洋與我合唱應和；
因爲，我是一個好水手，
海潮是我不渝的戀人哦！
魚啊魚，是上帝賦予的美好收割。

這般幽深之海，怕上帝也難以抵達。只有紀梵希的夜夢，在此無盡地漂浮。被上帝拋棄的靈魂，早就認知不再試圖尋求救贖，所以，紀梵希的彎刀磨得更利，心變得更冷，不斷地劫掠、殺戮，海水一片灩灩的血紅，所有的魚都浮上水面，愉悅、忙碌地啄啃從船上扔下的屍體。

夢裡不止這些。偶爾還是會呈現安達魯西亞田園那一大片彷如無邊之海的向日葵，一朵一朵金黃燦爛，在風中搖晃如千百萬個熾熱的太陽……紀梵希金色的髮在飄，深藍如海的眼眸映照著更遠更穹遼的荒原，一排風車慵懶地轉著、轉著……。靠著回憶維繫生命逐漸遺忘的過往，聖經早已蒙上一層厚厚的塵埃，艙室牆上的十字架傾斜亦未曾扶正，紀梵希軀體像一陣風，那麼不確定地搖晃、空蕩。

離開印度果阿航向中國最南方的澳門。航程之間，聖馬丁號劫掠了三艘葡萄牙商船，兩艘中國商船，一艘從最遠的北方而來的日本船。紀梵希終於清清楚楚地面對船上黑髮、黃皮膚的東方人。那些船員、商人一臉懼惶，最初會予以抵抗，當聖馬丁號靠了過去，水手們拔出彎刀，就全數灰白了臉，跪地求饒，任由水手們搶過滿船的貨物、金幣……。只要他們稍有抗拒，彎刀就割破他們急促喘息的喉管，瓦西迪朗聲大笑：

「我們累積的財物，幾可買下一座島。」

紀梵希靜靜佇立在艦橋前緣，冰冷不帶任何感情的藍眸掃了一遍來回：

「下次，可能會遭遇他們國家的海軍，那時啊，就可以好好地一戰。」

「葡萄牙人呢？他們的海軍戰力不下於荷蘭及西班牙……我倒擔心那個中國商人『一官』，他擁有自己的武力。」瓦西迪手裡數著一袋金幣，略帶憂慮地回答。

「一官？那個我們在印度港口見到的船隊？了解一官的中國背景嗎？瓦西迪。」

「這人早就問清楚了。他的中國名字叫：鄭芝龍，似乎和日本關係不錯，妻子是平戶地方的日本女人。聽說一官年輕時是以海盜起家，除了壯大的商船隊，他還被中國明朝政府任命爲海上保安統領。」

「一官，這個中國人我們不能輕忽。有一天可能會正面交手，就看看他的能耐了……。以前是海盜出身？這下可好了，中國海盜與西班牙海盜決一死戰，嗯，應該很精采。」

「所以，紀梵希船長，我們必須在抵達中國澳門之前，在印度支那半島海岸，充實聖馬丁的武器補給，我們需要更多的火砲。……未來的航程，有更巨大的艱難哦。」

「一官？」紀梵希眺望著遠海，時值向晚，海平線最遠處的天空，彤雲四布，璀燦壯麗如古老教堂裡巨大的輝煌壁畫。彷彿鄭芝龍的船隊就要從海平線那端，巍峨、威猛地前來，紀梵希心中一凜。

「除了一官，我們還要防禦葡萄牙及荷蘭人，一路搶奪了他們的商船，他們不會善罷干休的。倒是，如果遭遇到西班牙船呢？我們動不動手？西班牙的殖民地馬尼拉距離我們的方位更近呢。」

「商船照搶，軍艦就避開。」

「萬一軍艦追擊呢?」

「那麼無可閃躲，就對抗吧。」

「清楚了。紀梵希船長。」

是啊，天涯海角的流亡，有什麼不能拋離?不能對抗?如今已淪爲海盜，一群失去國籍的亡命之徒，何懼之有?反而這樣形塑了另一種爲了求生而必然具備的堅韌意志，紀梵希心無牽掛地開朗了起來。等待那名叫「一官」的傳奇中國商人，竟成爲紀梵希從此久久不去的思緒。

一個月後，紀梵希從澳門的旅店床褥間幽幽醒轉。天仍未亮，床側的燭光暈暈黃黃映照著屋裡一片恬適的暖意。他一身涔涔熱汗，爬起全裸的身子找水喝，偶一回首，床上的中國女子正翻了個身，好看而優美的頸脊直下到光裸的背部，像塊玉石般無比溫潤。

濃黑的長髮扇般地散開，還是一張小女孩的清純之顏，眼睫緊緊覆蓋著深深的眠意，可愛如櫻桃般紅豔的唇，昨夜吸吮、深吻，像嬰兒般微微躬起的小腿，那粉紅、柔如綢緞般的膚色，細緻的手臂如出水之藕，小小的胸乳隨著熟睡，微喘地起伏，這首次的中國女子之歡愛，紀梵希以一枚葡萄牙金幣買了她一整個晚上。

這據稱年方十七，叫「霞娟」的中國妓女，剛被帶進來之時，略爲驚惶，隨即熟練地恢復了微笑的神色，好整以暇地瞅著一雙黑沉沉的眼眸看他，反而令紀梵希些許失措。

她有些羞怯，雙手不安地相互糾結，黑髮在頸後梳成一個漂亮的圓髻，插著一枝牡丹浮雕的銀簪子，長及腳踝的月白色袍子，就定定地站在門帘之前，動也不動。

「嘿！妳，過來。」紀梵希招手喚她。

秀緻的小臉紅紅地笑了，眼睛瞇成一線。她小心、謹慎地挪身到紀梵希眼前站定。

「坐。妳坐下來。」紀梵希指著床沿。女子順從地坐下，與他平行。瞅著一雙微笑的黑眼眸充滿好奇地看著紀梵希，竟看得他不知如何是好。兩人就一時間梗在當下。

感覺鼻息之間，香氣幽然而至，一種粉粉，花朵般的鮮馥、芳馨……異國的首次毫無距離地如此親近，這是中國？

「我是霞娟。」女子開口說話了。

紀梵希自是不諳此地語言，眼露不解之色，下意識地搖頭，那女子又重複了一次：

「我是霞娟。您呢？名姓叫啥？」

「——霞——娟？」是問候語嗎？紀梵希學著唸這兩個字音，女子趕緊猛點頭。

「——霞——娟。」看見女子有了回應，紀梵希眞的誤認「霞娟」二音是此地問候的話。

女子笑得不可開交，她明白這來自西方的男人一如她所接過的葡萄牙商人般，不諳本地語言，就這麼一逕地跟著胡亂猜測。她靈巧地以指卸開長袍襟前的布扣，露出了白皙、粉嫩的頸肩，並嬌媚、柔情地依過纖細的身子，長袍一下子就褪到小腿，這中國女子僅留圍裹住胸腹之間的絲質兜巾。

紅唇濕潤，黑眸迷離地仰看紀梵希。這是情欲的前戲，她雙手背躬著床褥，兜巾裡那兩團半球狀的胸乳挺秀了起來，紀梵希用力地擁她入懷，她微微地呻吟，身子就軟了下去，任由紀梵希吮吻。

歡愛之後，兩人相擁，喘息不休。

紀梵希懷中這纖細的女體，微微抽搐著，手指滑走、摸觸一片柔美之情色，汗水、體液交織成一種難以形容的感覺，濕濡的香，頹廢的鬆弛。

她從紀梵希強壯的臂彎裡掙出身子，那麼無距離地以指輕撫他汗涔的額間，撩動著濕了大半的金髮，眼睫毛，靈巧慧黠地接近這雙深藍如海的眼睛。

「好藍好深的眼睛哦。」她兀自地說：

「像海那般地藍……。」

輕輕撫挲，小心得似乎怕碰觸而碎。

紀梵希看見這女子瞇眼，愛憐地賞玩自己的兩眼之側，多少能意會她的讚美。

「ojo azul。」紀梵希對女子說。並以食指比一比眼眸：「ojo azul。」這是西班牙語「藍眼睛」之意。

「ojo……ojo azul。」女子學著他：

「ojo azul。」

紀梵希和女子說完，同時都笑了起來。

「嗨，ojo azul先生，從此我認得您了。」好純眞地笑著反指自己沁著汗水的鼻尖：

「您要記得我的名字。霞——娟。」

「霞——娟。」紀梵希跟著輕唸，終於悟出這女子說的是她的名字：

「霞——娟。」肯定的語氣，重複一次。

紀梵希深深看著沉睡中的女子，睡得那般恬適、寧謐，沒有夜夢的驚悸，也許還如許青春、年少，回憶的苦澀應該是短暫而易於遺忘的。靜靜地坐在床沿看她，忍不住伸出手來，愛憐地輕撫她散落的黑髮，溫柔地，怕吵醒般小心輕微。

「霞娟，要好好地活下去……。」紀梵希在心裡沉靜地默唸。

暈黃的燭火忽然跳動了一下，原來是從八角窗鑽入的一陣突來的冷風，他把絲被拉過來，替裸睡的女子蓋得妥切，起身穿衣，這才發覺，晨陽已逐漸晴亮。

27

父親不在身旁，故鄉火車站午後的月台就顯得格外地岑寂。鐵道長長地延伸到遠方，蔗園在遠處，近處的油菜花田開著密密麻麻金黃色的花朵，陽光映照得有些眩目，她必須戴著墨鏡，抵禦在遙看時所引致的不適。

還有二十多分鐘，北上的復興號列車才會進站，空蕩的月台上只有她獨自一人，偶爾站務員會從那棟日式平房的辦公室走出來，探了下頭，取下制帽當扇子般隨手搧了幾下，又轉身進去了。是個年輕的胖子。記得她北上念五專那時，父親送她來車站，那和父親交談的老站務員已很多年不見了，是不是退休了？畢竟已經十多年了，人都老去了。

「阿寶美欸，好久不曾返來，變得豐腴了。」

二姊一見到她，挺著七個月身孕的腰身，臉色泛著汗意，由於驚喜而泛紅著，忙著倒茶水。

「二姊，不用忙，自己人甭客氣。」

她放下了肩上的皮包，趕緊近身扶著二姊。

「阿爸又隨戲班去屏東了……阿母去大姊的店裡，我撥電話告訴阿母。妳回來多久了？」

「前天才從琉球回來，唱了一個月的歌給阿本仔聽，咦？二姊夫呢？二姊夫工作好嗎？」

「唉，妳二姊夫啊，他們的鞋廠關了，只好到中國大陸去找出路，現在廣東的東莞一家台商那裡當廠長。」二姊嘆口氣，幽幽地傾訴：

「不然怎麼會搬回來住娘家？多丟臉。」

「大姊呢？店裡生意有順利嗎？」問起大姊，她心中一種複雜的情緒。阿母最常要大姊打電話給她，一次又一次催她回家來嫁人，她明白大姊是一片好意，但就是聽了不舒服。

「反正大姊在菜市場裡的麵店，開十多年了，油湯生意手面賺吃，日子好過多了。阿母七十歲的人了，還是閒不下來，有空就去大姊店裡洗碗，怕她老人家累了，她說就當做運動。」

「這是第三胎了？二姊。」她看著二姊肚子。

「前兩個是女孩，如果這一胎不是男的，準被阿母罵死。」二姊有些羞赧地笑了。

她陪著笑，一面回想著離家之前，與兩個姊姊擠一個房間的往事。大姊較為嚴厲，不苟言笑，反而是年紀大她四歲的二姊從小就護著她，包括她決定北上念五專，在阿母和大姊極力反對之下，已在針織廠做女工的二姊卻和父親站在同一個立場。二姊正色地說：

「三妹想去台北念書，就要支持她，不要像我一樣，國中畢了業，只能去做女工。」

「查某囝仔大漢，嫁了是別人的，讀那麼多做什麼？沒路用啦！」阿母怒聲斥責。

「二妹！汝不要忤逆阿母哦。」大姊幫腔。

這一切不愉快，都過去了……她心有感觸地從皮包裡取出禮物，交給二姊：

「兩瓶香水，一瓶送給二姊，另一瓶代我交給大姊，拜託妳了。」

「唉，阿寶美欸，就不要這樣浪費錢。」

「這琉球酒是給阿爸喝的，兩條七星菸二姊夫若從中國回來，請交給他。」

「我給阿母撥電話。」二姊側身拿起話筒。

「不了，我回來看一下就好，馬上就走。」她輕輕制止了二姊的動作，臉色略為冷淡：

「等一下阿母和大姊回來，又是那些老話，我聽了會不舒服。」說著又取出了一個厚厚的信封，放在桌上，隨即站起身來：

「這有三萬塊錢，替我給阿母。」

二姊微蹙眉頭，以勸慰的語氣說：

「阿母和大姊沒有壞意，只是關心妳的幸福，妳就不要一直放在心上嘛。」

「二姊，我的幸福自己會去尋找。」

她斬釘截鐵地回答。不知道何以長久以來，內心自始存在著這樣的一股憤然？只覺得一種不平之氣，每次匆匆回鄉，連晚飯都不吃，又連夜趕回台北……。只是一種與生俱來與親情的連繫而已？或者是十多年前帶著怒氣離家，就再也不想回來？她早已習慣於自己是「台北的關寶美」，習慣於成年之後，有著一雙自由的羽翼，自在而任性地存活，哪怕無助、哀傷，也習慣於自我承受，這個家只讓她蕭索，令她黯然。

列車逐漸停靠，多了幾個上車的鄉人。她找到座位，安頓好手提袋，靜坐下來，窗外的油菜花田金黃地閃爍在午後燦爛的陽光下，她對了下手表，大約五點多到台北，回去整理一下，晚間九時的演唱。

手機響了，她低聲地「喂——」

「Bomi啊，我是文惠，妳在哪裡？」

「喲，是國母呀，我在回台北的火車上。」

「回國也不打個電話，眞是的！欸，民視的滷蛋和她老公說晚上去找妳。」

「不行啊，我九點鐘唱老朱那裡，十點半唱另一個pub，要到十一點才得休息。」

「那就十一點三十分，老地方吃麻辣鍋。要問妳，在那霸有沒有新款的ＬＶ包包？」

「國母呀，妳這個ＬＶ女王頭殼壞掉啊？買ＬＶ到日本？全世界最昂貴的價錢！」

「好啦，只是問問嘛。對了，在琉球一個月有沒有豔遇呀？日本男人帥不帥？」

「豔遇個鬼咧……」窗外閃過城鎮的樓房、公路，遠遠蒼鬱的山陵，層層疊疊，藍得透明晴亮的天空，她驀然想起汝靜：

「倒是，在那裡認識了一個日本女孩。」

「日本女孩？那沒什麼意思。怎麼？Bomi討厭台灣男人，想試試同志之愛呀？」

「國母怎麼可以瘋瘋癲癲地亂說話？」

她笑了起來，啐了一聲：

「罰妳今晚回家，所有的LV包包都被妳們家的波斯貓抓碎。」

手機那頭，文惠故作求饒地忙說不可以。她在車窗玻璃的倒影中，清晰地看見自己的一雙眼眸，深藍如海……熟悉卻又陌生，彷彿不是自己的反射，而是屬於汝靜的眼睛。

「好啦，晚上十一點三十分，不見不散。」

她漫聲地道別，掛了手機。深呼吸一下，想閉上眼睛小睡片刻，車廂前方的自動門無聲地移開，一個年約三歲的小男孩跳躍進來，圓嘟嘟的，十分可愛，門後慌忙地追進一個年輕、梳著馬尾的少婦，喚著：

「娃娃不能用跑的，會跌倒，慢慢走。」

「小孩要用抱的，讓他自己走不安全。」

一個低沉的男聲響起，極熟稔的語音，她正思忖的同時，小男孩已跑到她的身前，腳步剛停了下來，一個突如其來的輕微剎車，小男孩腳下不穩，要跌跤之前，她順勢抓著小男孩的身子：「喲，小朋友，沒事沒事。」

「謝謝，小姐。還好妳抓到了他，好皮。」

趕到的少婦，無比感激地稱謝。

她笑著答說：「不用客氣。」頭抬起來，與小男孩的父親四目相接，不禁相互怔住了。

那男人驚訝得一臉尷尬，有些無措。

「小魏。好久不見了，這是你的兒子？」

她自然地順手將小男孩抱在懷中，笑問。

「小姐？妳認識我先生呀，怎麼這麼巧？」

孩子的母親，略爲疑惑，立刻展顏而笑，回頭反問身後有些意外慌亂的丈夫：

「你的朋友呀？怎麼從來沒聽你提過？」

「是啊，小魏，你結婚了，怕人知道呀？怎麼都不通知我這個老朋友，眞不夠意思。」

她主動伸出手去，友善地和孩子的媽握手：

「妳好，魏太太。我叫關寶美。」

「妳好，關小姐。」少婦有些靦腆。

「小朋友幾歲啦？告訴阿姨。」她逗著小男孩，小男孩不語，卻伸了三隻手指頭。

「三歲？好可愛哦！」她稱讚著，揚起一雙藍眼睛，有些促狹地朝著小魏看著：

「恭喜你啊，小魏。有這麼可愛的孩子。」

「謝謝……謝謝。」小魏喉間略呈沙啞地回話，催促著妻子抱回小孩：

「我們回座位去吧？」明顯地不安。

「不是說要到前面的餐車去吃東西嗎？」孩子的母親反問，臉色僵了起來，接過了孩子。

她笑笑，瀟灑地向他們揮一揮手：

「好啦，魏先生，魏太太。好高興遇見你們。」

小魏有些倉皇地大步向前走去，妻子抱著孩子急促地追在後頭，閃入另一扇自動門裡：

「她到底是誰？」自動門閉上前，餘音猶存。

「我到底是誰？對這突兀巧遇的小魏重要嗎？」她感觸極深地看著窗外正轟轟然穿過的大鐵橋，那一根根直立的巨大鋼架，陰影、陽光互見，明暗地映照在她疲倦的眸中，一時間竟不知今夕是何年。

有著隱約的蒼茫、神傷之感……又能如何？人生有時十足是個大玩笑，可不是嗎？以爲已是昨日逝水，分手別離都好，各自在天涯的一方，最好誰都全然地忘了誰，怎麼會在同個時空巧遇呢？像小說中某個荒謬的情節？我關寶美活該？想到這裡，覺得似乎所有的力氣剎那之間被忽然抽光般，就病懨懨地癱軟著，腦袋一片空白。

「早就不在乎了嘛……。」內心如此吶喊。

「小魏去結婚、生子，又干我何事？」自問。

小男孩的叫聲又在耳畔響起，自動門的輕微開合，腳步聲匆忙地接近，又遠離，她看見小魏夫婦的背影消失在自動門的霧玻璃後頭……。

是啊！關上門，就一切了然地煙消雲散。可以徹底地斷念，死滅某種生命裡時明時暗的眷戀，這樣很好，眞的很好。她兀自幽幽地笑了起來，緊依著車窗，忽然窗外一片黑暗……列車進入隧道了。

「轟——隆，轟——隆！」

車輪與軌道的摩擦聲，特別地清楚，好像尖利的刀刃，冷冷地切割過胸口。
怎麼，這黑暗的隧道特別地漫長？

28

小澤國會議員，寒著臉與橋本對坐，手裡的雪茄微微顫抖者，氣氛凝重得令坐在一旁的她感覺到一陣異常的冷冽，臉上的神色也跟著低沉，橋本倒是一副氣定神閒。

「小澤君，今晚難得到銀座來，怎麼生氣著，這不好喲，來，我們喝酒。」媽媽桑試圖打開此一僵局，揮手叫理繪送來一瓶新酒，親手加冰塊，優美的手姿輕晃著水晶杯裡的陳年蘇格蘭威士忌，並一一斟上。

「靜子小姐，這完全不關妳的事。」她聽得小澤叫著她的花名「靜子」，不禁更凝神傾聽，理繪坐在小澤身旁，則是一臉惑然。小澤氣沖沖地指著前方的橋本說道：

「我小澤有自己的新黨，屬於自民黨的你，我根本不必理會。問題是，你是我在國會裡最要好的老同學，我不能不過問……」

「那是我橋本私人的事，他們憑什麼干預？作爲日本國會議員，華族之後，我沒有運用權位去獲取不當利益，沒有和財團掛鉤，我用心、負責地執行應盡的職責，我哪裡有錯？小澤，我們二十年交情，你不懂我嗎？」

「我知道你橋本一向很乾淨！但你的私生活卻有瑕疵，他們就要用這個來打擊你。怎麼會去琉球考察，公然帶靜子去呢？」

她心中猛跳了起來，小澤方才說「不關妳的事」，現在，顯然地，這與橋本的爭執還是與她有關。忽然覺得自己做錯了什麼，手足無措了，媽媽桑以眼色示意她稍安勿躁。

「就算我帶靜子小姐去了，也是低姿態呀，白天考察行程她不可能同行嘛，也只有晚間回到旅店才相見，這算公然嗎？」

「媽的！」小澤用力捶了下桌子：

「喂！橋本！你到底懂不懂？也只有晚間回到旅店才相見？你是愚蠢還是天眞呀？偏偏你們就在旅店西餐廳裡吃晚飯的時候被周刊的記者拍到相片了。」

「在餐廳又能證明什麼？如果是在床上還有話說。小澤啊，我是那麼不小心的人嗎？」

「在東京也許還無妨，是在琉球！又是你們國防委員會的考察活動——如果周刊登出相片，國會議員與銀座女人琉球幽會。橋本啊，你跳入東京灣，連死都無法洗清。」

小澤這番語重深長的警言顯然提醒了橋本，他原是不以爲意的臉，開始慘白了起來：

「這……那該怎麼辦？」

「用錢呀，買回那些相片，並要那周刊記者噤聲，不然啊，會挺麻煩的。」小澤拿起酒來，滿滿一杯仰首飲盡，拭一拭濕潤的嘴角：

「可別忘了，你橋本是個有家室的人。」

媽媽桑爲小澤再斟滿酒，笑盈盈地舉杯敬小澤和橋本，一副天下本無事的自在神情：

「我說，兩位敬愛的國會議員，請容我這選民姊姊插個話，可以吧？」媽媽桑眼神一凜，頓生女子決然之英氣，朗聲地說道：

「你們的前首相，可不也因爲和北京的中國語傳譯有一番雲雨之情才下台的嗎？如今還不是黨魁、國會首席議員做得穩穩當當的？我在銀座快三十年了，什麼國會裡的污穢之行不曾看過？銀座，不就是夜晚的永田町嗎？用錢可以解決的問題，就不是問題。」

「大姊說得正是，佩服，佩服。」小澤面露敬仰之色，舉杯回敬，正色地向橋本囑咐：

「這事我交代助理來擺平……只是個小周刊，如果是朝日新聞，就棘手了。對了！靜子小姐能否在最近離開日本，去國外走走。十天，十天後再回來，事情就完結了，可以嗎？靜子小姐？妳也怕困擾吧？」小澤的眼神緊盯著她，意思要她馬上應允。她看了看媽媽桑，不置可否，橋本朝著她輕微地點頭，意思是盼望她答應小澤的提議。

「靜子暫時離開十天可以。」媽媽桑嫣然一笑，冷靜而肯定地說：

「但是相對要付給靜子一筆旅行費用。」

「這是應該的，就這麼說定了。」小澤鄭重地許諾，原本凝重的氣氛頓時輕鬆了許多：

「當然，爲了懲罰橋本國會議員，這所有的開支要由他全額承擔，沒問題吧？啊？橋本。」

「靜子想去哪一個國家？」橋本審慎地問。

「好羨慕喲，人家想陪靜子去。」理繪插話。

「不要多嘴！讓靜子想個兩天。」媽媽桑制止。

「汝靜……，不，靜子小姐，好像很喜愛義大利的西耶納山城，那就去吧？」橋本問。

「西耶納？好地方！我和太太的蜜月之旅就有路過，那一年一度的夏日賽馬節，市政廳前的貝殼大廣場，人山人海，旗幟與人聲鼎沸。嗯，竟不知道靜子小姐喜愛那裡呢。」

「去過兩次。第一次跟旅行團，走馬看花，從羅馬、佛羅倫斯、米蘭、威尼斯……，西耶納只待了半天，好可惜！第二次就自己去了，從羅馬直接搭高速鐵路到西耶納，下雪了呢。」

她無比傾往地回憶著，笑靨如花。

「靜子啊，就別猶豫，去吧！」媽媽桑鼓勵地勸說，理繪還是不住地呼著：「好羨慕哦。」

「讓我想想……」她致謝地頷首。

酒店的門被推開，一陣清脆的鈴鐺聲。

「客人來了！歡迎！請坐。」群鶯歡呼。

她的視野跟著聲響，投注到入門的來客，心中一陣驚喜：「可不是健二來了嗎？」定睛仔細一看，的確是她思念的健二啊。她嫣然燦笑，向小澤、橋本致個意，立即起身快步迎向正在搜巡著的健二，這才發現健二身後，跟著一個怯生生，極爲秀氣、纖瘦的年輕男子，一身全黑的三宅一生衣褲。

橋本一臉疑惑，多少有著些許醋意：

「大姊啊，那兩個客人是誰？」

「哦，前方那人是日本航空的機師，後面那人我沒見過……。」媽媽桑回答。

「那機師也是這裡的客人？常來嗎？」

「來過幾次，不頻繁。聽靜子說，那機師飛行遠洋航路，不太有自己的時間。」

「好像和靜子很熟嘛？」橋本不放心地問。

「喂，橋本。人家跟我們一樣，都是客人。」小澤輕輕捶了橋本的肩膀，笑他：

「別那麼會吃醋。」

「來，我們再喝酒。等一下靜子就會回來，橋本議員，你安心就是。來！」媽媽桑舉杯。

她在靠著吧檯的位置，愉悅地坐了下來。笑瞇瞇的先是職業性地請教與健二同來的，這個秀氣、纖瘦的年輕男子名字。

「我姓岡田。」那男子怯生生地回答。

「岡田是剛考進日航的副機師，近期跟著我飛歐洲航線。」

「好年輕哦，岡田先生多大年歲？」她問。

「二十四歲，北海道大學畢業。」岡田回答。像害羞的少年初見女性般地不敢正面而視。

她笑了起來，向健二取笑岡田的羞怯：

「像個高中二年級生呢。健二。」

健二也笑了，卻似乎有點不自在，若有所思地想著什麼，這才回神過來，取出了包裝得十分精緻的禮物，擺在桌上。

「哇——太好了！是兩瓶一九九四年份的Chianti紅酒！謝謝你啊，健二。」她歡呼。

「收到我從西耶納寄給妳的風景明信片嗎？」

健二啜了一口冰水，謹愼地問著。

「收到了。討厭的健二，竟然自己去了西耶納，說過好幾次，就是不讓我隨你去。」她嬌嗔地略爲埋怨，岡田靜靜地陪著笑意。

「一定在義大利，有個女人等著健二。」

「汝靜不能瞎猜，哪有什麼女人？亂說。」

「眞的沒有女人？」她故意追問下去。

「是我，我陪健二君去的。」岡田開口了。

「哈哈，兩個男人到西耶納有啥意思？一起找義大利女人尋歡作樂，對不對？」

「汝靜啊，我們飛羅馬，到那裡換組員，有四天假期，兩個人就去西耶納了。我告訴岡田，那是妳最愛的地方。」

「去了西耶納，才知道健二君口中形容的汝靜小姐爲什麼會那麼喜愛？」岡田插嘴進來，眼神溫柔似水地瞟了過來。

「爲什麼？岡田先生說來聽聽。」她起了很大的興趣，看這初見的美少年如何詮釋。

「健二君說，汝靜小姐天生一雙如西方人一般的藍眼睛。根據遺傳學來說，妳的祖先應該在某個年代有和西方人結合的歷史，這說法，妳相不相信？」沒想到他如此直言不諱，她怔了一下，卻也爲岡田的坦白覺得這美少年有著異常的蕙質與判斷。

「我相信。前些日子，我去琉球沖繩島，終於找到父親的故居，也見到了祖母。健二，我一半的血統竟是琉球人，祖母給我看了祖父的遺照，像極了西方人。她說祖父竟然也有著一雙藍色的眼睛呢。」

「依照西方人來到日本的歷史，應該在幕府德川時代之前約五十到一百年間的戰國時代，織田信長初獲荷蘭人的長銃……。德川一統日本之後，曾經鎖國，不讓西方的天主教、商人進來。據說那時，西班牙有個海盜從南中國海北上直到琉球群島。」岡田不加思索地說了一大段關於近代的史話，令她爲之驚訝，這年輕人怎會懂得這麼多？

「岡田先生，莫非讀了好多歷史書？」她問。

「我在北海道大學唸日本史。」岡田回答。

「天啊，那時西班牙海盜可以到日本近海？從西班牙到日本，多遠的航路呀？可怕！」

「說不定汝靜小姐的祖先，就是那西班牙海盜所遺傳的哦。」岡田促狹地揣測。

她愉悅地放聲大笑，心想這秀氣的男子應該有很特殊的質素，十分與眾不同。這般的歷史觀點很別出心裁，應該要告訴那個人，與她同樣有著藍眼睛的Bomi……，她在台灣。

29

四隻石獅肩頭所扛著的圓碗狀噴泉已有數百年歷史，那是摩爾人在古代淨顏、洗手的聖水。拜占庭式的建築，拱門一列排開，幾看不見長廊的盡處。可蘭經書寫的阿拉伯文，彷如糾葛、跳躍的沙漠之蛇，舞蹈般地起伏流動……。什麼時候，西班牙人橫越安達魯西亞平原而來？地平線烈日閃眩，熾熱得連羊群都頹然乏力地跪地不起。向日葵彼此交頭接耳，只見遠方，煙塵滾滾。

紀梵希的夜夢，故鄉反而格外清晰。

能在夜夢裡觸及故鄉，是一種淒清的美麗，就怕醒後無盡之蒼茫。他經常睡睡醒醒……，有時如此的感覺彷彿撕裂，令他懊惱。譬如不由然想到父親，那個要紀梵希投身海軍，爲了是在這大航海時代，能夠效法哥倫布，在廣漫、未知的海洋爲祖國開疆闢土之豪情壯志，如今自己卻成爲背叛祖國的流亡者。父親，一定很悲傷，可能被剝奪去官職，可能自求了結。那種千夫所指的恥辱，一向自律甚嚴、恭謹求實的父親恐怕難以見容於整個西班牙，更難以面對自我的譴責，如何存活下來？

母親？紀梵希實在不敢再想下去……。

的確要割斷所有所有的惦念。已然是失去國籍、背叛故鄉，以劫掠爲求生本能的海盜，就赤裸裸地挑戰這茫茫大海的詭譎與不定吧！閃電與颶風，彎刀和火砲，絲綢、女人、中國瓷器、金幣、銀十字架、葡萄酒、香料……紀梵希都要！

聖馬丁號靜靜停泊在一片幽藍的海灣。

對紀梵希與所有船員而言，無論航行過的海域、島嶼，都是未可預知的陌生之境，除了憑藉勇氣及武力，沒有其他。紀梵希不再信任上帝，他固執地認爲是他曾經所堅持的信仰離棄了他，一如聖經裡的大天使告別了上帝，而被詛咒爲永世不得平反的魔鬼撒旦。紀梵希也試圖與上帝對話，在惘然、軟弱之時，還是會以禱告、讀經尋求一種沉悶的出口，還是得到另一種突如其來的恨意。他問過瓦西迪：

「劫掠與殺戮，如何向神求得寬恕？」

瓦西迪冷冷一笑，半是揶揄地答說：

「依我們摩爾人的信仰而言，你的上帝只是個造作而僞善的不存在傳說，是宣教者所幻化出來的圖騰。」

異教徒的答案，永遠是嘲諷、無情。

那麼，親愛的上帝，如果祢眞存在，請呈現祢無所不能的神蹟吧。還是讓祢所指定的木匠聖子永永遠遠被釘在十字架上？再拉扯下去，紀梵希怕有那麼一天，在錯亂、糾葛之間，自己成了人間的大天使，那原是潔白的羽翼逐漸褪盡，竟是蝙蝠灰色薄膜帶著尖爪的翅膀……。神人之對抗，終至天譴，神是眞理？人是罪惡？

船首的女神雕像已近斑駁，紅與綠的色塊，雕像冠冕的金漆幾乎被長年的航行，粗糲如刀的海風、鹽霧、浪潮所侵蝕，但那雄偉、挺秀的雙乳卻依然不馴地圓潤閃熠。兩個水手以繩索懸掛，趁著泊岸的空檔，用心地補漆、描金。

紀梵希帶領瓦西迪一行，分乘三艘小艇，向一片白色如雪的沙灘划行。陽光下果凍般柔美的海水輕緩地流動，清澈見底，七彩相間的熱帶魚成群，有如燦麗的花朵，時而聚攏，時而散去……。逐漸挪近岸邊，但見僅覆於胯間些微布巾，黑髮黃膚的幾個裸體男人靜靜浸身在淺海之處，似是戒懼，卻又平靜的注視，他們意外地露齒而笑。

海圖是從澳門取得。聖馬丁號抵達了日本以南、福爾摩沙島以北的琉球群島之一的石垣海岸。紀梵希會選擇此地泊岸乃由於此一蕞爾小島，百年來素爲各國海盜歇腳之處，據說爲中國藩屬，卻又爲日本所制，每年分向兩國進貢，以求保全的孤零之鄉，彷彿並不存在的朦朧疆域。

「或許，可暫時作爲整備基地吧？」

紀梵希踏上琉球之土，向瓦西迪說：

「我們的船航行太久了，船底爬滿了藤壺、貝類，也該刮除、修補了。」

近代史不會記載紀梵希登陸琉球之事，他們以三十枚金幣取得了石垣島地方官的停留許可，終於航行過一萬多海哩的聖馬丁號及其百餘位船員可以歇一口氣。

「看啊，那海岸的紅瓦片平房和嘉地斯多麼相似，綴以怒放的紅花。」

瓦西迪驚喜地歡呼起來：

「他們竟在屋脊上放置著獅子陶像呢？好熟悉啊！像我們摩爾人的守護神。」

黃牛在廣闊的草原溫馴地嚼食草葉，緩坡之上，聚集著無以數計的海鷗群，嘰啾的叫聲躁耳，海無垠漾著深深的藍意，遠天的雲團雕塑出彷如羊群挪移。

「就讓大家好好休息吧。只是不得侵擾島民，尤其不許劫掠、強制婦女。該知道，哪怕是海盜，上了岸就要做個謙謙君子。」

紀梵希嚴正地召集所有船員告誡。

「請示船長，若需要女人呢？」有人問說。

「用錢買呀！一定有女人願意販賣肉體。」瓦西迪大聲地答覆，濃鬍之間一片笑意：

「澳門有妓院，琉球不會沒有！水手上岸，欲火焚身，是連深海潮水也澆不息的。」

所有船員高舉壯碩的雙手叫好。紀梵希欣慰地微笑。的確，他也渴望一個女人，有著溫潤、豐腴的肉體，可以撫平長久海上航行的疲倦及情欲的極力壓抑。像那個叫「霞娟」的澳門妓女……。

「來吧！帶著豐厚的金幣，去買女人呀！」

紀梵希堅定地掄起拳頭，沉渾地大吼。

海女深潛入海，裸身採珠。

島民以瓊麻抽其纖維，織成布疋以裁衣褲。或疊石為滬，誘魚而入，待潮水退去，受困之魚類躍於淺灘以拾之。

老婦人則在礁石與潮間帶尋找巨大而肥厚的昆布，刮取海苔曝曬為糧。

一群從西班牙遠航至此的流亡者，靈魂既疲倦又亢奮，沉睡在島上女人壯碩的雙乳之間，那黑亮且粗糲的髮，散泛著海洋古老的腥味，小腹連接著豐腴的雙腿，可孕育漂亮小孩的子宮，接納著異鄉人悠遠的憂鬱排遣……。這小小的島，生命竟如此地強壯、美麗！

不會思索到明天的降臨，是風是雨，是海上劫掠時，忘我的殘忍殺戮，野獸般的蠻橫，不必律則限囿地任意與妄為。也許明天就要死去，地獄之火灼熱之前，酒與女人就是當下之狂野。

紀梵希放情大笑，堅信這是一生最愉悅的時刻。恣意地極端縱欲，那白天泅泳採珠的海女，夜晚則是承歡的肉欲之女，不斷地吮吸、舔捲，意志忽而高漲又沉落，清醒又迷濛。

紀梵希醉眼低垂，全身火紅，金髮虯亂，海女長長如瀑的黑髮及腰，母獸似地低吟，雙乳沉重如白柚，在紀梵希掌中滑潤似魚躍，不住地一再索求……。海女甜蜜的笑意，難以揣測的一種私密，不諳彼此語言，以肉體之交融逐漸由最初的陌生轉為熟稔。

這是眞實或是幻覺？

再也不必道德或教義的質疑。

以肉欲印證生命最眞實的存在。

也許，明天就會狠狠地死去。

沉落於最深最幽暗的深海底層。

藍眼睛依然睜開，吐著泡沫。

如果駐足於此，不再航行大海？娶島之女，生一窩小孩，有著深藍的眼眸，東方的細緻，西方的優雅……這是紀梵希突然萌生的異想。是由於航行太久了，疲倦了所引發的渴求土地的歸屬感嗎？一定要冷靜下來，冷靜下來，冷——靜。

「瓦西迪，明早就啓航吧。」

紀梵希走出屋外，冷靜肅然地對正坐在面海的涼亭下抽著水菸的瓦西迪交代。

「你終於想到了，紀梵希船長。」

瓦西迪心領神會地一笑，遞過水菸：「海，一直召喚著我們，是應該要離開了。」

「是啊，除了大海，我們還有什麼？」

紀梵希深深吸了一大口水菸，管子微顫，發出呼嚕呼嚕的響聲，好像啓航的船笛。回首屋內，零亂的被褥之間，那狂歡一整夜的海女爛睡如泥，裸體不著絲縷，像一尾離水昏迷的無鱗之魚，白皙泛青，刹那間，紀梵希竟湧現著一絲微微的不忍。

最後一夜，石垣島滿天星光燦爛。

「明早就要走了？」

微細的女聲起自正在仰首看星的紀梵希背後。夜暗中，海女逐漸挪近身旁，他回過頭去，順手輕擁入懷，親著海女濕潤的紅唇，異常溫柔地。

「眞的，要離開了？」海女再問一次。

聽不懂她的詢問，卻多少揣測到意思。紀梵希指著灣澳裡燈火點燃的聖馬丁號，海女懂事地點點頭，明亮的眼神有些黯然，隱約地水光盈盈。

「那麼……」

海女欲言又止，面對著紀梵希注視了片刻，雙手解開了腰帶，長衣一下子散開，星光下泛著水晶般的青色肉體呈現在紀梵希眼前。海女拉過紀梵希的右掌，緊貼在自己的乳房上，啞聲地低語：

「毋忘我。請一定別忘了我……。」

30

台灣桃園國際機場入境大廳。

她有些慌亂，哪怕室內的空調溫度微寒，又已是夜來涼爽的深秋氣候，佇立在等待的入境出口，竟由於急躁，額間沁著熱汗。眼睛可沒閒著，又是瞅著懸高的影像監視螢幕，又是不放心地挪移到門啓處，三、五走出的旅客。

「汝靜過了海關，怎麼找到我？」

她惦念的心事，就怕相互交錯而過。有些不知所措，是由於過度的等待心情。問過文惠如何辨識，文惠幾乎笑彎了腰，喘過氣來，說道：

「老天！以爲在等候一個多年不見的情人呀？不然也許請妳那位日本朋友帶個ＬＶ手提包好了，或者穿和服。」

「汝靜第一次來台灣嘛，別這樣笑人。」

不以爲然，神情嚴肅了起來。文惠見到她的認眞，也不再瘋癲，正色地教她一個方便有用的方式，她覺得不錯。

現在，她有點不自在地從腕間黑色Prada手袋裡，拿出了一張摺成三十二開大小的海報紙，慢慢攤開，剛好是半張報紙大的面積，以藍色麥克筆寫著八個大字：

歡迎石田汝靜小姐

舉在胸前，正對著入境出口。又是一波人潮湧了出來，似乎是個從中國大陸回來的旅行團，老公公老婆婆，推車除了大件行李，還有草席、木劍、蒲扇、油紙傘，嘰嘰呱呱，前面回首大嗓門叫喚著後面，好不熱鬧。

又是一隊排列整齊的空服員，拖拉繫著制式勤務包的小推車，娉婷地走出來。依然沒有看見熟悉的那雙藍眼睛。告示牌上明明呈現著電腦字：ＪＡＡ日亞航612東京至台北，19:20準時抵達。她看了下表，已近晚上八點整了，沒搭上班機嗎？或者如此的心焦，是因爲有生以來，從來不曾有接機的經驗？人潮一下子紛紛散去，空蕩了，出口的警員看了她一眼，她回以一抹應對的微笑。

「小姐，妳是旅行社的人嗎？」警員問，這一問，旁邊幾個同樣手持大小紙板的男人紛紛投過眼神來，她搖一搖頭。

警員往微開的電動門瞅了一下，回過頭好意地勸慰她：

「這個時間有六班飛機前後到達，旅客很多，妳再耐心等一下吧。」

她坐了下來，視線依然不曾脫離眼前的出口以及頭頂上方的電視螢幕，眞的怕一時不察，漏掉了汝靜的身影呢。

也許就在下一秒鐘，門無聲地打開，汝靜就睜著那雙異於常人的藍眼睛，巧笑倩兮地向她走近，就是深切期待這相會的一刻啊。想起琉球夜晚的暢敘、共飲，搭著小飛機來往離台灣最近的與那國島，相彷的心境，同樣的一雙如深海之藍的眼睛，就像最好的姊妹……。

「Bomi。」輕柔的低喚。她依然凝注著眼前那扇急切等候的門，一時沒有回過神來。

「Bomi。」一雙手搭在她的肩上，她略爲驚訝地顫動，猛回過頭，觸及一張戴著墨鏡的女子容顏。什麼時候，等待久久的汝靜就眞眞實實地站在她急促、不安的背後。一時間竟感到不知如何以對，笨拙地將那張寫著名字的紙片朝汝靜揚一揚，汝靜笑了：

「我終於來到台灣了。妳好嗎？」

一路上反而兩人變得有些生疏，應對般地問說：「旅程累了嗎？」「會不會餓？」汝靜則禮貌地回以：「還好，才三個小時航程。不累，倒讓妳等好久了。」「在機上吃晚餐了，謝謝，不餓。」車過高速公路泰山收費站，見到緩慢、擁擠的車潮，汝靜才回復自在地笑呼：

「哇——台灣和日本很相像呢。」

「還不到台北市區，我們先去吃宵夜，台灣菜哦，再回我的住所，好好休息。」

她遞了回數票，立刻加足馬力直奔。

「哇——Bomi開車很猛哦。」汝靜愉悅地驚叫，順手取下了臉上的墨鏡，笑聲燦爛得像個小女孩。她側首與之四目相對，夜色在車窗內外交織著前後左右跳閃的車燈，深藍之眸，笑意彼此交會，總算化開了重逢之後的某種靦腆。

「晚上，Bomi不去唱歌了?」汝靜問。

「有什麼事比去接妳重要?今晚我請人代班。琉球一別，好多話跟妳說。」她遠遠看見重慶北路交流道的指示號誌，打著右向黃燈，手指做著往右的動作。

白色豐田車停妥，走進林森北路、雙城街口的欣葉台菜，剛好是晚上十點整。她爲汝靜挾了塊蔥油雞，舉杯敬酒：

「來，乾掉第一杯啤酒，啊，妳終於眞的來到台北了，好高興呀，汝靜。」

「在與那國相約，我一定要來。」汝靜笑盈盈地致意，昂首一杯而盡。

「過兩天，帶妳去我唱歌的pub，介紹汝靜認識我的朋友，一個專門收集ＬＶ皮包的律師太太，還有一個電視台女記者，她們很有趣喲。」

「就麻煩妳了，Bomi。」

「不要客氣，汝靜。來，用菜。」

夜深了，兩個女子快樂地喝酒。從餐廳回到她的住處，換上舒適的睡衣，點上燭光，放著音樂，繼續喝酒。笑語歡快，彷彿多年之別，有說不完的話，醺然之間，兩雙藍眼睛更迷濛。

人生如此，夫復何求。

凌晨四時，汝靜沉沉入睡。她卻了無眠意，回到自己的房間，滿足地伸了下懶腰，覺得能夠順利地接到汝靜，感到一種約定的完美達成。這種愉悅與暢快是生命中少見的經驗，來自於異鄉的巧遇，一個與她同樣有雙藍眼睛的異國女子，相彷的男性情愛的坎坷與期盼，反而女子之間的相知相惜顯得可貴而眞摯呢。

她靜靜地回坐在客廳的窗前，音響裡正迴流出她所喜愛的伊布拉印・飛列的哈瓦那古老爵士樂曲，手持酒杯，身體輕輕擺動，跟著這七十高齡的古巴老歌手，昂聲唱著：

Mundele cabà, con mi corazón, tanto maltràta, cuerpo tà furi eh……

眞的喲！好好存一筆錢，到古巴去，希望這個迷人的老歌手還在哈瓦那，一定要在酒吧裡和他合唱這首歌。這般的自我許諾必須要完成。親愛的伊布拉印老先生，請您一定要等我，一定……。

來自遙遠加勒比海的島國，有著與台灣嘉南平原一樣廣闊無邊的蔗田，空氣裡的焦糖味……巧克力膚色的古巴婦女吟哦著古老的歌謠，在菸廠裡拿起一張張烘烤成金黃色的菸葉，熟練地捲成出口後價格昂貴的名牌雪茄。除了建國英雄卡斯楚、詩人革命志士切・格瓦拉，少有人知道老爵士歌手伊布拉印・飛列吧？除了以唱歌謀生的自己。她多少有著酒後習慣性的微微感傷，與生俱來，異於常人的藍眼睛從小遭受多少的嘲謔、屈辱？也許有一天，眞的決心遠走古巴或其他遙遠的天涯，一個可以眞正接納她的遼闊之地，又有何不可呢？

「是不是呢？汝靜。」

她自語地脫口而出，彷彿汝靜仍在身旁，放情暢敘一般，這才回神過來這疲倦的旅人已在客房沉沉入睡了。她不禁啞然失笑，想起方才汝靜有點自傷自怨的黯然神色，微鬱地說：

「其實啊，我是來逃難的。」

「逃難？汝靜在躲避誰？」

「在琉球，被八卦雜誌拍到相片。」

「因爲，汝靜是銀座陪酒的女人嗎？」

「我不是主角，而是橋本國會議員。」

「怕他會困擾，所以我必須暫時離開。」

「欸！汝靜，這不公平，爲什麼不是他？」

「橋本是國會議員，要顧慮他的地位。」

「國會議員要做人，汝靜就不必做人？這些男人，實在太過分了！把女人當作什麼呀？下次我去東京，賞他一個耳光！」

「Bomi，不要生氣。有妳這句話就夠了。」

自喻「逃難」的日本女子就深眠在客房裡，而她微醺中卻有著異常的清醒，感同身受的一份不忍與心疼。也許在冥冥之間有一種奇異的緣分，讓汝靜藉著「逃難」之名前來與她相會，不也是生命中難得一次的喜悅？

白濛濛的天光逐漸撒入室內，啁啾的鳥聲從公園方向傳進耳裡，她喝完杯中最後一滴酒液，也該睡了。

早安啊，伊布拉印・飛列。

31

她靜靜佇立在這紅色的古堡邊緣，偶爾翻看Bomi送給她的日文導覽，對照著文字與圖片說明。吸引她的反而不是這座先後由西班牙與荷蘭戍守過的城樓，卻是一對披著婚紗，裝出無比幸福的新人正在拍紀念相片，攝影師尖著甜膩的假聲，對著新人呼著：

「來，老公──笑一下。」

「好，很漂亮！看鏡頭，對！老婆──嗯，好美喲。」

Bomi信步走來，遞給她一罐烏龍茶，調皮地附耳，小聲地笑說：

「好做作呀，不是嗎？表情眞假。」

她不禁笑了出來，直說別唱衰人家。

兩人都戴著墨鏡，深藏著彼此相彷的藍眼睛。冰涼的烏龍茶很淡的味道，由於午後的陽光燦爛，口乾舌燥，喝了烏龍茶，但覺滿口生津。

拍婚紗照的新人，隨著忙碌的攝影師急促地走過她們身前，那一身白紗的新娘撩起沉重、拖曳於地的裙裾，艱難地跳動、挪移，像朵失措的雲。

「看起來，他們很幸福哩。」她喟然著。

「以後就知道了。汝靜啊，台灣離婚率超高的，四對有一對破碎。」

「唉呀，Bomi，怎麼帶著恨意嘛？」

「反正啊，我不想結婚。」Bomi回話，墨鏡之下的紅唇，有點咬牙切齒的。

「那以後呢？Bomi不想要男人呀？」

她關心地認眞追問著，只見Bomi一臉神祕地思索著什麼，深意的笑容：

「不會啊，也許有一天我會去古巴，找個唱爵士的老男人也說不定。」

「古巴？好遙遠喲。」她驚呼。

「汝靜，那妳呢？不是有個叫健二的機師男朋友嗎？會不會嫁給他？」

「不知道……」頓時神色微黯，變得若有所思，遙看著壯闊的河口，思忖片刻，隨即放鬆似地綻開了笑顏：

「說不定會和Bomi一樣，到很遠的異鄉找個眞正懂我的男人。Bomi去古巴，我要去義大利的西耶納山城。」

「那麼，汝靜陪我去哈瓦那！」

「Bomi，請答應我，一起去西耶納。」

這樣的相互許諾，不由然地激發一種突如而來，盈溢著未來希望的狂喜，兩個人開心放懷地笑得好大聲。

「這古堡叫紅毛城。有好幾百年了吧?這本導覽寫著最初是西班牙人建城，統治十六年，而後被南台灣的荷蘭人搶了過來。Bomi，我在想一件事。」她疑惑著：

「妳有沒有想過?或許我們異於東方人的藍色眼睛，是由於祖先在幾百年前遇到了這些西洋人，是不是這樣?」

「不會啊?我父親、母親就是黑眼眸。」

「但是我在琉球，聽祖母敘述，過世多年的祖父，眼眸深藍似海，分明是有西洋人血統。」

「我父親說過，這就是隔代遺傳。也許啊，汝靜，幾百年以前，一群西班牙人來到此地，再航行去北方的琉球，我們的祖太阿嬤就珠胎暗結了。」

「天啊!Bomi，那我們豈不眞的就是人們口中的混血兒?……雜種?」

「管人們怎麼說?混血兒又怎麼樣?雜種又如何?從小就被這樣譏笑大的。汝靜，對自己有信心最重要。」

「是啊，小時候眞的被嘲謔、侮辱，還說我母親是被駐日美軍睡大肚子。」

「說眞的，汝靜。妳在意這些嗎?」

「我不在乎，但男人在意。」

「叫那些男人去死!」

「哈哈，又來了。Bomi啊，這成了妳的口頭禪——叫男人去死。」

「是啊，叫男人去死！」

「謝謝妳，Bomi，我覺得好快樂。」

「不客氣。汝靜快樂就是我的榮幸。」

「這河好美麗，還有前方的山丘，就延伸入海，背後的山脈壯麗雄偉，寧謐的濱海小城，叫什麼……淡水？」

「淡水鎮。古代叫滬尾，就是說雨落到這裡就停了。前方的山仔細看，來，汝靜，斜著臉看，妳說，像不像橫臥的觀音？」

「嗯，果然像觀音的側影，不過……觀音有隆起的乳房嗎？」

「汝靜眞是的，觀察得那麼清楚。管她有沒有乳房，她叫觀音山。後面是大屯山、七星山，那裡有溫泉哦，我們可以去泡湯……待會兒帶妳去吃魚丸湯。」

「哇——Bomi，太好了！」

搭捷運回台北市區的路上，Bomi睡著了。她愉悅地觀賞沿河景色，紅色半圓形的大橋，好像那觀音山一直追隨著她的凝視……。如果不是來到了台灣，而是又去了夢寐以求的西耶納，一定是個再次寂寞的遙遠旅程了。

「……不是有個叫健二的機師男朋友嗎？會不會嫁給他？」想起Bomi的話，忽地浮現一種悵然了。其實，多麼盼望眞的能夠嫁給心愛的健二，但……若即若離的健二，心裡可能從來就不曾想過吧？因爲她是銀座的女人？還是由於她有著一雙異常的藍眼睛？母親的形影逐漸浮現：

「汝靜，喜不喜歡？前些日子去了京都，特別到西陣買了件和服……要給汝靜將來做嫁衣之用。喜不喜歡呢？」

她心中有恨！母親究竟在想什麼？故作求饒嗎？那般地蓄意討好？把她交給加山叔叔帶到銀座，淪入風塵，才故作可憐狀地說：「媽媽很抱歉，讓汝靜受苦了。」還是如同加山叔叔所解釋的，母親一直在某種生命的苦澀裡？一個女子的愛，無以達成，母親如此，難道女兒也必須重複？這是宿命嗎？一如從琉球回到東京，與母親夜遊東京灣，母親所呈現的委屈求全、悔意與自責，又是人生多少的錯雜、矛盾？人生最終的答案眞要如此糾葛難安嗎？上一代的愛恨、悔憾留予下一代承擔？母親啊，這如何如何地殘忍。

她憂愁了起來，先前旅遊淡水的愉悅倏然盡淨。怎麼健二與母親會不預期閃入思緒深處，以爲離開令人煩鬱的日本遠了，卻在剎那之間，日本近得毫無距離？她沉重地嘆了口氣，似乎試圖將這些不快的記憶予以排除。

日本很遠，銀座此時華燈初上。也許沒有人惦念前來台灣的石田汝靜吧？橋本應該鬆了一口氣，健二呢？又在飛往哪個異鄉城市的航程上？男人呀，只有在需要撫慰之時才會顯得關切，譬如意志受挫，或僅是爲了情欲需索。這些繁瑣之事應該拋得遠遠的，不要再成爲負荷，那她，要往何處去？

陌生的台灣，如果不是有Bomi在此，事實上一點意義也沒有。那麼，Bomi過得快樂嗎？如同抵台的當夜，喝酒暢談直到拂曉，禁不住沉沉睡意，就醺然、任性地倒床就睡。……似乎朦朧之間，聽到Bomi唱歌的聲音，房門未掩，猶見微微跳動的暈黃燭光，牆間清晰的Bomi投射的黑影，輕輕擺動，彷彿獨舞，Bomi，好寂寞，是不是？

「那麼，汝靜，妳自己呢？寂不寂寞？」

她兀自反問。生命冷冷地迴流出彷如車窗自我臉顏的倒影：「我，是個寂寞的女人。」可不是嗎？從幼時稍曉人事，就懂得對著牆上那父親的遺照說話，以著結結巴巴的嫩稚童音，一五一十地訴說在幼兒園裡的種種。

「爸爸，你，有沒有在聽？」

有時說著說著，就哭了出來。怕母親看見了，偷偷地跑到後院那棵茂密的銀杏樹下，輕偎著結實的樹幹，極力忍抑地暗泣，偶舉首，翠綠的扇形葉片飄落下來……。

「好寂寞哦，汝靜眞的好寂寞。」

她任性地在心裡低吼著。

手機響起，喚醒了身旁小睡的Bomi。

「……我在捷運上。」Bomi直起身子，探了下車窗外停歇的站：「雙連。欸，滷蛋呀，晚上約麗玲還有國母，我帶我的日本朋友……」Bomi看了她一眼，笑眼燦爛了起來，接著說：

「石田小姐呀，不會日語有什麼關係嘛，我會翻譯的……嗯，老地方見，就這樣！」

關了手機，Bomi喜滋滋地對她說：

「我的三個死黨，晚上請妳吃宵夜，有沒有吃過中國四川的麻辣鍋？」

「麻辣鍋？」她學著Bomi疑惑地唸了一次，反問Bomi，只見Bomi想了一下，回答她：

「就是加了辣椒的火鍋，像妳們的石狩火鍋，呷布呷布啦。」她恍然大悟。

「晚上陪我去唱歌的pub。唱完了晚場，我們就去，那兩個女人很有趣呢。」

她應了聲，捷運列車已抵達台北車站。Bomi說要下車了，她緊隨著Bomi走出，只見站內人潮湧漫，她笑著說：「眞像在東京呢。」

「反正啊，汝靜。來到台灣就跟著我走，過兩天去北投泡溫泉。還有，帶妳去宜蘭，不是說過，也許天氣好，可以眺看與那國嗎？」

「呵，Bomi，好高興哦！」她又愉悅了起來。

32

聖馬丁號，在尖閣群島正式遭遇到鄭芝龍的武裝帆船。紀梵希在看見遠方朦朧的船影之時，就有隱約的不安。

拉長銅質的單筒望遠鏡。果然，晨起白濛濛的海霧深處，巨大的黃色風帆清楚的一個他在果阿航道上所見的熟悉大字「明」，紀梵希內心一緊，暗叫：「不妙！」回首呼叫在船尾的瓦西迪，並下令兩舷的各十門火砲裝填待命，瞬間，來船已穿霧而出。

「船長，是中國帆船，一官的海防軍艦。」只見瓦西迪急奔了過來，臉色凝重卻不慌亂。

「這是公海，我們並未接近中國海岸呀！」紀梵希下意識地抓緊腰間的彎刀，說道。

瓦西迪一邊大聲下令備戰，冷靜地回答：「問題是，我們在南中國海搶過一官的商船，看來這軍艦是來者不善，此戰難免了。」

「不要迎面接觸，我們往右方迴繞過去，與他們平行，打他個措手不及！」紀梵希說。

巨大的中國帆船，船首昂然，猙獰的龍形雕刻，張開尖牙的怒眼，利刃般的鱗片如盾，晨光乍現，陽光反射著熠熠生寒之刀戟，艦橋中央，鄭芝龍冷靜眺望！

「是那艘西班牙船沒錯吧？」

「啓稟總兵。汕頭以南海域，掠我船隻之紅毛海賊，正是前方之船。看那船首裸女雕像，是為鐵證，不容夷人狡賴。」

下屬鏗然回報，鄭芝龍明白在心，遂下令全船戒備，凝神以待逐漸挪近之敵。海浪洶湧了起來，晨起的鹽霧如雪後之蒼茫，白亮的陽光時而眩目，時而黯成死灰的銀色——「嘩啦——嘩啦！」浪打在船底的衝撞聲聽在眾耳之中，格外地巨大、明晰，彷彿廣漫的海域同時爲之沸騰。

鄭芝龍，這個少年時代與顏思齊等人結爲莫逆，從事海盜掠奪乃至於爲中國明朝所收編，縱橫南到暹邏，北到日本、朝鮮海域之霸主，斷不會讓曾經劫掠過他商船的這艘西班牙流亡之船逃離掌握。他目光如準確的獵鷹，恨意與狂傲像獅子，嗜血之心若殘暴的鯊魚。

紀梵希冷靜以待，眺望來船不敢輕心：

「偏航四十五度，不要讓對手察覺我們接近他們的右舷。左舷的砲門打開，點火手準備，平行時，瓦西迪你就下令攻擊！」

「船長，一官的軍艦也在做同樣的迴轉操作了！現在距離一千碼，我們加速！」

霧散開了，海整片遼闊如揭開藍色帷幕的巨大舞台，紀梵希沉穩地抽出彎刀。

「嫺熟的駕船技巧，這西班牙海賊竟如他們的無敵艦隊般有秩序呢。」

鄭芝龍原是輕慢之心爲之一緊，待臉色一凜，眼見船中軍士皆以注視等候遣令之際，那西班牙船左舷已近六百碼，砲聲響徹如雷，硝煙、火團悶然捲旋，船體猛烈搖晃，沉重的撞擊、破裂……鄭芝龍及其身旁部屬跌落，哀叫聲不絕。他趕緊爬起身來，臂間錦袍被利器劃開，血潸潸流淌著一手鮮紅，鄭芝龍又氣又急：

「夷人竟搶先攻擊了？太可恨了！」

隨即怒聲下令還以顏色，怎奈船尾已被聖馬丁號猛烈的火砲擊出一個巨大的裂口，死傷十多個軍士，火焰熾熱地燃燒。尾舵損折，船體難以定位，搖晃之間，砲火方向一時對不準已然呈平行狀態、而等距已近兩百碼的聖馬丁號……。但鄭芝龍終究非等閒之輩，放聲下令以砲還擊，方向不論，只爲了遏止聖馬丁號凜然的挪近，海浪頓時衝向九天；鄭芝龍的火砲齊發，還是折損了聖馬丁號的船首，只見那木雕的女神像被削去大半，梵燒落海。兩艘船終於近到彼此可以看清楚對手的臉顏及動作，利劍、彎刀都拔了出來，兩方嘶吼、咒罵，誰也聽不懂誰的話語，只有海浪依然漾著潔淨的無垠之藍，魚族在兩船之間兀自愉悅地泅泳、跳躍。

尖爪狀的拋繩，相互用力扔擲，靈巧的摩爾人飛身過去，魚形彎刀砍入中國人的肩膀，血柱噴得好高，中國人的利劍直劈過來，刺進摩爾人的裸露胸膛……。血像噴泉般地湧冒，彼此都無法全然占領對方的甲板，冷的刃，熱的血，生與死很近也很遙遠。海，若無其事，也與魚族無關。

鄭芝龍永遠不認識紀梵希。

紀梵希也永遠不知道誰是鄭芝龍。

兩個由於歷史的偶然而敵對的東、西方海盜，也許百年之後，他們的後代會追尋此一海上戰役，都已是殘存的深海記事。而瓦西迪所帶領的摩爾人呢？北非沙漠駕御悍馬奔馳，頭巾、長袍飄然如雲的勇健鬥士，竟成爲中國海上的流亡水手？可能在摩爾人往後的記憶深處猶知一場若有似無，甚至引爲荒謬的夢境。那麼中國人怎麼思索呢？遭遇到金髮、藍眼、高大而冷峻的紀梵希，褐膚、善鬥的摩爾人，因被俘虜而寧願變成海盜的非洲土著，可能一概以鬼怪視之。

歷史僅是往後百年的揣測，文學亦然。也許三百多年以後，有個作家在他狹隘的書房角落，在黑夜與白日接壤之時，香菸一根接著一根，兀自構想，沉思此一虛擬之海戰，不也是荒謬、可笑的自瀆？抑或有人在三百多年後，來到西班牙最南方的城市塞維亞或嘉地斯，走進摩爾人留下來的古老建築所改成的航海博物館，會看見一艘名爲「聖馬丁」的三桅船模型，印刻著如下的簡單記事：

此船原是西班牙無敵艦隊所屬，不意二副紀梵希奪船逃向東方，以海盜爲生。船員約一百二十名，計：西班牙人二十。摩爾人七十四。非洲人二十。曾經縱橫印度洋、南中國海，遠至台灣、日本……

時間，已失去了原先的意義。彷彿古埃及的沙漏反轉過來，純白如雪的細砂無聲地流瀉，慢慢地堆積，形成金字塔的模樣。流完了，時間之手卻忘了再把它翻轉過來，就讓它凍結在那裡，好像遺忘。

紀梵希似乎遺忘了所有所有的往昔乃至於方才所發生過的殺戮、血腥、死亡……。包紮過的左臂，雪白的紗布層層緊覆，還是微微滲著鮮紅的血漬。感覺到只剩下一具全然被抽空的殼子，呼吸似乎都不存在了，幾乎以爲這空蕩蕩的軀殼裡，所有的臟器，肺葉、胃囊都被一隻看不見的手摘除了。那麼心臟呢？還跳動著嗎？「咚，咚，咚，咚……」心跳還在嗎？

慘白、灼亮的陽光，幾乎讓他睜不開眼，上下眼皮緊緊膠黏著，連敵人的血污遺留在臉上都無力擦去。空蕩蕩，茫茫然呆坐著，手裡還握著刀刃上已砍出兩個三角形缺口的彎刀，晃然的閃眨，那冷冽、幽藍的光充滿一種死意，紀梵希微微顫抖著。他的耳朵深處，迴旋著接二連三相異卻一再重複的女聲，短促而急迫：

「嗨，ojo azul先生。我是霞——娟。」

「毋忘我。請一定別忘了我……。」

紀梵希的眼眶濕熱了，一種突然降臨的黯然神傷油然而生。只不過是偶爾邂逅的東方妓女而已，怎麼，惦念竟深印於心？那種用一枚金幣，就可以買她一整個夜晚的肉體的女人？何以在此生死之間，她們的形影鬼魅般地忽隱若現，記憶印刻得如此清晰不忘？

「毋忘我。請一定別忘了我……。」

「嗨，ojo azul先生。我是霞──娟。」

又來了，又來了……。紀梵希猛抬首，午後眩亮的陽光幾乎令他目盲。恍恍然，看見一身血污的瓦西迪巨大的軀體晃動地向前緩步挪近，瓦西迪身後，水手們正將同伴的屍體往海裡拋擲，有的相互包紮傷口，有的人以海水沖刷著甲板上大片的血污。

「紀梵希船長，還好嗎？」瓦西迪問道。

「還好。瓦西迪啊，我們都沒死去。」

紀梵希幽幽地回答，一臉苦笑。

「戰死了二十六個水手。」瓦西迪凝重地報告：「一官的船先撤退的。他們的尾舵嚴重進水，而我們的船首，那尊守護女神被轟掉了一半，前桅桿折斷，必須要找個最近的港口，整船維修，否則撐不下去了。」

「最近的港口在哪裡？」紀梵希問。

「北緯二十五度方位，福爾摩沙的淡水。」

「那豈不是羊入虎口？淡水港有西班牙的聖多明哥城堡呢。」紀梵希憂心忡忡。

「這麼遙遠的海路，聖多明哥城的軍隊應該還未獲知我們聖馬丁號叛逃的信息，除非南方的馬尼拉總督告之。何況此地西班牙守軍不到兩百人，防禦能力不強。更壞的情況就是對抗，但相信用金幣和貨物，是可以讓聖馬丁號停泊一段時日的。」

「就把西班牙國旗再懸掛起來，佯裝進港補給、整修的船隻，應該可以瞞過。」

「上了岸，要找塊堅實的好木頭。」瓦西迪遙望著遠方朦朧的島影，如釋重負地說：

「紀梵希船長，過了前方那無人島，福爾摩沙就近了……呃，我是說，找塊好木頭，將船首的守護女神修補起來。」

「嗯，她是聖馬丁號的幸運符啊！」紀梵希回神了過來，又充滿了生命力道：

「守護女神，永遠不會讓我們沉船。」

33

額間沁著涔涔熱汗，她呼吸急促了起來。順手抓過放在池邊的礦泉水，喝了一大口，乾燥的口腔一陣冰涼、潤澤的愉悅感覺。

「妳也喝一口吧？汝靜。」她招呼著。

同樣一臉汗意的汝靜，側過頭來，溫柔的笑意：「嗯。」應了聲，也動了下身子，一雙白皙、修長的手臂離水而出，拿過礦泉水「咕嚕，咕嚕」地灌了幾口，讚嘆著：

「哦，Bomi，這溫泉眞好……清澈透明，又不黏膩，不像我們箱根那裡，雪白色，泡完還要用清水洗過一次。」

「那是青磺水，和北投一樣。這裡是礁溪，叫白磺，水的礦物質少，可以生飲，聽說對消化系統很好，炭酸質多嘛。」她滔滔不絕地解說，自己都快笑出來：

「其實呀，我也是看旅行導覽書才知道的。」

「Bomi呀，謝謝妳帶我來宜蘭。但還是看不見琉球最靠近台灣的與那國島喲。」

「是呀，眞是遺憾。」她拍一拍泉水：

「妳回日本的時候，就從飛機上看與那國島好了。三萬六千英呎，應該很清楚的。」

「一路上的旅途，那山裡的公路迂迴，景色變化多端，冷杉林、溪澗的野薑花，還有那賣包種茶的小鎭，整條街兩邊都是茶行，叫什麼名字來的？」汝靜微蹙眉頭，思索著。

「坪林。」她很快的回答。

「坪林？坪——林。記得了。」汝靜頷首。低眼思忖片刻，問說：

「回台北，我要在坪林買些茶葉……給店裡的媽媽桑，給母親，給健二……。」

「可以啊。汝靜呀，來到台灣幾天了，還是念念不忘那叫健二的男人啊？」她取笑。

「愛他嘛。」汝靜心裡甜蜜地低語。氤氳的溫泉裡，驀然浮現健二微笑的臉顏：

「愛健二呀，就是愛他。」任性地叫著。

「健二眞的很愛妳嗎？汝靜。」她反問。

「誰知道呢？」汝靜的臉更低垂了，隱約透溢著某種神傷。她察覺了，立刻岔開話題：

「這樣好了。我們還是走另外一條路回去，從宜蘭到基隆的濱海公路，右方是大海，左側是山丘，帶妳去九份吃晚餐，看海上的漁火。茶嘛，回台北再買可以嗎？」

「可以。」汝靜順從地應允。

「告訴妳哦，九份一定要去，那裡是日本時代採金子的地方，還有一座被列爲古蹟的日本皇室的別墅，汝靜一定會感到很熟悉，很親切的。」她興致盎然地說。

「怎麼Bomi會知道這麼多好地方？可以不必當歌手，做旅行社導遊好了。」

「哈哈——這也是從書上看到的。」

「Bomi，我們眞的要約定，一起去旅行。」汝靜從溫泉裡攀扶而起，熱氣騰騰的白皙肉體泛著紅暈，藍眼睛閃眨著一種定力：

「不是來日本，我帶妳去最愛的西耶納。」

「然後，汝靜也要答應我，一起去古巴哈瓦那，我夢寐以求的爵士之都。」她動容地接續說道，伸手緊緊握著汝靜之手。

「會的。我陪Bomi去尋找那個老樂手。」

「沒錯。伊布拉印・飛列。」

「好辛苦喲，我要更奮力地陪酒、賣笑。」

「什麼話？我一樣要趕場唱歌呢！」

她和汝靜的對話，愈見高昂，卻同時有著相彷的哀傷。她想著：也許前世，與汝靜眞的就是親生姊妹，而在此生不期而遇。不同的國籍、相異的生長環境，卻是一樣的辛酸。人生的苦澀相對於女子，情愛難道是最大的致命傷？女子之於男人的實質爲何？情愛的終極僅是肉體交歡而少有莫逆於心，成爲知交？男人渴求女子肉體，卻以眼眸顏色而爲最後推託、分手之理由；或以世俗的價値評斷，女人是酒女、是歌手而予以輕蔑、隨便，可以如同捨棄一件舊玩物般地無情寡愛？這冷冽的世情，如何能再相信人性？

沉穩地緊握著方向盤，一時間竟有不知何去何從的惘然。白色豐田車以六十公里時速經過頭城，午後三時陽光正熾，右側的海靜靜地呈現無邊無涯之澄藍；濱海公路灰白地半弧形伸延，馬鞍藤與瓊麻盤據著公路與海浪接壤之處，裸岩四布。

「多像琉球的海岸線哦！」汝靜歡呼。

「看龜山島！那是宜蘭人引以爲傲的標誌。」她右手遙指，汝靜視野跟了過去。

「果然，像一隻浮游的海龜呢。」汝靜讚嘆著：「以前，是不是住著海盜？那般雄偉、險峻的峭壁。」

「不知道哩。我父親住過宜蘭，他說三十年前軍隊趕走了島上六百多戶人家，就占爲軍營，聽說島的背面是海軍的砲擊演習之地。」

「那被趕走的六百多戶人家呢？他們被遷移到何處？」

「父親說那些人就住在這附近的丘陵上，日夜清楚地遙望十公里外的故鄉，卻回不了家，實在很殘忍。」

「對了，Bomi，伯父怎會來了宜蘭？」

「學子弟戲嘛。」

「什麼是子弟戲？」

「這……怎麼形容才好？就像妳們日本古代的能劇吧？」

「哇——那伯父可是俳優哦。」

「俳優?」

「就像現代的戲劇演員，明星啦。」

「我父親哪是什麼明星?他一生啊，跟著戲班子全台灣奔波，跑跑龍套而已。」

「伯父了不起，是個熱愛藝術的人。」

「沒妳說的偉大啦，被我母親罵一輩子，說他是個失敗者，無用之人。」

「爲什麼這樣說他?」

「因爲在戲班子，父親賺不到錢。」

「賺不到錢，就無法給伯母幸福是不?」

「我那世故的母親，不想說她了。」

「哦……。」

「對了，汝靜，妳的母親呢?」

「唉，都是一樣的，現實的逼迫讓她也很世俗……。但至少，Bomi的父親還在世間，哪像我一出生，就看不到父親了。」

「所以我說嘛，善待自己才是重要的。」

海平線彤雲燦麗，向晚隨著急馳的輪子悄然降臨。路過鼻頭角，遠方九份山間已陸續上燈了，金瓜石山如古代的巨大金字塔，在晚霞滿天的山海之涯，剪影般地迎面而至。

四個小時之後，她站在一束銀亮的光圈裡，以著甜潤的嗓音，微笑地對著客人說道：

「歡迎各位好朋友蒞臨。半個鐘頭前，我和一位日本小姐從東北角海岸飛車回來……」

她停頓了一下，纖手指向坐在pub角落的汝靜，桌與桌之間的客人隨著她的指向，紛紛探過頭來，令汝靜有著微微的不安，卻夾帶著某種貼心的喜悅：

「她是個最nice的好友。第一首歌，爲各位帶來鄧麗君的《甜蜜蜜》，那是Bomi我去琉球演唱時，因爲這首歌，而認識這位日本小姐。獻給她，謝謝大家。」

汝靜不諳她所訴說的華語，俟樂隊前奏之時，她恍然大悟，心中一陣狂喜。

甜蜜蜜，你笑得甜蜜蜜。
好像花兒開在春風裡，
開在春風裡……。

在那裡，在那裡見過你，
你的笑容這樣熟悉，
我一時想不起……。
啊……在夢裡。
夢裡夢裡見過你，
甜蜜笑得多甜蜜，
是你，是你，夢見的就是你……。

間奏之間，只見汝靜兀自啜著紅酒，微笑如歌般的甜蜜蜜。舞台中央的她雙眼迷離，故作陶醉狀地輕搖著修長、纖緻的腰身，會心地拋過笑意，朝著汝靜調皮地眨了下右眼，汝靜舉高酒杯致謝。幽暗之中，覺得汝靜的眼神星般地閃亮一下，又回到了幽暗之中。是啊，幽暗的氛圍或是pub外的芸芸紅塵的深夜，哪怕是彼此的藍眼睛就因而隱藏……。爲什麼要爲此而自卑、不安呢？看吧！世人，庸俗的世人都看我和汝靜吧！我們有著異於你們的藍色眼眸，如深海般美麗且壯闊。汝靜，我們都要很自在、很勇敢。像海那般自由、不受限囿，爲自己尋找幸福，要更勇敢哦。

啊……在夢裡。

夢裡夢裡見過你，

甜蜜笑得多甜蜜，

是你，是你，夢見的就是你……。

她學著鄧麗君的嗓音，甜潤而溫柔。記憶彷彿回到了琉球，與汝靜在洗手間不期而遇的那一刻……巨大的明鏡，兩雙酷似的藍眼睛在鏡面反射之間，驚訝地彼此看見對方，生命無以預知的巧合。

也許眞如揣測：百年之前，有個共同的祖先，讓一艘巨大的三桅帆船，從遙遠的地球彼端，帶到這東方的島與島之間。祖先有著一頭飄在海風中金黃的髮，藍如深海的眼眸，也許就是一個流亡異鄉的海盜。那麼，海盜祖先的名字如何稱呼？

她唱完了這首歌，回過神來，又與角落的汝靜自然地四目相接，彼此都笑靨如花。

34

沉睡中，她被床頭的手機鈴聲喚起。

「喂——」被突然打擾地微微懊惱。

「靜子是不是？」聲音好遠，卻聽得出是銀座酒店媽媽桑的遙喚，她清醒了大半：

「是靜子沒錯。大姊，妳都好吧？」

「怎麼會好呢？靜子不在店裡，一堆老客人幾天看不見妳，紛紛抗議呢，靜子啊，妳人在哪裡？義大利嗎？是不是又躲在出產Chianti紅酒的山城了？」媽媽桑吼著。

「不是的，我在台灣。」她回答。

「台灣？怎麼會去台灣呢？哦……知道了，是健二先生陪妳去的，是不是啊？哈哈。」

「健二怎麼可能陪我來？何況是橋本先生出的旅費。對了，橋本沒事吧？」

「用錢擺平了，怎會有事。這些國會議員，老老少少，我看多了，那些八卦周刊啊，錢可以堵住他們的嘴。對了，橋本先生今晚和小澤來店裡，要我轉告，請妳回他電話，晚沒關係，有他的手機號碼吧？〇三二四七九九〇〇……記下來沒？立刻就回話吧。」

「我有號碼。」她回答。心中想著，橋本何以如此急切，是因爲多日不見的思念嗎？

「靜子啊，可以回來上班了。缺了妳，店裡的生意大受影響，沒事就快回東京吧。」

「知道了。請大姊替我跟店裡的同仁問安。」

「好的，妳也要好好保重喲，再會。」

掛上手機，她看看手表：子夜兩點整。有些猶豫，這麼晚了，回電給橋本，會不會已入睡了？但媽媽桑信誓旦旦，要她不論夜多晚，都要給橋本電話。是否有急事，爲了什麼呢？僅由於單純的思念嗎？想著，想著還是撥了越洋電話，嘟了幾聲，對方接通了，她急著說：

「是橋本先生嗎？對不起，這麼晚了還打擾你。」

「……」電話彼端沉默不語。

「橋本先生，是你吧？我在台灣。」

「靜子小姐，我是橋本的太太。」對方說話了，竟是毫不帶慍意，平淡的女聲。

她幾乎暈厥了，怎麼會是橋本的妻子接的電話呢？還是橋本先生隨身的手機呢。

「謝謝妳了，照顧我的先生……」不帶任何情緒：「相信靜子小姐是個明理、識大體的女性。妳和橋本的交往，幾乎釀成大錯，危及他的政治前途，所以，我站在他法定妻子的身分，請妳立刻離開我的先生。」

「這……」並非遲疑，而是她不知如何是好？一時手足無措地滯怔在當下。電話似乎被另一隻手接了過去，對方乾咳兩聲，鼓起莫大勇氣般地開口接話了：

「靜子小姐，我是橋本英次郎……」

有別於昔日深情款款的溫柔，橋本不但沒有喚她本名「汝靜」，竟冷靜、肅然地說著自己的全名「橋本英次郎」，怎麼，連他的妻子都知道丈夫帶她去琉球的事了？

「我是橋本英次郎，靜子小姐在聽嗎？」

「我在。橋本先生，請直說無妨。」她按捺下內心的起伏、翻騰，語氣平靜地聽著：

「今晚，當著我妻子的面前，我鄭重地告訴妳，從此刻起，不再與靜子小姐往來。」

她頓時有種全然釋放，卻又哭笑不得的慨然……怎麼？嚴刑逼供之後照本宣科的罪行報告嗎？可以想像到一個被揭露醜聞、無地自容的國會議員在向妻子懺悔之後，唯唯諾諾，已無鬥志地在妻子面前，以電話對著情婦宣告正式分手的無可奈何，這男人幾時變得這般卑屈、無膽？她幾乎笑出聲音來，沒有感傷，只裝得彷彿是在觀賞一幕荒謬劇。

「知道了，橋本先生。只是……你不必說聲抱歉嗎？不必嗎？」她追問、進逼著。

「我……」橋本明顯地心虛。

「我希望告別的此刻，橋本先生能夠勇敢地向我致歉，像個十足的男子漢。」她嚴厲了起來：「國會議員的氣魄究竟何在？」

「那妖精說些什麼呀？」清晰地傳來橋本妻子尖聲的質問，彷彿就要搶電話了：

「你，還貪戀那妖精是不是？是不是？」

「靜子小姐……」聽見橋本明顯的氣喘急促，似乎在推開妻子狂烈起來的情緒反應，鼓起十足勇氣般大聲呼著：

「靜子……不！汝靜，橋本對不起妳！」

是的，就等這句話，這才是橋本啊。

「嘟——」電話掛掉了。好久，好久，她依然拿著手機，動作不變地貼在耳畔。不是對那男人有任何眷戀，而是一種幽冷、稀微的淒涼輕輕湧上心頭，覺得人生是如何地荒謬、無奈，而她自己卻扮演了其中一個可憐的角色。這不就是石田汝靜一向的宿命？其實是感謝橋本的，某方面而言，是幫她解困，可以全然脫離某種從不預期的心理負荷，至少，多了一份自由、自在，可不是嗎？坦然、磊落地回到東京銀座，又是往日迷人的笑靨，美麗地展示自己，而獲取陪酒、賣笑的生活所需，像所有在銀座討生活的女子。

「至少，可以安安心心地去愛健二。」

此刻，心愛的健二呢？又在哪個飛越洲際的高空飛行？想不想如今寄旅台灣的她呢？如果此刻，健二就躺在她的身旁，她要緊抱著他，不顧羞怯地與這心愛的男人，晝夜歡愛，直至精疲力竭……你在哪裡？想到健二，卻又微微地焦慮，總是感覺若即若離，找不到定點，這男人在想些什麼呀？愛我？不愛？像Bomi所言，一定必須要毫不保留、無怨無悔地去守候一個男人嗎？不能好好善待自己，一定要求得男人來愛嗎？如果傾心不渝地愛戀男人，而他卻沒有同等的情意，那她，要怎麼辦才好呢？要怎麼辦？她愈想愈深，愈深也愈憂愁。

這般苦思竭慮，竟至終夜失眠。

「怎麼失魂落魄的？」Bomi忍不住問她。

她失神，乏力地搖一搖頭，答不出話來。失眠翌日，她們走在台北東區的名店街上，說好要去買Ferragamo皮鞋的，她卻意態闌珊，進得店裡，一臉失眠的明顯疲累，一連試穿了幾雙鞋，都不置可否，Bomi只好帶著她，繞進熟悉的Prada專賣店，Amy一看見Bomi就高興地叫著：

「關姉姉啊，多久沒來了，眞是的。」

「帶個日本的好朋友來，欸，汝靜，我給妳介紹，這是Amy，她是石田小姐。」

她勉強買了個黑色的皮包，白底藍圖案的紙袋上插著一枝麥桿，纍纍的麥穗倒引起她的些許興致，向Bomi說回日本可以插在小樽的玻璃瓶中。走出店後，卻又昏昏沉沉，忍不住向Bomi明白地直喊疲倦：

「Bomi，眞抱歉啊，失眠一夜，好累哦。」

「看來也是，那麼去喝杯咖啡提提神。」

「不啦，我想回去，看能不能睡。」她露出了一抹苦笑，歉意地說：

「對不起，掃了妳的興致……如果再睡不著，請妳替我去藥房買安眠藥。」

「家裡就有，汝靜啊，妳就好好休息。晚上在家裡睡足昨夜的失眠，我去工作回來，帶些妳愛吃的宵夜，好不好？」

「呵——」她打起呵欠，倦意十足：

「Bomi，我覺得也應該要回日本去了，來台灣十天，都勞煩妳陪我，呵——」說著說著又是一個長長的呵欠。Bomi不禁笑出聲來。

「嗯，想回日本，想念東京。」她任性地嘟囔。其實心中再明白不過，只是覺得自己一直是在飄浮，心一直在流浪，在台灣，在日本都是一樣地惘然，疲累的是無以負荷的人生。

Bomi輕輕喚醒沉睡的她。幸運的是她一回到住處，倒頭就深眠不起，不必依靠安眠藥。向晚的落日仍未消墜，Bomi將客房裡的窗帘剛放下，她的酣聲就濃重地響起。不知道Bomi何時外出，她睡得很甜、很熟，沒有任何夢，沉陷在黑暗底層，如一枚悄悄從水面掉落，無聲無息，埋入水底軟泥裡的石子。

好像一生，都不曾有如此沉酣過的深眠，她的確是太疲倦了，累到所有意識都全然土崩瓦解，這份悲涼，只有自己知悉。

Bomi輕聲地喚著：「汝靜，起床了。」

她聽見Bomi的呼叫，彷彿在很遠很遠的地方，睜眼，觸及的是Bomi微笑而欣慰的藍色眼眸，像深海般剔透之藍：

「凌晨兩點鐘了，汝靜睡足了九個小時呢。可以起來吃宵夜了，典型的台灣小吃。」

她幽幽地醒轉，清爽而舒適，慢慢地回神過來。如果不是看見Bomi的臉顏，幾乎錯覺是身處西耶納的冬日旅店房室之中，窗外有雪，靜靜地飄落，飄落……有如千葉縣家裡後院那棵銀杏樹，固定季節的落葉飄蓬。她直起身子，神清氣爽地進入浴室，溫熱的水瀑直瀉而下，她揉搓著甦醒的身子，頓覺好像沉睡了百年之久。

Bomi演唱後，拐去圓環夜市買的宵夜，蚵仔麵線、割包、麻油炒腰只，吃得她食欲大開，頻頻叫好！

「我還帶了汝靜最喜歡的東西喲。」吃完宵夜，只見Bomi神祕兮兮地從背包裡取出了一個牛皮紙袋，沉甸甸的液體流動的輕響，交到她手裡，抽出一看，她驚叫：

「天啊！一九九四年份的Chianti紅酒。」

「汝靜，祝妳一路順風，平安回家。」

「哦，Bomi，太感動了。謝謝妳啊！」

她眼眶一時，難以抑制地濕熱了起來，這才發現，Bomi的淚水已無聲地滴落下來。

35

紀梵希的航海日記（一）：

受創的左臂依然疼痛。聖馬丁號從無人島航行至福爾摩沙西北角的河口，壯麗的兩山之間，潮浪平緩，時值向晚，算來此段航程約六個時辰，全船人等疲憊不堪。

聖多明哥城聳立於淡水港口的丘陵之上，熟稔的西班牙國旗飄在習習晚風中。船舶靠岸，守軍見聖馬丁號之旗幟及舷旁船名，親切問安，心中重負爲之釋然，叛變之舉顯然未傳至此地，全船人等得以暫時落腳安歇。遂以船藏葡萄酒相贈，守軍大喜，歡呼是故鄉送來的神之祈福。

指揮官名爲尼德拉斯，竟是塞維亞人氏，近嘉地斯，允爲芳鄰。熱情接待，並派軍士協助修船事宜，但對瓦西迪等摩爾人有很深的戒心，種族異議之常態。

聖多明哥城堡壘堅實，面海各有火砲十座，尼德拉斯謂之，月前島之南方大員地方的荷蘭當局以四艘小艦隊北上試圖奪取此地，遂被猛烈火力所驅退，再往北之雞籠聖薩爾瓦多城，亦遭折損。尼德拉斯憂心，以巴達維亞爲根據地的荷蘭東印度公司勢必不可能善罷干休，若出動大艦隊再襲淡水、雞籠，怕西班牙會被趕出此島。

此地酷似嘉地斯故鄉。草木蒼鬱，有原住民名曰：凱達格蘭族，以種植甜芋，並用獨木舟在河上捕魚，陸上行獵。這裡十分豐饒，不時可見成群奔馳的野鹿，昔時葡萄牙人命名此島爲：福爾摩沙。誠如所言。極少數從中國渡海抵此的漢人，與一官船舶所見，臉顏、服飾、髮色皆同，這些漢人日出而作，日落而息，和善待人，聖多明哥城之天主教士試著向彼等宣揚教義，盼納爲信仰。這是抵此第五天記事。

紀梵希佇立於城堡頂層，仰望城後巨大而險峻的崢嶸山脈，只見山間氤氳著茫白卻似乎灼熱的煙霧，尼德拉斯走近：

「紀梵希閣下，這巨山爲淡水之天然屏障，那煙霧常年不散，是火山地形，有溫泉及硫磺，山中猿猴很多，蛇類到處皆是。」

尼德拉斯遞過來一根紙菸，兀自也點燃一根，吞吐著煙氣，問道：

「紀梵希閣下的航程何以來到此地？」

「聖馬丁號屬於馬尼拉總督所轄，任務是探測大員地方的荷蘭軍力布署，竟遭遇中國一官的海防軍船，就發生衝突了。」紀梵希明知自己說謊，卻不能露出破綻。

「聽過一官名號，據說他原與日本海盜結盟，最後被中國明朝招安爲海防總兵，是個狠角色，有個與日本平戶女子所生的兒子，在明朝爲官，紀梵希閣下竟與一官爲敵了？」

「一官先挑起的戰端，只好迎頭一戰。」

「嘿，紀梵希閣下果然不失西班牙人本色。」

「哪裡，感謝尼德拉斯閣下的熱情款待，聖馬丁號一修好，就要啓航回馬尼拉。」

「明早有教堂禮拜，一起去吧？」尼德拉斯眼神銳利一閃，略作思忖，接著問說：

「有個放在心裡久久的疑惑，想請教紀梵希閣下……何以聖馬丁號，塞爾特人種似乎占少數，多的卻是摩爾人？我不懂。」

「摩爾人很勤快呀，有什麼不好？」

「非我族類啊，紀梵希閣下。我是有些擔憂，萬一摩爾人叛變，那怎麼辦？」

「叛變」二字，從這聖多明哥城指揮官口中一出，紀梵希頓時慘白著臉，一時竟答不出話來。……爲什麼，尼德拉斯不會認爲「叛變」的可能是塞爾特純種的西班牙人？彷彿被識破般地忐忑不安了起來。

「紀梵希閣下，別忘了摩爾人曾經統治過西班牙八百年，那是歷史的恥辱哦。」

「但，他們終究是好水手啊。」紀梵希答。

「從北非跨海而來的沙漠遊牧民族，劣等人種，怎可能是好水手？只配在船底奴隸般地划槳罷了。」尼德拉斯不屑地說。

「可塞維亞不也有很多的摩爾人？」

「劣等人種就是劣等人種。我必須誠心好意地提醒紀梵希閣下，小心摩爾人。」

再爭辯下去，萬一尼德拉斯起疑就不妙了，紀梵希笑而不語，看著那座巨大的火山。

紀梵希的航海日記（二）：

一雙羞怯的靈動黑眸，不時瞟了過來。晨間的教堂禮拜，何以會有少數的漢人及凱達格蘭族人？那雙黑眸正是一個凱達格蘭女子，不同於在澳門，在琉球所接觸的東方女人，而是有一種異常的野性美麗，年約十六、七歲，不時回眸看我。問及尼德拉斯，言說是天主教會所啓蒙的首批本地人信徒，通曉些許西班牙語，是凱達格蘭族頭目之女，教名瑪莉亞。

瑪莉亞？不就是三位一體的聖子之母？聖靈是不容褻瀆的，而我不就遠離天主太久了，逐漸接近的卻是大天使的迷亂？這女子之美，竟讓我有占據之強烈欲念，這是不是一種無可寬恕之罪？

我天人交戰。渴求的不僅是單純的肉體滿足，竟有娶這女子爲妻的深切盼望。是否，我眞的累了，那般遙遠的旅程，一萬兩千公里的海上漂泊，想安定下來了？在這陌生、美麗的福爾摩沙島北方，遇見今生讓我爲之驚心動魄的女子。就長住此島，繁衍子孫，有著島嶼的粗糲、西班牙的優雅，藍色如深海的眼睛。我，可以去愛嗎？一個背叛之人。

「瑪莉亞，妳並不知道我是誰？」

「你是紀梵希，遠方來的西班牙人。」

紀梵希在前，凱達格蘭族女子在後，兩人沿著聖多明哥城的四周，輕緩散步。

「看啊，紀梵希，你們的船，聖馬丁號。靜靜地泊在岸邊，美似睡眠的白鴿。」

「妳是我首次遇見，唯一能以西班牙語和我交談的東方女子，語音彷如一首詩。」

「我可以愛妳嗎？瑪莉亞？」

「愛？什麼是愛？像愛無所不在的上帝？」

「上帝很遠。我只要男人與女人的交融。」

「上帝不遠，祂日夜守護著你我。」

「但，我看不見上帝，只看見美麗的妳。」

「你的藍眼睛深邃如海，紀梵希。」

「請妳叫我ojo azul先生吧。」

「爲什麼要如此稱呼？」

「一個中國澳門的女人這麼叫我。」

「她是誰？紀梵希的妻子嗎？」

「不，她只是一個妓女。」

「妓女？妓女是什麼呀？」

「用一枚金幣可以買她一夜肉體的女人。」

「我不是用金幣可以交易的女人，我是無價。」

「我想向妳求婚，應允嫁我爲妻。」

「嫁給ojo azul先生？」

「不錯。我是誠心實意。」

「我們凱達格蘭族，不與外人通婚。」

「也許，我願意留下來，與妳成家生子。」

「ojo azul先生，你不會的，你會離去。」

「我眞的愛妳，瑪莉亞，妳一定要相信。」

「你說『眞的』，要我『相信』，那就不是印證你的決心；愛是自然流露，而非允諾。」

「怎樣才能證明我愛妳的心？」

「心，我看不見，只有上帝知悉。」

「上帝很遠，很忙，祂僅在西奈山一株焚而不毀的荊棘裡兀自發亮。」

「ojo zaul先生，你不該質疑上帝存在。」

「這世上的生老病死、戰禍、侵略、屠殺……上帝爲什麼不管？」

「那是人類的原罪，並非上帝的責任。」

「人類不就是上帝所塑造的嗎？祂依照自我的形象造人，不就賦予美好的質性嗎？」

「紀梵希，你被撒旦迷惑了，應該告解。」

「瑪莉亞，人的貪婪、殘暴、陰暗、不義的惡心，上帝應該羞愧，祂是個失敗之神。」

「魔鬼已附在你的靈魂深處，你要懺悔，才能求得救贖。」

「撒旦是上帝的大天使，只因爲說了實話。」

「天啊！你會被上帝懲罰。」

「因爲愛妳，我寧願被地獄之火焚燒。」

「你到底是怎樣的一個男人？」

「我是紀梵希。」

「你一定會離我而去……。」

「我愛妳，瑪莉亞。」

「唉，紀梵希……。」

瓦西迪靜靜磨著彎刀，握柄的銅質部分所鐫刻的阿拉伯文乃是每日五次必唸的可蘭經文字，他輕唸經文，刀磨得更銳利。

「紀梵希船長，眞的要娶那信天主的土著女子嗎？」摩爾人水手有些憂心地問起。

「船長也需要妻子啊。」瓦西迪理解地回答。

「那，船長不走了嗎？就留在此地？」

「他會和我們一起離開的。放心吧，紀梵希船長是離不開海洋的，他，一定會走。」

「那麼，新婚妻子呢？也隨我們同行？」

「不可能的，她會認命地爲船長生下孩子，生下有著一雙海般深藍眼眸的孩子。」

「但，孩子沒有父親呢？」

「不會的，船長的孩子會長大，然後再傳承給下一代，一代接續一代。」

「藍色的眼睛，像海那般永恆？」

瓦西迪舉目看著月光遍照的夜海，索然長嘆。

36

「今晚，薩克斯風，換人了？」她回首問著鍵盤手小羅，正是演唱第二首歌的間奏。只見那頭戴耐吉帽，一身黑衣的年輕男孩，熟練、自在地吹奏著手裡那支銀晃晃的樂器，沒見過如此白淨、斯文的臉顏，想必只有二十歲左右吧？竟將Billie Holiday的《But beautiful》吹得那般餘韻無窮。

「又是一個從國外回來的ＡＢＣ嗎？」她笑著，臉上跟著薩克斯風低沉、迷離的樂聲，身子自然、柔軟地輕搖，問著小羅：

「這些在國外長大的小男孩，樂器玩得可眞好呢，哪裡找到的？」鼓聲凌厲了起來，她下意識地收回交談，正色接續唱起，低著嗓音，學著Billie Holiday那口紐奧良式的腔調，慵懶地詠嘆，不時以眼角瞥一瞥那新來的薩克斯風樂手。

曲罷。她還是忍不住問他了：

「Where are you from?」

「關姊姊，我叫崇文。還在光武工專念四年級。」沒想到這小男孩竟以台灣國語，不偏不倚地回答，後面還不忘提醒她：

「我不是ABC，是土生土長的台北人。」

有些羞怯，卻溫文有禮，反而讓她覺得自己多少有些冒失。「哈哈。」她乾笑了兩聲，伸一伸舌頭，作個卡通的自嘲表情，讚美著：

「喲！明日之星哦，小小年紀，樂器玩得可不錯。好，崇文。你叫……崇文吧？除了這，還會什麼？」

「嗯，小鼓還可以啦。」小男孩不好意思地笑了：「學校功課很重，只好偷時間學。」

「眞的很好。崇文多加油哦！」音樂前奏又起，她好整以暇，掠一掠散落在額前的髮，匆匆地眞心勉勵，小男孩卻回了一句令她百思莫解的話：

「我爸爸說，要我向關姊姊多學習，他說關姊姊是台灣少見的爵士、拉丁好手。」

她一面唱著歌，一面思索著小男孩最後的那一句話：「他爸爸是誰？我所認識的人嗎？」她賣力地唱著：「New York——New York……」心裡卻留存著未解的疑惑，他父親是何人？這般的問號一直到第四首曲子唱完，樂團暫歇的時刻，她忍不住抓著小男孩問：

「來，關姊請你喝啤酒，告訴我你爸爸是誰？」

「關姊姊，我喝可樂就好。爸爸說未滿二十歲不能喝酒。」小男孩笑得好純眞，指著pub角落幽暗的位置：「爸爸坐在那裡，他認得妳。」循著指向看去，剪影般壯碩的男子身形，她在光裡，他在暗處，……恍然大悟明白了。她頓時有著微慍的情緒。可不是嗎？就是他，就是二十歲時，懷有他的孩子，反而被他怒斥：

「Bomi，妳，怎可以這樣？」

「如此不小心。妳還太年輕，我們不能有小孩的，知道不知道？」

「Bomi，妳自己去吧，這是五千塊錢，自己的事自己善後，每個人要懂得獨立。」

當時，這大她十五歲的爵士鼓手不是深情款款地，在她獻身之後，哀傷地哽咽說：

「Bomi，我感謝妳……這麼純美的青春給了我這塵埃滿身的男人，唉……。」

這白淨、斯文，吹得一手好薩克斯風的小男孩竟是那個令她愛恨交織的男人的兒子？上天在開我關寶美什麼玩笑？這麼多年來，記憶逐漸忘卻，卻又該死、不經意之間地喚起，被挑開早已結痂的傷口，這算什麼呀？

「他媽的！這算什麼？」她狠啐了一口。

她沒有走到那個角落的位置，她不需要表現某種虛矯的風度。兀自走到吧檯，要了杯加冰塊的Jack Daniel's，獨自飲啜，偶爾有熟悉的老客人過來打招呼，職業性地笑臉回應，又回頭喝著她的酒。

「Bomi。」有人挪身過來，聲音微顫地喚她。側首，才發現是一臉憔悴的朱老闆。

「怎麼？發生了什麼事那麼疲倦？」她問。

「我老婆要接管這家店，被逮到了，唉……」朱老闆搔搔早禿了的額頭，憂愁地埋怨。

「被誰逮到了？警察嗎？我們又不是搖頭pub？」她微蹙著眉，關切地反問。

「不是啦。我老婆不知什麼時候雇了徵信社的人，到上海找到我那女人，還帶著公安，唉。」

「老朱啊，早就跟你提醒過了，要喝牛奶不必養條乳牛，早晚會出問題，你看。」

「Bomi啊，咱們多年好友，我老婆很信妳，像姊姊般，妳替我勸勸她嘛，我可以和上海那個女人一刀兩斷，就是別為難她。」

「喲，老朱呀，你還眞是有情有義的人哦。」

「Bomi啊，別挖苦我了，妳替我跟我老婆說，別接管台北的店，我老朱會改過自新的。」

「那，上海的店呢？你還是要管呀。」

「更慘的是我老婆要我盤給上海的股東，不許我再踏上中國大陸一步，做生意嘛。」

「哈哈，看來啊，老朱你好好學日語，專心管好在琉球的夜總會就好。」

「不行，不行。生意歸生意，上海的店生意正好，金雞母怎可以殺掉？拜託妳啦，替我說項，我老朱以人格保證，絕對痛改前非。」

「哈哈，你老朱還有人格呀？搞不好眞去了琉球，又搭上個日本婆仔，這次你老婆抓姦更近。」

「就拜託妳了，向我老婆多說好話。」朱老闆點頭如搗蒜，一見她軟了心腸，悄聲地問及：

「Bomi，說到日本婆仔，妳上次帶來店裡的那位石田小姐，長得可眞標緻喲。」

「欸，欸。老朱呀，才告爹求娘後，就故態重萌了？」她笑著以指敲著朱老闆的額頭。

「只是問一問嘛。」朱老闆故作神祕地低語：

「倒是今晚，妳那個老情人帶了兒子來客串，說眞的，他那兒子的薩克斯風吹得可眞好呢。」

「歹竹出好筍。」她沒好氣地答說。

「就過去打個招呼嘛，都十多年老交情了。」

「誰跟他是老交情，啐！」她不屑地說。

「關姊，要上場了！」鍵盤手小羅過來提醒。

「Bomi，我老婆那兒，全託妳了。」朱老闆揮一揮手，向著那個她所不願再見的男人走去。

的確，不願再見，也不想再看到那個男人。

討厭的男人卻有那麼乖巧、體面的兒子？

如果，二十歲那年，勇敢地生下他的孩子，現在也應該十六歲了。應該也是個帥氣的小男孩，或者是個清純、可愛的小女生？而是否也會如同母親般的，有著一雙深藍的眼眸？這一生，是否有機會還能夠擁有自己的孩子嗎？她仰首而盡杯中之酒，有種哽咽的傷愁。

那男人就在暗處，聽她唱歌。

以前，多麼渴望，在唱完歌後，讓他的機車載她回去。如果是下雨的深夜，他會貼心地取出雨衣，爲她穿戴，緊緊地摟住男人壯碩、寬廣的上圍，鼻息之間是他濃烈男性的體味，以爲那一刻就是一生一世了。

如今，這別離已久的男人在黑暗中聽她唱歌，唱著汝靜最愛聽的曲子，卻感到一種生命的荒涼：

你們不會相信，你們只會看見一個你們認識的女孩；雖然她穿著晚宴華服，正是十六、十七歲的年齡……

多麼盼望，此刻，汝靜就正坐在前方，凝神地諦聽，一如在那時巧遇的琉球夜晚，她靜靜坐著的姿態彷彿瓶花，她用心地唱著，感覺到她們的孤獨如何地相似。汝靜，我確信，前生我們一定是親生姊妹，而在此世要我們相知相惜。

所以，我選擇自由，四方遊走，嘗試所有新的事物，但沒有什麼令我印象深刻，我不曾期待過……

欲淚，傷感的停頓，她深深吸了一口氣，什麼時候，熱淚已濕濡眼眶，合眼，淚竟不爭氣地流淌而下。不是爲了二十歲讓她深愛又心碎的男人，是想到回到日本的汝靜。她應該坐在前面，她願意爲汝靜唱一千遍動聽的《Don't cry for me, Argentina》。

汝靜佇立在出境閘口，碎花洋裝襯以她娉婷的修長身姿，看了下牆間的電子鐘，不捨地拉住她的手：「應該要進去了。」她微笑地做著告別的手勢：「汝靜，一路平安。」

汝靜穿過站著警察的玻璃門，慢慢走到海關驗證櫃檯，似乎遲疑了一下，前面還排列著兩個人等待在黃線旁，汝靜又回過頭，藍眼睛迷霧般遠遠看著玻璃門外仍未離去的她，距離約有三十公尺之遠。她又揮一揮手，示意汝靜安心地離開，並做了一個打電話的動作，汝靜輕輕頷首，忽然大聲喚她：

「要幸福哦，Bomi。」

「妳也是。汝靜。」她，相彷回應。

此刻，遠在日本東京的汝靜，是否已經安睡？早台灣時間一個小時的東京銀座，應該已是華燈逐漸暗去。一如台北東區的此時，回到岑寂、寧靜，卻教人不知何去何從的惘然。有一次，開車回家，忽然失憶般地忘掉回家的路向，那種無措的感覺，汝靜是否曾經感同身受？其實是忽然不想回家，卻也不知道該去哪裡，這才是生命最無可奈何的悲哀。那一次，她將白色豐田車開到不知街名的路旁，靜靜地坐在駕駛座裡，抽完了一整包的涼菸。

不就是咀嚼著生命底層，最難以言喻的寂寞、蒼涼？而此時唱著的歌，含帶著淚，不爲了那突然出現的舊日情人，好像是隔著幾千公里的海域，認眞地唱給沉睡中的汝靜聽。也許，汝靜眠中有深海之夢，幻化爲魚，那種巨大的鯨，蜂鳴般的低唱。緊合著的藍眼睛，應該聽見她遙遠的歌聲，而泛起漣漪般的笑意。

37

插在玻璃瓶裡的小麥桿，竟然復活般在緊密的果穗之間，仙人掌似地虯張著芒刺。

她覺得好像看見了奇蹟，心情相對愉悅，孩子氣般覺得應該將此一異常現象告訴健二。從台灣回來的翌日，她去新宿西口的「薔薇」做頭髮。撥過健二住所的電話，留言是健二晚她兩天從歐洲回來。慣常地，會休息三天，再飛美國航線。是應該要好好和健二相見才是，從上次他帶了那個實習副機師岡田到店裡之後，她就出國去台灣，算一算已經將近半個月，不曾見過健二的面了。

「給健二一個驚喜，悄悄去看他。忽然出現了，告訴他Prada包裝用的麥桿竟然有了生命。」

她兀自快樂地思索，對著房裡的穿衣鏡，換上一套低領的火紅色洋裝，泛著魚鱗般閃光。抹幾滴香精在乳溝及耳下，套上三吋高跟的紅色皮鞋，對著鏡子，做了幾個性感、魅人的姿態：「是的，給心愛的健二一次未期的驚豔。」

她哼著歌，跳上地下鐵，迷人的美豔吸引了車廂裡男人們貪婪、色欲的注目。手裡提著在台北買到的「文山包種茶」，喜形於色地前去看心愛的男人。不再有橋本的牽絆，她可以自信地去全然享有健二的愛與撫慰，並且要告訴健二，在台灣Bomi帶她去哪些地方，以及Bomi這個她在琉球結識的台灣歌手，如何將她所深愛的《Don't cry for me, Argentina》唱得如何地盪氣迴腸，她要更用心地去愛健二。

地下鐵怎麼覺得如此緩慢？眞是心急如焚啊，心愛的健二，你，一定要等我。就是健二那沉靜、略帶落寞的神情吸引住她，從健二第一次來到店裡，她就覺得這優雅的男人與眾不同，那般謙和、有禮，不會粗魯地冒犯。

「你是我等待的幸福，健二。」

她這樣深情款款地說著。

「汝靜，我能夠給妳幸福嗎？我不敢承諾。」

健二低首抽著菸，有些沉鬱地回答：

「生命有些是連自己都無能爲力的，同時也必須要有絕對的信心，只怕我承受不起。」

「只要我愛健二就可以了，我有信心。」

「我就是擔心，愛會太沉重。」

「是因爲汝靜是個『銀座的女人』讓你丟臉？」

「不是。」健二凝視她，輕輕搖頭。

「那是由於……我有一雙異於常人的藍眼睛?」

「不是,絕非那種理由。」健二斬釘截鐵。

「那麼,健二,請你不要拒絕我。」

地下鐵出了地面,午前的陽光柔和燦麗,兩旁黑瓦白牆的社區,繁茂、翠綠的銀杏樹以及溪澗溫柔流曳的垂柳,她愉悅地想著:

「如果健二的冰箱裡有食物,我可以為他做一席可口的午餐,學習當個賢慧、盡職的家庭主婦。」

想到「家庭主婦」這個名銜,她不禁微微羞紅了臉,但她十足堅信,只要健二願意,她眞的會努力學習做健二的好妻子,眞的。

地下鐵慢慢靠站,她站起身來,輕輕撫平坐皺了的紅色洋裝下襬,小鳥般輕快地下車,循著月台與車站出口間的綠色鐵橋,快步走過,穿越票口。走了幾步,這才發現車站旁有個海鮮超市,她遲疑片刻,想到:如果健二的冰箱裡沒有食物?幾乎都在飛航,一個獨居男人怎會在冰箱裡放著菜蔬、魚肉?

「健二喜歡海鮮,我可以做個石狩火鍋。有鯛魚薄片、霜降牛肉、大朵花菰、豆腐、白菜。嗯,就這麼決定了。」她轉進了那家海鮮超市,興奮地買了食材,還帶了一瓶德國白酒。

健二的住所是航空公司宿舍。

她從手袋裡取出健二給她的房門鑰匙，搭上電梯：五樓D室。這個她一向熟悉的房號，她甜蜜地合眼回憶，那二十坪大的空間，幾次銷魂蝕骨的肉體歡愛，今天，她飽含著高漲的情欲，準備打開房門之後的纏綿繾綣……想到，軀體竟微微地醉麻：「健二，讓我靠近你，讓我永不離開你。」

她想著健二那張巨大的床，牆上那幅高更的《大溪地汲泉之女》是她從西耶納帶回來的愛。落地窗外的小陽台種著攀爬的藤花，窗裡一套卡西納的皮椅，桌面鑲著摩爾花紋的西班牙木桌，以及山水音響，還有小巧的藏酒櫃……。這不就是健二與她愛的祕密花園嗎？

鑰匙輕輕地插入匙孔：「喀！」的一聲，厚重的金屬門應聲而開。本想呼喊：「我來了。」卻聽見室內傳來一種隱約、模糊不清，卻又像極力忍抑的呻吟聲，她頓時警覺了起來。一種不祥的感覺，是健二生病的輕吟嗎？

將門推上，在玄關脫鞋，踩入陽光斜斜侵入的客廳，那呻吟的聲音起自健二的房裡。她沉默地將手中的超市購物紙袋放在冰箱下端，冷靜地挪近房間門邊，這才發現房門半敞，床褥下半部呈現在她眼前，呻吟已間歇，由低沉轉爲狂吼：「啊，啊——」

剎那之間，她明白了……臉色灰白了起來。

「健二房裡，有個女人！」她全身頓時飄忽，失去了所有的氣力，意識卻更加清晰，她悲痛地想著：

「天啊！健二正和另一個女子……」

天旋地轉的暈眩，更刺痛的是心！一種被健二背叛、出賣的不潔充斥全身，她再也無以忍抑，向前用力推開半敞的房門，她幾乎呆滯在當前：

健二的裸體汗涔涔的，直立的雙腳著地，他瘦長的小腹正緊貼著另一個幾乎扭曲成球狀的裸體……床上的兩人同時驚叫出聲。

她不敢相信眼前所見。更確切而言，她寧願眞的是另外一個裸體的女人正與她心愛的健二交歡，竟然是……竟然是同屬男性的，她在店裡見過一次的岡田，健二口中的實習副機師！

這是一個錯亂、倒置的年代嗎？

誰可以明白地告訴她答案？怎麼一回事？

她寧願這一切都只是個子夜的噩夢。

她靜止在床前，床上的兩個男人，也凝滯著，久久不語。她忽然想仰天大笑，眞的，這像極了志村健的荒謬爆笑劇呢。怎會在現實裡如此赤裸地在她眼前表演著？

岡田抓了被單蓋在裸體上，冷冷地說：

「被妳看到了，就是這樣。」

那往上撩撥而視的輕蔑眼神，雖是男身，卻又分明透溢著某種女子般妒意的挑釁。

「汝靜。」健二訕訕然，有些尷尬地說：

「我說過……是無法給妳許諾的。」

「許諾？」她暴怒了起來，顫聲斥責：

「大倉健二，你再也沒有資格跟我談許諾二字！」

「不許妳這樣跟健二君說話。」岡田插話。

「閉嘴！」她的藍眼睛幾乎要冒出火焰：

「你這個究竟要稱岡田先生，還是岡田小姐的人，給我閃到一邊去！沒你說話的餘地！」

「不要臉的銀座女人，看妳那雙藍眼睛呀，以爲自己是什麼？混血兒！雜種！」岡田歇斯底里地尖聲叫嚷起來。

「啪——啪——」她用力揮了來回兩記耳光，打得岡田七葷八素，目瞪口呆。

「這兩記耳光是要提醒你，不要如此糟踏別人。雜種如何？混血兒又怎麼樣？至少不像你們……」她渾重地喘著氣：

「健二，岡田，你們是兩條狗。」

「汝靜……」健二喚了聲，隨即不知如何是好地低下頭去，沉默無語了。

「永遠不要再見。」她口齒顫抖。回過身來，拿起擱在皮椅上的手袋，頭也不回地推門而出。走入電梯。走出宿舍。走到街上。走到地下鐵。

忽然站定了雙腳，不知往何處去？

回虎之門住所？一時間，竟不知道虎之門應該要搭地下鐵銀線或綠線？一片混沌，一片蒼茫。還是去銀座？還不到上班時間。或者今晚請假，直接回千葉縣老家去？有意義嗎？回家去，面對著父親遺照放聲痛哭嗎？我，石田汝靜，是個多麼空白、無依、絕望的女人呀！飄流無處，像野鬼般的孤魂。

「健二，你去死！」她在心中怒吼：

「健二，你去死！」

相信？愛情？生命？青春？盼望？都去死吧！

她還是決定搭地下鐵，卻不是回到虎之門住所，她來到皇居二重橋，看著古老的城垛下清淺的護城河，一群黑天鵝雕塑般動也不動，浮游在水面，河邊垂柳倒映著粼粼波光。對面的國會大廈沉沉地聳立著金字塔形的樓影，橋本也在裡頭吧？回去做他的好丈夫，好爸爸，外表光鮮的國會議員。

她在Starbucks喝了杯熱拿鐵咖啡。在有樂町的商店街漫無目標地遊走，如城市裡不爲人所見的靈魂……彷彿小時候那怯生生的，隨著母親到上野公園看櫻花的小女孩，四月春冷，她畏縮、害怕地說：

「汝靜……會冷。」

母親目光如刺地瞪了過來。

「汝靜……好冷哦。」她忍不住哭了出來。

這蒼涼的人生行路，她什麼時候眞正溫暖過？誠如媽媽桑所說：

「別忘了，你是個銀座的女人。」

有著一雙藍眼睛，自小被嘲笑是「混血兒」、「雜種」，長大後在銀座陪酒賣笑的女人。是啊，連秀緻若女子的岡田都這麼地罵說。

石田汝靜的生命價值真的如此不堪？她無意識地撿起池邊的小圓石往水裡拋，盪起迴旋的一圈又一圈的漣漪，慢慢地又回復先前的平靜無波。她不由然哼起一段歌來：

所以，我選擇自由，四方遊走，嘗試所有新的事物，但沒有什麼令我印象深刻，我不曾期待過……

她才猛然想起，這不就是Bomi愛唱的歌嗎？她淚流滿臉，脆弱、無助地在心裡叫喚著：

「Bomi，我怎麼辦？Bomi，我怎麼辦？」

38

一個西班牙人與凱達格蘭族女子的婚禮。

聖多明哥城的教堂塔尖與泊岸的聖馬丁號同時敲響朗脆的鐘聲，河口的波潮絢爛，芬芳的花朵、琴聲、笑語、祝福，這是紀梵希抵達福爾摩沙島第十二天的事。

髮間綴著百合花的新娘，黑髮如瀑，全身搽以香油，褐色、深邃的大眼流迴著濃郁之情意，沉靜虔誠地仰望神父的賜福。紀梵希梳理順暢的金髮，輕覆於肩，深藍如海的藍眼睛滿含眷愛的微笑，輕吻新娘酡紅之頰。穿著鑲金白袍的神父宣示：

「瑪莉亞。願意紀梵希成爲妳的丈夫，無論病痛、困厄，無怨無悔地永遠相隨？」

「我願意。」瑪莉亞虔聲應允。

「紀梵希。願意瑪莉亞成爲你的妻子，無論病痛、困厄，無怨無悔地永遠相隨？」

「我願意。」紀梵希同聲許諾。

「奉天主之名。我謹宣布這對新人結爲夫妻。聖母，聖子，聖靈。」神父畫了十字。

新人轉身，深深擁抱、親吻。

「眞幸福啊。恭喜紀梵希閣下。」尼德拉斯說。

「尼德拉斯閣下。感謝您，爲我們船長辦了如此豐盛的婚禮。」瓦西迪恭謹致意。

「不同的信仰，竟然由於婚禮，讓你們摩爾人肯走進天主教堂，眞不容易。」

「無關信仰，因爲是朋友之誼。」瓦西迪回答。

「紀梵希閣下決定留下來嗎？」尼德拉斯試探地問著瓦西迪，話中有含意：

「做爲無敵艦隊的一分子，如何向馬尼拉總督說明？除非瑪莉亞跟著回西班牙去。」

深謀遠慮的瓦西迪怎不知這個聖多明哥城指揮官的探測，故作愉悅地朗聲笑答：

「任務在身，如何長久停留？待船體整修完成，聖馬丁號就必須啓航。不要忘了，紀梵希閣下是大海之子，他不會久留陸地的。」

「嗯。果然不愧是我西班牙海軍本色。」

「你還是這對新人的介紹人呢，不是嗎？尼德拉斯閣下。」瓦西迪的話中有話。他意識到尼德拉斯逐漸起疑，多少提醒，請他能夠放一馬。

「我想多了解你們摩爾人民族特性，多跟我聊聊吧？來，我們喝酒去。」

夜深人靜。河口圓月皎亮，壯闊的河面波光粼粼。從城樓的哥德式拱窗望出去，可以清楚看見岸邊的聖馬丁號，船燈暈暈黃黃地亮著，甲板上水手唱著歌，喝酒、跳舞、抽水菸，還有人燃放煙火，在幽深的夜暗裡，稀疏的半空中，閃爍地彩亮。

新娘溫柔地偎在紀梵希的擁抱裡。散開的黑髮如攤展的扇子，細緻、白皙的青春肉體，沁著微寒的夜氣。紀梵希無比愛憐地輕吻妻子羞怯的紅唇：

「我們可以在這島嶼生下美麗的孩子，有著如夜般的黑髮，如海般深藍之眸……。」

「你會離去的。不是嗎？紀梵希。」妻子說：「尼德拉斯閣下說，你是西班牙海軍。」

紀梵希心中爲之一凜。瓦西迪曾提醒他，此地的指揮官多少有所懷疑，船一修好就走。

「尼德拉斯又說了什麼？」他沉聲地問。

「他只說這些而已。」妻子微怔：

「怎麼？你不是海軍嗎？那你是商人？」

「也許兩者都不是，也許妳的丈夫是個海盜。」

「哈哈──海盜？那好呀，我是海盜之妻。以後，你去海上掠奪，有很多的財貨可以撫育我們的孩子。」妻子笑了起來，將臉顏深埋入紀梵希的胸前，卻沒注意到丈夫臉上的苦澀。

「瑪莉亞。以後一定要告訴我們的孩子，父親的故鄉遠在西班牙最南端的海港城市嘉地斯。那裡瀕臨壯闊的地中海。」

「也許，你應該帶我前往，去見你的父母。」

「是啊，父母親應該看到他們東方的媳婦……父親告訴過我的福爾摩沙島。」

「會帶我去嗎？眞的會帶我去嗎？」

紀梵希沒有回答，只是溫柔地拍拍妻子的肩頭，輕哄著：「夜深了，應該入睡了。」

妻子緊合著雙眼，沉睡如夜來合攏的百合花。紀梵希卻心裡有事，困惑得輾轉難眠。索性披衣而起，推開通向陽台的百葉門，冷冽的夜氣一下子直襲而來。紀梵希俯望著不遠處的船燈，那是聖馬丁號，隱約可以看見已然修復完成，船首的女神像，昂首地望向海的遠處。

「女神啊，妳也渴望回家，是不是？」紀梵希感傷了起來，雙手重重地攀在紅磚的雕花欄杆上：「回不去了，再也回不去了……」

如果，沒有發生航程中的那些事，也許紀梵希也沒有機緣抵達父親口中的福爾摩沙島，在此與這凱達格蘭族女子結爲連理，……卻連故鄉都無法歸返，更不用說讓父母見到這素昧平生的媳婦了。未來的航程呢？聖馬丁號全船的人，難道就注定永遠迷航、失鄉？

「我，眞的是個不能饒恕的罪惡之人。」紀梵希激動了起來：「憑什麼？要讓全船的人跟著一個已然絕望的，沒有未來信念的人亡命天涯？」

「紀梵希閣下。」有人在城樓下蓊鬱、夜暗的樹叢間平靜地呼喚。他熟悉這個西班牙南方口音，探了下頭，看見尼德拉斯站在一株巨大的白蘭樹下，他正點燃紙菸，向紀梵希用力地揮手。

「我立刻下樓。」紀梵希轉身入室，立即更衣。

「要菸嗎？西印度群島的香料菸葉，來一根吧。」

尼德拉斯遞了菸給紀梵希。他們慢慢沿著城堡的四圍散步，夜，靜謐得跫音格外明晰。

「紀梵希閣下，恕我直言……」尼德拉斯停下腳步，凝肅著臉，轉身與紀梵希面對面：

「你，沒有說眞話。是不是呢？」

該來的事來了！紀梵希警覺了起來，下意識地摸著腰帶，這才驚見，忘了帶配劍下來。

「紀梵希閣下，我可以立刻逮捕你，知道嗎？」

尼德拉斯用力拍一拍腰間的配劍喊著：

「白天很神聖的婚禮。你的新娘是個好女人，也是此地凱達格蘭族頭目之女，更是教會的虔誠信徒……」

「你想怎麼樣？尼德拉斯閣下。」

「兩個時辰之前，你的船員求見於我，三個西班牙水手要求留在此地，他們不想再隨你航行了……我應該，稱呼你是西班牙軍艦聖馬丁號的紀梵希船長，還是海盜紀梵希先生？」

「你要逮捕我嗎？尼德拉斯閣下。」

尼德拉斯沒有拔劍，笑得十分詭譎，深深地凝視紀梵希久久，伸手用力拍著他的肩：

「我不會逮捕你的，紀梵希閣下。但是，我想和你談個交易，可以嗎？」尼德拉斯原是凝重的神色轉爲輕鬆。笑道：

「和紀梵希閣下相處了十多天，我是塞維亞人，你是嘉地斯人，也算是鄰居；而且覺得你還算是個溫暖、善意的人……。」

「你有話就直說吧，不必拐彎抹角。」

「好！乾脆。」尼德拉斯凌厲了起來：「我要聖馬丁號一半的金幣，你們就可以自由離開。」

「原來，尼德拉斯閣下還是要錢的。」

「我說過，這是一種交易。想一想，聖馬丁號船帆損毀，是誰協助整修的？誰容許你們平安進入淡水港？還有在聖多明哥城的休養生息？紀梵希閣下，你要懂得感恩。」

「我還是必須離開的是不是？」

「說眞的，我一個小小的要塞指揮官，是沒有能力庇護一個叛國者，這責任我擔待不起。」

「聖馬丁號可以協助聖多明哥城防禦南方而來的荷蘭艦隊，就在海上，偶爾進港停泊，這你可以允許嗎？」紀梵希試問。

「這……也是個不錯的建議，在海上防衛。但馬尼拉那邊問起，我怎麼解釋？」

「簡單嘛，就明說是西班牙海盜紀梵希協助。原本就是無敵艦隊的一員，多少還是以祖國利益爲先。這樣的理由不夠嗎？」

「紀梵希閣下，你還是想得太天眞了。試問：祖國會放過叛逃的聖馬丁號嗎？」尼德拉斯心念一轉，還是強硬地要紀梵希離開：

「一半的金幣明早交給我。三天之後，聖馬丁號必須要啓航，我能做的，就是如此了。」

「好。給你一半金幣，但……」紀梵希猶豫著。

尼德拉斯看出紀梵希的猶豫，笑說：

「擔心你的新婚妻子?放心好了,如果你的船再入淡水港,就不知何年何月了?也許會看見你盼望的妻,說不定還有漂亮的小紀梵希。」

紀梵希沉默不語,終於體會到所謂的生離死別之意義,如同夜色,心沉鬱了起來。

「我認定你是個朋友,只要我還是聖多明哥城的指揮官,永遠歡迎聖馬丁號泊岸。瑪莉亞是個堅強的女人,她會永遠守候。」

「終究,我永遠揮之不去的宿命,叛國的海軍成爲流亡的海盜,我,無話可說。」

「安心地去吧!紀梵希閣下。」

第三天。聖馬丁號桅桿升起巨大的白帆,鼓著獵獵的海風,沉甸的鐵錨,慢慢拉了上來,鏽紅的鐵質上是鹽味的巨大昆布縫綣,還爬著一群密集的招潮蟹。

紀梵希宣布:願意留在淡水的人,可以自由離去,絕不爲難。竟然船上所有的西班牙人全數下了船。反而是瓦西迪等摩爾人沒有離開,還有非洲人。瓦西迪笑著向紀梵希說:

「看啊!紀梵希閣下成了孤獨的西班人了。聖馬丁號如今僅有你一個白種人,其他船員非黑即黃,這才像海盜本色啊!」

紀梵希走向妻子,瑪莉亞不曾哭泣,定定地凝視著他,夫妻倆深深地擁抱、吻別。

「我會幫你生個健康、美麗的孩子,如你所期盼,有著如夜般的黑髮,如海般深藍之眸。親愛的丈夫,你,勇敢去吧!」

聖馬丁號拖著銀白的長長浪尾,離開淡水;紀梵希滿眼熱淚地用力揮手,用力揮手。

39

她聽樂團裡的人談過古巴的爵士樂：

「Bomi，玩樂器對古巴人幾乎是家常便飯。連他們的建國英雄，詩人革命家格瓦拉活著的時候，都不忘到pub去客串一下樂手，他的薩克斯風吹得可真迷人。」

這樣的說法，令她聯想起有一次在電視叩應節目裡，有個文學作家評析此地的政客，他詼諧且嘲諷地笑說：

「格瓦拉吹薩克斯風，有他民族傳統的內涵質感；台灣的政客們玩薩克斯風，簡直是呈現虛矯的自淫。」

她又與十九歲、工專四年級生的小男孩崇文同台，合作了幾天，不得不對這將薩克斯風玩得出神入化的小傢伙刮目相看。就在她唱著馬克安東尼的拉丁歌謠《Dimelo》到副歌時，她隨手一揮，指向崇文。這是一首節奏十分強烈的曲子，多的是猛烈敲擊的鼓聲，她卻故意停歇唱腔，留給崇文的薩克斯風替代歌聲。起先，崇文怔了約兩秒鐘，隨即從容不迫地凝神獨奏，以低沉的樂音臨摹她特有的嗓音，全場客人一陣叫好，掌聲不斷。她綻開笑容，燦爛如花，將麥克風伸到崇文身前，另隻手食指舉在頭上，俏皮地旋著小圈圈，掌聲又熱烈地響起，崇文額間沁著晶瑩的汗珠。

「關姊姊，妳突如其來的動作，嚇死我了。」一曲奏罷，崇文氣喘吁吁地朝著她苦笑。

「這叫臨時抽考。嗯，崇文一百分。」她笑答。

「爸爸今晚又陪我來了……。」崇文說。

「你爸爸打算讓你走這行啊，很辛苦哦。」

「才反對呢。他要我好好把五專電機科讀完，再插二技，考不上就要去當兵。」

「是啊，看看你爸爸，打了一輩子的鼓，……做什麼都比搞音樂好，收入不安定。」

「關姊姊……」崇文囁嚅地欲言又止。

「有什麼就說，不要吞吞吐吐的。」

「第一晚來客串，爸爸載我回家，在車裡跟我說，他對不起關姊姊……。」崇文小聲地說。

「這種話，怎麼可以向小孩子說？眞是的。」

「爸爸說，妳曾經是他的女朋友……。」

「天啊，你爸爸還說了些什麼呀？」

「就這樣而已，沒有其他。」崇文笑了起來。

這純淨、帥氣的笑意，極孩子氣的，像極了十多年前崇文父親的微笑嗎？當時，不就是那般特殊的溫文氣質，深深地吸引住情竇初開、二十歲的自己。隱約從崇文這孩子的青春臉顏，多少可以找到昔日的追憶，卻是椎心的痛！而這孩子當年才三歲。

「關姊姊，妳還會埋怨我爸嗎？」

「都過去了，……都過去了。」她有些感傷。

中場休息，她一如往常坐到吧檯前，酒保慣例地遞上一杯加冰塊的Jack Daniel's。手機響起，是麗玲來電：

「Bomi啊，聽說妳要請一個月的假？」

「是啊，想去好好休息，到歐洲，然後去加勒比海，下星期一晚上的華航。」

「喲，終於想通了？妳這個搶錢一族，也應該去旅行，好好地犒賞一下自己。出國前，我作東，邀國母和滷蛋作陪，請妳吃麻辣鍋。」

「又是麻辣鍋？欸，有沒有別的呀？」

「不然Bomi妳決定呀。」

「和幸日本料理。」

「沒問題，一切依妳。」

「欸，偷偷問妳，有沒有人陪妳去？」

「當然有囉，一個人旅行多寂寞。」

「哪個幸運的男人，老實說！」

「沒有男人，就不能去旅行呀？什麼話！」

「好啦，那就約星期天晚上七點半。我先訂位。國母和滷蛋我來通知。」

放下手機，她啜了口酒，不經意地看見酒保身後的鏡牆。鏡中的自己，瞇著一雙深藍的眼睛，定睛凝視，想到即將前往的加勒比海，那深藍波濤間的島國，有著她夢寐久矣的老樂手伊布拉印・飛列，好像等候了許多年歲，在哈瓦那以音樂撫慰多少傷心人的老靈魂……也許啊，這老靈魂也一直等待她的相會。一定要和他狂熱、放情地飆歌，有人會靜靜地坐在喧譁的舞台下，傾心地聽著歌，微笑如一朵夜來芬芳、清馥的百合。

鏡子凝視久了，怕自己的容顏都逐漸變得陌生，愈來愈不認識自己。一時恍神，竟彷如看見的是痛哭失聲的汝靜……。那晚，在子夜的越洋電話裡，汝靜只是一逕地放聲大哭。她直問：「發生什麼事了？」汝靜還是哭泣，卻不說話。遭遇到生命最大的悲哀嗎？她在台灣這頭，耐心地撫慰，汝靜在日本那邊還是痛哭了二十分鐘，才慢慢停歇哭聲，抽抽噎噎地說：

「Bomi，對不起，對不起啊……。」

「Bomi……」那男人挪近，坐在她鄰座。她沒有看他，逕自喝著酒，裝作沒有感覺。

「我要謝謝妳，照顧我的兒子崇文。」男人低語，語氣之間顯然地卑微。

「崇文很乖巧。想不到你會有這麼好的孩子。」她淡然、不帶感情地回答。眼睛還是看著前方：

「不必說客套話，我也沒照顧他什麼。只是崇文的薩克斯風玩得眞的很不錯。」

「我想說……過去，我眞的對不起妳，讓妳受苦了。」男人愧疚地低下頭來：

「對不起妳，Bomi。」

「十六年後，再說抱歉，是不是太遲了？呂先生？坦白說，對我早已失去任何意義了。」

她語氣冷漠，慵慵然地答話。的確，已沒意義了。

「我，一直想找機會表明歉意……」

「我已說過我不需要你的客套話，呂先生。」

男子頹喪沉默下來，緊蹙眉頭，雙手無措地伸在吧檯上，相互不安地揉搓著。

「好好培養崇文吧。有個乖巧的兒子是挺値得珍惜的，看到這孩子，令我替你安慰。」她從鏡裡，可以清晰地看見一個父親的愁緒。

「Bomi……從那次以後，妳一直沒有結婚，也沒有生小孩嗎？」男人試探地、囁嚅地問。

「呂先生，有沒有結婚生小孩，干你何事？」她聲音高亢了起來，語帶嘲諷地說：

「你沒有那麼重要啦！呂先生。」

「唉……我當然不重要，我知道妳還是恨我的，是我對不起妳。」男人嘆息，哀婉地：

「如果妳愛護崇文……就把他當自己的孩子。」

「呂先生，你很自私。你眞的很自私。」一股壓抑久久的氣憤湧上心頭，她忍不住恨恨地斥道：

「你竟然以我對孩子的善意，作爲你贖罪的理由？呂先生，你實在太自私了。」

她側過頭來，一雙燃燒著怒火、睜圓的藍眼睛，不可置信地盯著這卑屈的男人，一如當年，這男人閃避他應負的責任，一副事不關己的模樣。當年，她要的不是世俗的一種負責，她所要的僅是一份眞正的關心。

「哼！」她不屑地啐了一聲，離開座位，前奏音樂已鏗然響起，她還有下半場要唱完。頭也不回地向舞台快步走去，耳畔還留存著崇文父親的最後一句歉意：

「Bomi，我對不起妳。」

所有交往過的男人最後都是同樣的這句話：

「Bomi，我對不起妳。」

是啊，一句對不起。可走得煙消雲散，若無其事。原因可以說是因爲她關寶美是個在pub唱歌討生活的女人，可以明白地表示，由於她有一雙異於常人的藍眼睛……男人只想要離開女人，還有什麼不是藉口？

她回到了住處。床邊打開的旅行箱空蕩蕩的，提醒她準備進行的一個月旅程。打開衣櫃，一時間竟滯怔在花色撩亂的各季衣服之前。想到現在是九月，不知道義大利的秋天是否來臨？而加勒比海的古巴呢？依然熱浪襲人吧？未竟之程，相異的兩地溫差，如何妥善地調配服飾？可能要大費周章了。明天醒來再傷腦筋好了。她走到客廳的落地窗前，巷道對面的公寓屋內傳來夫婦吵架的相互咒罵聲，還有小孩的哭叫，在子夜岑寂的大氣裡顯得格外清楚。她用力將窗帘「唰——」拉攏，遮蔽著整片落地窗，「喀啦！」一聲，靠牆的窗檯間，那個俄羅斯娃娃摔到地面，她低下身子撿起，桶狀的木質部分裂了一條縫。她有些懊惱，將之轉開，將其他大小不一的五個娃娃排成一列……藍眼睛、蘋果紅頰、微笑。

她慢慢坐了下來，將小桌上三個燭台全數點亮，暈暈黃黃的燭焰輕微跳動，光影映照著五個俄羅斯娃娃，恍惚之間，娃娃們的笑靨更甜潤，她欣慰地笑了。燭台邊一只有田燒的陶瓶，插著一束乾燥的罌粟花，她想起，是汝靜來台時送她的重逢之禮，心中就像燭火般地暈開著無限暖意。陶瓶就壓著她的護照及一疊機票，周一晚上九點二十分的華航班機，經過阿布達比前往義大利羅馬。十五天後的法航從羅馬經巴黎轉機到美國佛羅里達，直飛古巴哈瓦那。多麼漫長的旅行啊，這半生以來，不曾到過那般遙遠的異鄉，眞的要去了？

原來，我關寶美可以不必依靠任何男人，前往夢寐以求的天涯海角，如此地，全然地自由自在。在冷冽的人世，可以給自我眞正的許諾，而不必在意男人的虛僞、謊言、背叛，自己的寂寞自己排遣，自己的青春自己憐惜，磊落、光明地選擇生命的旅程……。

她，拿起俄羅斯娃娃，憐愛地貼近臉頰，像一個母親憐愛自己的小孩，輕輕撫挲著，彷如，這群藍眼睛的木娃娃都活了過來。

40

她從右側的機窗俯看下去，夜暗之間，卻冷冽得銀白平蕪，壯闊無邊的凍原與永不融解的冰河、雪山。航機剛穿越北海道與庫頁島之間的鄂霍次克海，進入俄國東北方的領空。

機艙內開始喧譁了起來，空服員匆忙來去，是供餐的時刻了。鄰座空著，她將中間的靠手，拉到兩個座位的椅背接縫處，可以舒適地斜臥。覺得清爽宜人的溫度，是適合點一杯紅酒，慢慢品嚐的。她往前後座看了一次，寬闊的經濟艙稀疏的乘客，這架巨大的波音七四七怕坐不到兩百個人。套著紅圍兜，笑靨如貓的空服員，站到她座前，深深一鞠躬，親切地問道：

「石田小姐，這是晚餐菜單，請參考。主食有義大利松露牛排、法國鱈魚，妳可挑選一樣。」

「能否先給我一杯紅酒？」她要求著。

「沒問題，馬上替妳送來。有什麼需要我為妳服務的，請儘管吩咐。」招牌般的笑容。

「能否請教妳一個問題？清水小姐。」她看著空服員胸前的銅質名牌印著「清水郁惠」的名字：「這個航班的駕駛員先生叫什麼名字？」

空服員被稱呼出姓氏，有些受寵若驚地露出暗喜的神色，不加思索地回答：

「哦。機長是藤原先生，副機長是大倉先生。」

「大倉健二？」她毫不猶豫地脫口而出。

「石田小姐認識大倉先生？」

「不認識！」她搖頭，堅決地否認。

「謝謝妳。紅酒立刻送到。」笑靨如貓的空服員再深深一鞠躬，轉身離去。

是啊，爲什麼一定要說認識？從那一天開始，大倉健二這個名字，已然逐漸陌生，這男人也變得不再有意義了。但爲什麼又那般悲切地痛哭呢？還撥了越洋電話給遠在台灣的Bomi，哭了好久好久，Bomi在電話那頭焦急地直問：

「到底發生了什麼事啊？究竟怎麼了？」

她抽抽噎噎地把所見描述了一次。Bomi竟然放聲大笑。她起先有點微慍，怎麼她如此哀痛，Bomi卻不同情，反而帶著嘲謔般的狂笑？她不解地埋怨說：

「Bomi，怎麼可以對我這樣？妳不可以。」

「汝靜啊，我不是笑妳。我是在笑妳深愛了幾年的健二。這很好啊，眞相大白嘛，不是嗎？妳一直向我訴苦，說健二對妳若即若離，是由於妳的藍眼睛。好像，與常人相異的眸色反倒成爲一種罪名，這下不是徹底明白了嗎？不是男人不愛妳，而是他的性向錯亂！健二也做了他的抉擇了。」

「那，我怎麼辦？Bomi？」

「如果妳愛過健二，就請尊重他的抉擇。」

「我也可以選擇離開他吧？」

「很好啊，同樣的，我會尊重妳的決定。」

「那麼，Bomi，我們就去旅行吧。」

「沒問題。」Bomi爽快地應允。

「先在義大利的西耶納相會。」她說。

「然後過半個月，再去古巴。」Bomi接著回答。

「也許，只有西方，才能夠接納我們吧？」她沉吟了一下，似乎感觸很深：

「這些地方，不會嘲笑我們的藍眼睛……」

「這不對，汝靜。我們坦然、磊落地活在這個人世，無論身處何方，沒有人可以嘲笑、看輕我們。藍眼睛又怎麼樣？要勇敢、堅定地活下去呀！汝靜。」Bomi果斷地喊著。

紅酒送上來了，寶石般的沉紅近紫。她抬眼，向那姓清水的空服員道了聲謝。

「哦，抱歉。石田小姐，還沒請教妳，要哪種主食？我們開始供餐了。」

「義大利松露牛排。」

「謝謝。知道了。」空服員動作俐落地答話，依然是一慣的貓般的可愛笑靨：

「我想說……」猶豫片刻：「石田小姐，妳的眼眸好美，是戴著藍色的隱形鏡片吧？好美喲，像海一般的深藍呢。」

「謝謝妳呀，清水小姐。」她笑了起來：

「待會兒，請再賞我一杯紅酒。」

她愉悅了起來，不願再多說什麼。畢竟，人生在世是不需要時時應付別人無心的揣測。

「這是副機長報告。」播音系統響起：

「歡迎各位貴客搭乘日航JA四〇七次班機，我們飛行的高度是三萬六千英呎，航速是九百六十公里……」多麼熟悉的聲音：「目前正經過維科揚斯克上空，我們將會飛過北極點。十二小時後，抵達羅馬達文西國際機場。我是副機長大倉健二，感謝各位。」

健二，我們從此各安一方，不再相見。微微的感傷浮起，她不經意地瞥見窗外無涯的夜暗，四十五度角閃眨著綠光，時隱時滅。是星子嗎？她忍不住好奇地凝視不移。有一顆閃著綠光的星子嗎？瑩瑩的綠泛著深海幽然如鬼魅般詭異……似乎，魚群齊聚了過來，或許會有艘古老的沉船，在海床間靜靜地躺臥了幾百年之久，破損的船體已逐漸被珊瑚盤據，巨大、冷冽的鯊魚，無聲地穿梭其間，中國青瓷堆積得彷彿是書寫著亡者之名的墓碑，幾只鏽蝕的鐵箱，露出依然澄亮卻也黯淡失色的銀幣……。她經常作這同樣的夢，夢境裡依稀的，那個在深海中漂蕩的異國男子，金髮像海葵般地怒張，一雙藍色眼眸與深海之色幾乎合而爲一。

「石田小姐，石田小姐。」

她猛地神志回復了過來，是那個姓清水的空服員拿著一瓶紅酒過來招呼：

「我來給妳加酒。請趁熱吃，這牛排冷了就不好吃了。」

這才發現，餐食已擺在身前，錫箔紙緊裹的牛排蒸騰著燒烤過的焦香味。

「清水小姐，外頭有綠色的光，是星子嗎？」

隨意地問著。空服員熟練地斟了約七分滿，往窗外探了下頭，恍然大悟地笑說：

「以前剛飛的時候，我也有過這樣的錯覺，以爲是星子，或是北極光，哈哈，原來是飛機翅膀尾端的防撞指示燈號。」

「哈哈——」她多少爲某種無知而自嘲地笑了。不住地搖頭，低首忙說：「抱歉。」

竟然會將機翼的燈號，錯看是夜空的星子？一定要說給Bomi聽，她定會大笑不已。

Bomi也在另一邊高空飛行吧？現在是周二凌晨一點三十分。她說是搭昨夜九時二十分的航機，算一算應該已過中南半島，差不多在安曼海與印度之間了。多麼地奇妙，她往北飛，Bomi南行，要去許諾一次彼此的約定。一直深切地渴望，有一天，能與健二相攜到西耶納去旅行，始終未能如願。如今呢？果眞不期而遇與健二在同一架航機之上，她是旅客，而健二是副機長，他應該不知道她就在這架航機上，就算知道了，健二能再說些什麼？眞的，都不必說了。當夢醒了，認清事實了，一切都不再是重要的了。

想到什麼似地，她從那只在台北買到的Prada黑色皮包裡翻出了一冊手記本，按亮頂上的投射燈，不是要記載什麼，而是手記本的扉頁裡夾著一幀父親的照片。是在琉球拜訪父親的故居時，祖母從相簿裡抽給她留念的——父親穿著淺色西裝，英俊而自信，生命卻永遠停留在二十四歲。父親正與她溫柔地笑臉相對，好像父親是她一生永遠不渝的遺世戀人。

「父親，汝靜帶你一起去旅行……。」

她輕撫著那幀黑白照片，感嘆地自語：

「在這三萬六千英呎的高度，遠離人與人之間的愛恨情仇，我們多麼地接近？在距離天堂更近的距離，父親，你在靜靜地看著我嗎？我相信我們的心靈是相通的。」

將父親的遺照直立，倚靠在前座椅背後的小餐檯上，她輕舉紅酒杯，深情地致意：

「親愛的父親，汝靜敬你。」

完稿：二〇〇二年七月十二日向晚七時

發表：二〇〇二年五月三十一日～八月三十一日，《中央日報》副刊（摘刊）

二〇〇二年七月二十八日～十二月二十九日，美國《世界日報》小說版

後記

深海之眸

林文義

《藍眼睛》小說之誕生，出自於兩次義大利旅行，所延伸的意外美麗。

彼時是千禧年冬日，初訪義大利托斯卡尼的歷史山城西耶納(Siena)竟深切迷戀；那是我剛完成第一部長篇小說之後，在無比疲倦與興奮交錯仍未平復之時，必須依靠旅行予以釋放，翌年同時，再度重返，彷彿昔時戀人仍在摯情等候，由陌生而熟稔，再也難以遺忘。

小說家東年提及台灣四面皆海，卻極缺海洋文學。我想起他早年所寫的《失蹤的太平洋三號》及近年出版的《再會福爾摩莎》二書，突然，記憶裡浮現一片深邃的海域，人類航海史上永遠無以全然盤據的幽藍……與東年酒聚，他熱力十足地鼓舞——寫個海洋小說吧。

《藍眼睛》不敢自詡爲海洋小說，所描述的是一個關於「隔代遺傳」的異想。

三百年前從西洋航行到東方的西班牙海盜，三百年後，兩個不同國籍，從不相識，卻有著相彷的藍色眼瞳的女子，進而相知相惜。

小說，就如同深海之潮，輕盈卻又沉重地恣意流迴；筆觸有如暢快的歌，呼應著那無以探測的深海回音，異常順手的書寫，彷彿作者也追隨著那艘「聖馬丁」三桅船，航行過遙遠的百年歷史及邂逅了兩個眸如海藍的女子。

這是創作計畫裡，不曾預期的意外之旅；避開流於歷史借題的陷阱，試圖陪伴小說人物與有心讀者攜手，漂浮於壯闊、漫瀾的時空渺茫之間。愛以及缺憾，美麗或者蒼茫，哪怕來回於三百年，似乎生命之偶然成爲不可揣測的必然，只求讀者知悉這小說的眞情與幻滅。

西班牙文Ojo Azul，即是「藍眼睛」之意。總是遙想，那片無以觸及的幽藍深海，埋藏著世間所有愛與別離的故事；猶如深海之眸，那般純淨的凝視，如此地美麗，如此地哀傷。

二〇〇三年元月七日台北大直

林文義創作年表

一九五三年　一歲　生於台灣台北市大龍峒。

一九七〇年　十八歲　首篇散文〈墓地〉發表於《民族晚報》。

一九七四年　二二歲　第一本散文集《歌是仲夏的翅膀》由光啓出版社印行。

一九八〇年　二八歲　以〈千手觀音〉一文獲第二屆時報文學獎散文優選。漫畫《西遊記》逐期在《幼獅少年》連載。

一九八一年　二九歲　四月由蓬萊出版社印行《千手觀音》一書。

一九八二年　三十歲　四月由蓬萊出版社印行《多雨的海岸》一書。收入一九七二～一九七七年自選散文。

一九八三年　三一歲　一月由蘭亭書店出版《不是望鄉》。二月由幼獅少年出版《漫畫西遊記》。五月由四季出版公司印行《走過豐饒的田野》。

一九八四年　三二歲　一月由號角出版社印行《大地之子》。重新修訂《千手觀音》五月由九歌出版社重排印行。九月再修訂《多雨的海岸》，由學英文化重排印行。

一九八五年　三三歲

二月，漫畫《哪吒鬧東海》由台灣省政府教育廳印行。六月由九歌出版社印行《寂靜的航道》。八月，漫畫《三國演義》由宇宙光出版社印行。九月由林白出版社印行旅行散文集《塵緣》，自繪插畫二十五幅。

一九八六年　三四歲

三月，重新修訂《走過豐饒的田野》，更名爲《颱風眼》，由希代書版公司印行。《三國演義》漫畫集獲國立編譯館優良連環圖畫獎第二名。七月，應北美台灣文學研究會邀請，與作家林雙不訪美四十五天。

一九八七年　三五歲

一月，由九歌出版社印行《撫琴人》。六月，由林白出版社印行《島嶼之夢》。六月中旬赴美國加州史丹福大學做短期史料研究。

十月，由駿馬出版社印行《中國功夫》漫畫集。

一九八八年　三六歲

一月，由駿馬出版社印行《唐山渡海》，是第一本漫畫台灣簡史。

二月，春暉出版社印行《銀色鐵蒺藜》。三月入自立報系政經研究室，任研究員、資深記者。五月，九歌出版社印行《無言歌》。七月，春暉出版社重排《大地之子》，更名《從淡水河出發》印行。

一九八九年　三七歲　八月，駿馬出版社印行《夜貓子》漫畫集。四月，由漢藝色研文化印行《三十五歲的情書》。七月，自立報系印行《家園・福爾摩沙》。

一九九〇年　三八歲　二月，自立報系印行短篇小說集《鮭魚的故鄉》，是作者第一本小說創作。三月，由合森文化印行《穿過寂靜的邊緣》。十月赴美國洛杉磯，專訪台獨聯盟主席郭倍宏。下旬接任《自立晚報》本土副刊主編。

一九九一年　三九歲　二月，台原出版社印行散文台灣簡史《關於一座島嶼》。四月，《不是望鄉》重新排印，由業強出版社印行，更名《蝴蝶紋身》。九月，前衛出版社印行《菅芒離土——郭倍宏傳奇》。

一九九二年　四十歲五月，由皇冠出版社印行一九七一～一九七六手記集《漂鳥備忘錄》。七月，《唐山渡海》漫畫交由台原出版社重印，名爲《篳路藍褸建家園》。

一九九三年　四一歲　五月，參與黃明川導演的《寶島大夢》電影演出。

一九九四年　四二歲　一月，台原出版社印行《母親的河——淡水河記事》，同年，此書獲台灣筆會「本土十大好書」獎。十月底，自立報系賣掉，傷心離開。

一九九五年　四三歲　四月，應施明德先生力邀，任國會辦公室主任。六月，九歌出版社印行《港，是情人的追憶》。十二月下旬前往美國紐約，初識小說家郭松棻、李渝夫婦。

一九九六年　四四歲　四月，《銀色鐵蒺藜》重新排印，由草根出版社印行。十二月，由聯合文學印行《旅行的雲》。

一九九七年　四五歲　民視開播，主持「福爾摩沙」文化性電視節目。十二月，由探索文化出版詩集及CD《玫瑰十四行》。

一九九八年　四六歲　十月，應白冰冰女士之邀，主持八大電視《台灣風情》。十二月，辭去施明德國會辦公室主任職務。專業寫作。

一九九九年　四七歲　七月，人文性電視節目《台灣風情》告一段落，全心創作長篇小說《北風之南》，十一月下旬完稿，有十萬字。

二〇〇〇年　四八歲　三月，聯合文學印行《手記描寫一種情色》。埋首十個短篇小說創作。五月，應楊盛先生之邀主持旅行、歷史電視節目《台灣之旅》，霹靂電視台播映。七月，九歌出版社印行一九八〇～一九九〇年散文精選集《蕭索與華麗》。七月三十一日，《北風之南》小說開始在《自由時報》副刊連載，至十一月二十八日刊完。

二〇〇一年　四九歲　五月，聯合文學印行短篇小說集《革命家的夜間生活》。七月，應東森聯播網（ETFM）之邀，主持廣播節目《新聞隨身聽》。九月，《從淡水河出發》由華文網重排出版。

二〇〇二年 五十歲 一月，寶瓶文化印行旅行散文集《北緯23.5度》。六月，聯合文學印行長篇小說《北風之南》。六、七月，長篇小說《藍眼睛》開始在《中央日報》副刊、美國《世界日報》小說版連載。八月，《革命家的夜間生活》獲金鼎獎文學類推薦優良圖書。九月，《多雨的海岸》由華成文化公司重排出版。

二〇〇三年 五一歲 二月，印刻出版公司印行長篇小說《藍眼睛》。

文·學·叢·書

劃撥帳號：19000691　成陽出版股份有限公司　掛號另加20元
本書目所列定價如與版權頁有異，以各書版權頁定價為準

1.	吹薩克斯風的革命者	楊　照著	260元
2.	魔術時刻	蘇偉貞著	220元
3.	尋找上海	王安憶著	220元
4.	蟬	林懷民著	220元
5.	鳥人一族	張國立著	200元
6.	蘑菇七種	張　煒著	240元
7.	鞍與筆的影子	張承志著	280元
8.	悠悠家園	韓・黃晳暎著／陳寧寧譯	450元
9.	想我眷村的兄弟們	朱天心著	220元
10.	古都	朱天心著	240元
11.	藤纏樹	藍博洲著	460元
12.	龔鵬程四十自述	龔鵬程著	300元
13.	魚和牠的自行車	陳丹燕著	220元
14.	椿哥	平　路著	150元
15.	何日君再來	平　路著	240元
16.	唐諾推理小說導讀選 I	唐　諾著	240元
17.	唐諾推理小說導讀選II	唐　諾著	260元
18.	我的N種生活	葛紅兵著	240元
19.	普世戀歌	宋澤萊著	260元
20.	紐約眼	劉大任著	260元
21.	小說家的13堂課	王安憶著	280元
22.	憂鬱的田園	曹文軒著	200元
23.	王考	童偉格著	200元
24.	藍眼睛	林文義著	280元
25.	遠河遠山	張　煒著	200元

王安憶　作品集

1. 米尼　220元

以下陸續出版

2. 海上繁華夢　280元
3. 流逝　260元
4. 閣樓　220元
5. 冷土　260元
6. 傷心太平洋　220元
7. 崗上的世紀　280元

楊　照　作品集

1. 為了詩　200元
2. 我的二十一世紀　220元

以下陸續出版

3. 楊照書鋪
4. 政經書簡
5. 大愛
6. 軍旅札記
7. 給女兒的十二封信
8. 迷路的詩
9. Café Monday
10. 黯魂
11. 中國經濟史
12. 中國人物史
13. 中國日常生活

成英姝　作品集

1. 恐怖偶像劇　220元
2. 魔術奇花　240元

世界文學

1.	羅亭	屠格涅夫著	69元
2.	悲慘世界	雨果著	69元
3.	野性的呼喚	傑克·倫敦著	69元
4.	地下室手記	杜斯妥也夫斯基著	69元
5.	少年維特的煩惱	歌德著	69元
6.	黑暗之心	康拉德著	69元

POINT

1.	海洋遊俠——台灣尾的鯨豚	廖鴻基著	240元
2.	追巴黎的女人	蔡淑玲著	200元
3.	52個星期天	黃明堅著	220元
4.	娶太太，還是韓國人為好！?	篠原　令著	200元

文學叢書 024

藍眼睛

INK publishing

作　　者	林文義
發 行 人	張書銘
社　　長	初安民
責任編輯	高慧瑩
美術編輯	許秋山
校　　對	余淑宜　高慧瑩　林文義
出　　版	INK印刻出版有限公司
	台北縣中和市中正路800號13樓之3
	電話：02-22281626
	傳真：02-22281598
	e-mail：ink.book@msa.hinet.net
法律顧問	漢全國際法律事務所
	林春金律師
總 經 銷	成陽出版股份有限公司
	訂購電話：02-26688242
	訂購傳真：02-26688743
	http://www.sudu.cc
郵政劃撥	19000691　成陽出版股份有限公司
印　　刷	海王印刷事業股份有限公司
出版日期	2003年2月　初版
定　　價	280元

ISBN 986-7810-33-3

國家圖書館出版品預行編目資料

藍眼睛／林文義著．--初版，--臺北縣中和市：INK印刻，2003〔民92〕
面； 公分--（文學叢書；24）

ISBN 986-7810-33-3(平裝)

857.7 92000753

NK INK INK INK INK INK INK IN
INK INK INK INK INK INK INK
NK INK INK INK INK INK INK IN
INK INK INK INK INK INK INK
NK INK INK INK INK INK INK IN
INK INK INK INK INK INK INK
NK INK INK INK INK INK INK IN
K INK INK INK INK INK INK INK
NK INK INK INK INK INK INK IN
K INK INK INK INK INK INK INK
NK INK INK INK INK INK INK IN
K INK INK INK INK INK INK INK
NK INK INK INK INK INK INK IN
K INK INK INK INK INK INK INK
NK INK INK INK INK INK INK IN
K INK INK INK INK INK INK INK
NK INK INK INK INK INK INK IN
K INK INK INK INK INK INK INK
NK INK INK INK INK INK INK IN
K INK INK INK INK INK INK INK
NK INK INK INK INK INK INK IN
K INK INK INK INK INK INK INK
NK INK INK INK INK INK INK IN
K INK INK INK INK INK INK INK
NK INK INK INK INK INK INK IN
K INK INK INK INK INK INK INK
NK INK INK INK INK INK INK IN

INK